沙漠里的故事

[新加坡] 尤今

著

本书由玲子传媒出版社（新加坡）授权浙江文艺出版社于中国大陆地址出版发行。
版权合同登记字号：图字：11—2025—071

中新经典著作互译系列

图书在版编目（CIP）数据

沙漠里的故事 /（新加坡）尤今著. -- 杭州：浙江文艺出版社，2025.6. -- ISBN 978-7-5339-7992-8

Ⅰ．I339.45

中国国家版本馆CIP数据核字第20257JU688号

策划统筹 王晓乐
责任编辑 张恩惠　童洁萍
责任校对 萧　燕
责任印制 吴春娟
封面设计 吴　瑕
营销编辑 詹雯婷

沙漠里的故事
[新加坡]尤今 著

出版发行	浙江文艺出版社
地　　址	杭州市环城北路177号
邮　　编	310003
电　　话	0571-85176953（总编办）
	0571-85152727（市场部）
制　　版	杭州天一图文制作有限公司
印　　刷	浙江新华数码印务有限公司
开　　本	880毫米×1230毫米　1/32
字　　数	286千字
印　　张	11.5
插　　页	2
版　　次	2025年6月第1版
印　　次	2025年6月第1次印刷
书　　号	ISBN 978-7-5339-7992-8
定　　价	68.00元

版权所有　侵权必究

自　序

那天早上，含蓄深沉的阳光安安静静地洒落在苦盏的旧城区里。我穿行于大街小巷里，内心有一种无言的焦灼。

我在寻找一样东西。

苦盏是塔吉克斯坦北部的核心城市，具有两千多年的历史，是中亚细亚著名的古城。

我一心一意所要找的，是以人工锻造淬炼的刀子。

寻寻觅觅，终于，找到了。

它们置身于一家古里古气的店铺里，静静地等待伯乐上门来。

此刻，那名已到垂暮之年的艺匠正心无旁骛地打造着一把把不啻拱璧的刀子。皱纹如叶脉细细地在他脸上铺展，透现出岁月之神夺不走的智慧和经验。他以精湛的手工淬炼而成的刀子，已经成了苦盏这个老城的名产了。不锈钢的刀身上，雕了精细的花纹；坚实的刀柄呢，是以牛角制作而成的。

它跋扈而又典雅、豪放而又细致，充满了矛盾的诱惑和魅力。拿在手里反反复复地看，爱入心坎。

以这样独特的刀子当炊具，做菜的心情，肯定会特别美吧？

态度友善的店员把刀子装进绒质的盒子里时，慎重地对我说道："这刀子，特锋利，能轻而易举地切断鸡鸭等家禽的骨头，甚至，切割羊腿骨也不成问题。不过，正由于它太利了，你使用的时候,一定要倍加小心。"

也许是心情太兴奋了,我竟然问了一个愚蠢的问题:"这刀子,用久以后,需要磨吗?"

店员微笑地答道:"唔,刀子是会说话的;它钝了,自然会告诉你。"

啊啊啊,刀子是会说话的!

这句绽放亮光的话,使我飞快地堕入了时光隧道中。

我,便是在刀子的说话声中成长的。

父亲和母亲都爱炊事,也都做得一手好菜。父亲爱使快刀,菜刀上上下下,不旋踵,一大块猪肉便被剁成了细细的泥状;母亲呢,是"慢工出细活"的信徒,当她慢条斯理地使用刀子的时候,宛若在按琴键,一下一下地、温温柔柔地,粗犷的肉条,便驯驯服服地变成了"霏霏的雨丝",细致而又均匀。

深谙"工欲善其事,必先利其器"的道理,父母都爱聆听刀子说话。

钝了的刀子一旦发出信号,父母便会以不同的方式去磨它。

父亲把大气的磨刀石搁在桌上,声势浩大地磨,磨磨磨,磨出了刺耳嘈杂的声响,也磨出了亮光闪闪的刀刃。母亲呢,把秀气的饭碗翻转过来,动作麻利地磨,磨磨磨,磨出了铿铿锵锵的响声,也磨出了薄如纸张的利刃。

手里握着锋利的刀,他们俨然就是厨房里霸气的王者。

受父母亲影响,我爱烹饪,也爱文字。

我强烈地感觉到,文字其实就和刀子一样,都是会钝的,也都是会说话的。

两者最大的不同是,钝了的刀子虽然不好使,但却不会伤人;可钝了的文字,却具有极大的"破坏力"——它会发出干涩沙哑、碎裂乏力的声音，也会使作品逐渐地失去亮泽、逐渐地失去可读性，最后，寂寞地走进了死胡同。

文字最好的"磨刀石"，就是文字本身。

勤读、勤用，便是磨砺文字的不二法门。

本书一共分为三个部分。

第一部分《刀子会说话》收录了七十八篇小品文，抒写生活的小故事，借此反映或令人忍俊不禁或叫人扼腕叹息的众生百态。

第二部分《沙漠里的故事》收录了八篇以沙特阿拉伯为背景的写实小说。在这个黄沙莽莽的大漠，我邂逅了许多来自世界各地的异乡人，他们全都是怀着改善生活的美梦来此打拼的。在和他们交往时，我深切地感觉，他们就像是一部部厚厚的书，丰富而又深邃；在阅读的过程中，我笑、我哭；而在笑声泪影中，他们祸福与共地成了我生命里的一个个烙印。

第三部分《风筝在云里笑》收录了六则有关异乡人的短篇小说。在地球村的概念下，不同国籍的人，因为婚姻和工作的关系，带着迥然而异的生活观和价值观，旅居于全然陌生的国度里。在不断的挣扎和妥协、适应和调整之下，有的如鱼得水地活得有滋有味；有的却难以适应而度日如年；有的呢，觉得"梁园虽好，非久恋之家"而引颈企盼归国的日子……这些真实故事，清楚地让读者看到了变幻莫测的人生，看到了复杂多变的人性。

衷心感谢浙江文艺出版社，让我得以通过文字和广大的读者分享我的生活故事、我的感悟和感动。

目 录

刀子会说话

I 释放缤纷

回头看看 / 004

自律 / 006

婆媳 / 007

后遗症 / 008

鬼 / 010

手信 / 012

半块三明治 / 013

臭气 / 015

死穴 / 017

蝴蝶 / 018

品德验证 / 019

向日葵心态 / 020

键盘与婚姻 / 022

空间 / 023

万能胶　/ 025

老妪　/ 026

心情　/ 027

黑太阳　/ 029

愧疚的雨伞　/ 030

快乐的花瓶　/ 031

一个圆圈　/ 033

释放缤纷　/ 035

Ⅱ　旅者境界

富裕　/ 038

心锁　/ 040

境界　/ 042

泪之墙　/ 044

木雕盒子　/ 046

爱情　/ 047

征服岁月　/ 049

洗脸盆　/ 051

岩石也会哭泣　/ 053

创新　/ 054

刺青汉子　/ 055

胎教　/ 057

心灵土医　/ 058

街头画匠　/ 060

旅游暴力　/ 062

顽石有味　/ 063

睿智的夕阳　/ 065

历史受伤　/ 066

心愿　/ 067

保护膜　/ 068

Ⅲ　饕餮味蕾

马肉　/ 070

咖啡与面包　/ 072

返璞归真　/ 074

斋　/ 075

"谋杀"　/ 077

鲑鱼　/ 078

甜面圈　/ 079

砒霜　/ 080

榴梿　/ 082

画龙点睛　/ 083

鸭与鹅　/ 084

石斑鱼　/ 085

沉冤莫白　/ 087

养　/ 088

海胆　/ 090

吸金的牛　/ 091

小笼包　/093

家的味道　/094

IV　有情世界

杏花有约　/096

生死相依　/098

生机　/099

哭泣的仙人掌　/101

木乃伊　/102

草木有情　/103

杏子树　/105

万兽之王　/106

美洲豹　/108

海狮　/110

蟒蛇　/112

马蹄声　/113

虎　/114

白老鼠　/115

笼中物　/117

企鹅　/118

奴颜婢膝　/119

漏网之鱼　/121

沙漠里的故事

阿里和娜拉 /125

骆驼塔巴 /146

合乃流泪了 /162

彩蝶 /177

神经佬沙猜本 /192

失踪 /210

哭泣的豆子 /222

暗香盈处原是梦 /231

风筝在云里笑

风筝在云里笑 /241

织布匠 /261

沙包与拳击手 /286

爱猫的男人 /306

小巷里的冬天 /320

沙漠的噩梦 /335

刀子会说话

I 释放缤纷

如果外在土壤贫瘠的话,每一个人都可以恣意在心中开发一个园圃,源源不绝地释放缤纷。

回头看看

在香港买了一件御寒皮衣,轻软似羽毛,爱入心坎。然而,第一回携它出国,居然在自家国门里遗失了。

那天,办好了去伦敦的登机手续后,到食阁享用早餐,顺手把大衣搭在椅背上。吃饱了,拎起随身行李,便匆匆赶往闸门。

是上飞机之后才想起的。

一心盼望有人路不拾遗,然而,大衣宛若泥牛入海。

和女儿谈起这事,她说:"妈妈,您离开之前,为什么不回头看看呢?"

十年前,她负笈英伦。离家前夕,参加饯别会,把手机遗留在计程车上,不诚实的司机没有归还,给即将远行的她带来了成箩盈筐的麻烦。这个刻骨铭心的教训,使独自在异乡生活的她养成了"回头看看"的良好习惯。

她强调着说:"妈妈,记得,回头看一看。"

回头看一看,啊,回头看一看。

当你回头看时,你会明明白白地看到你所犯的错误和你曾经的遗憾。

关键是"看",既已看到,便应该立刻纠正、立刻修补。

当你回头看时,你也会清清楚楚地看到过去的伤、悲、气、恨、痛。

关键是"过去",既已过去,便永永远远无可挽回、无可弥补了。

活在当下,该忘的,设法忘记;该记的,牢牢记取。

这样,前头的道路才会有艳阳等着。

自　律

有家跨国银行征聘理财专员，次子刚自美国负笈回来，去函应征。

不久，接到来自伦敦总部的电话，约了日期和时间，要和他进行第一轮的电话会谈；这一关过了，才能获得飞往海外进行正式面试的机会。

电话会谈定于晚上十时进行。

当晚九时许，我看见他郑重其事地穿上大衣、打上领带，在电话旁边正襟危坐。

我忍俊不禁，揶揄道："嘿，电话会谈而已，打扮得那么神气干吗？对方都瞅不见你，犯得着这样大张旗鼓吗？"

没有想到，他竟然正经八百地应道："妈妈，如果我现在穿着背心和短裤，心情必然也是轻松惬意的，从嘴里讲出来的话，也许就不够慎重了。"顿了顿，继续道："再说呢，对方是在办事处给我拨电话的，他衣冠楚楚，我又怎么能不给予他应有的尊重呢？"

我很惭愧。

在别人见不着的地方严于律己，才是最大的自律啊！

终于，过五关，斩六将，他争取到那份竞争激烈的工作。

婆　媳

傍晚，在机场接了来自北京的好友阿舒，共进晚餐。

才一坐下，她便接到了儿媳妇发来的短信："妈妈，新加坡天气炎热，您要多喝水呀！过马路时，要注意看车。要是想多玩些时日，可通知我为您更改机票。"

关怀备至的语气里，满满地裹着爱。

阿舒满脸都是赤裸裸的欢喜，谈起婆媳关系的融洽，她直言不讳："是我刻意经营的呀！为人母亲，必须明白，儿子一结婚，便是别人的丈夫了；他的起居饮食，再也不必你操心了。你可以完完全全地放心、放手。至于入门的儿媳妇呢，却是老天赐给你的，是田里最肥的那株稻穗，你能不惜福吗？你宠一人，一家高兴。等他们有了孩子之后，你含饴弄孙，还得坚守二不原则：不多言、不干涉，彻彻底底地从台前退居幕后。这样，一家大小便能和乐融洽地过上一辈子。"

赞她睿智，她淡淡笑道："凡事看通、看透，还会不快乐吗？"

次日，陪她购物，发现她买的东西，全是给儿媳妇的，皮包啦，围巾啦，衣服啦；左手拎、右手提，满载而归。

忍不住问她："你怎么没给儿子买任何东西呢？"

她眨了眨眼，微笑应道："嘿，我哪能给别人的丈夫决定他穿啥戴啥呀？"

后遗症

那天晚上,阿严兴冲冲地上我家来,左右两手提着沉甸甸的榴梿,满脸都是久旱逢甘霖的喜悦。

阿严是个榴梿的"瘾君子",在榴梿飘香的季节里,天天都以此祭五脏庙,吃得连头发都咕噜咕噜地冒着榴梿味。偏偏女友和榴梿是宿敌,一闻到榴梿的气息,五脏六腑便打架。结婚后,下了"哀的美敦书"。

有一回,阿严在外头偷吃,以为神不知鬼不觉,殊不知顽强的榴梿就像婚外情,残余的气味无论如何也甩不掉。足足好几天,妻子的俏脸由哈密瓜变成了苦瓜。从此,阿严不敢再轻举妄动了。

这一回,妻子出差国外,阿严逮到大好良机,买了榴梿与我共尝,边吃边快活地说:"一人独吃,多没劲呀!"

酣畅淋漓地吃完后,告辞。可是,要开车回家时,赫然发现车子里榴梿那股强烈的味儿像是不散的阴魂。阿严惨叫出声:"我老婆明晚回来,肯定饶不了我,怎么办?"

面对乐极生悲的阿严,我自然不能隔岸观火。

有瓶香水,朋友送的,香气浓烈得近乎刺鼻,喷在身上,像强力胶。我早已把它打入冷宫,现在,正好派上用场哩!慷慨地在他车子里喷了又喷,香雾耀武扬威地把死赖不走的榴梿气味驱赶殆尽了。

阿严高高兴兴地驾车回家。

没有想到，我这个馊主意却让无辜的阿严惨惨陷落于浩瀚的苦海。

缠绕不去的香水味，被他妻子看成是婚外情的蛛丝马迹，不依不饶地责问、审问，阿严百口莫辩，成了吃黄连的哑巴。

唉，用不当的手段来掩盖真相，不但无济于事，反会带来始料未及的"后遗症"。

得不偿失啊！

鬼

阿嫣和家人到欧洲旅行，下榻法国古堡。

回来后，在好友聚会上，她绘声绘影地大谈古堡遇鬼记："明明没有其他住客，可是，四面墙壁都有叩击的声音；半夜，有草绿色的影子飘来飘去，阴森森的，好像要来索命；还有啊，我们的行李箱，原本关得严严密密的，早上一看，全都被打开了……"

举座毛发直竖。

只有阿臻，风雨不动安如山，脸上浮着讳莫如深的笑意。

旁人问她："噫，你不怕鬼吗？"

她耸耸肩，云淡风轻地说："鬼有啥可怕？我住阳间，鬼住阴间，井水不犯河水。真要说怕，应该是鬼怕我呀！鬼来到阳间，就是侵入我的地盘了，我是阳间主人，干吗怕他？若说真有鬼，料想他也绝对不敢胡乱现形，因为寡不敌众呀！就算他胆大包天地现形了，也必定会遵守互敬互重的原则，不会主动袭击我的！"

多年以来一直在商场打滚的阿臻，下了个睿智的结论："我不怕鬼，我怕的是人。人，绝对比鬼更可怕。"

是是是，风起云涌的商场，肯定比阴森诡谲的古堡可怕千倍万倍。

笑里藏刀、背信弃义、心怀叵测、包藏祸心。

在商场浮沉过的，谁不满身伤痕？

谁不？

然而，在古堡遇鬼归来的阿嫣，却是毫发无损的呀！

手　信

挚友阿策到风光绮丽的苏州享受农家乐，捎回了烘焙的春茶和新鲜采摘的核桃。

我感受到了友谊沉甸甸的重量。

核桃坚实硬挺的壳，像是友谊无难不克的盔甲；而春茶缭绕鼻端那一股清香，正象征着友谊隽永的馨香。当我坐在温润的月光底下，细细地品尝流转于齿颊间的缕缕香气时，想到好友在舟车劳顿之际却仍然在心里一个宝贵的角落保留了一个位子给我，着实感动。

然而，送手信，有时也会碰钉子的。

那一年，到埃及旅行，看到一个石雕的木乃伊，五官俱全，栩栩如生，躺在玲珑的三寸石棺里，棺盖上还细致地雕着花纹。我爱不释手，千里迢迢地捎回给我老姐，得意扬扬地等着她一脸惊艳的欢喜。然而，她才瞄一眼，便脸色晦暗地连喊晦气。接下来几天，还唠叨个不停，说兆头不好。后来，我硬着头皮向她讨回，她居然气呼呼地说："早就扔啦！"

哎哟，飞越千山万水的木乃伊，居然萎萎蔫蔫地被丢在小小岛国的垃圾桶里！

可见，小如手信，也得碰上伯乐的。

半块三明治

那一年，伦敦银行的投资部门碰上经济不景气，进行裁员。

风声鹤唳，人人自危。

次子方德与同事西门在银行里共用一室，常常互相调侃，说哪一天对方被裁了，自己便能独用一室了。当然，说着这样没心没肺的话时，大家都不认为失业的厄运会变成跌落于头顶的陨石。

那天中午，工作特别忙碌，西门没有出去用餐，只是托人买了一份三明治，一边食不知味地吃着，一边分秒必争地办公。

就在这时，来了电话。

他匆匆放下三明治，下楼去了。

这一去，竟、竟、竟未能再回来了。

那齿痕犹在的三明治，就此寂寞而凄凉地长搁桌上。

西门被裁了。

为了确保银行资料库的安全，根据规定，任何雇员，从被解雇的那一刻起，就不准再回返办公室了。银行会派人把他的东西收拾好，送去他家里。

在拨给我的长途电话中，方德难过地说："妈妈，那份三明治，他才吃了半块呢！"

残留于桌上的那半块三明治，像个无声的警钟。

在这个弱肉强食的社会里，勤快并不是铸造铁饭碗唯一的原料,不是的。

推陈出新的创意,才是永远的不倒翁。

臭　气

早上，一拉开车门，一股浑浊恶臭的气息扑面而来。

莫非车内有死耗子？我浑身打了个激灵。仔细地搜寻一遍，莫说老鼠，连蚂蚁也没有一只。

车子在路上风驰电掣，臭味一路相随。我开窗，风呼呼地灌满车厢，臭气却不曾随风而逝。

在学校执教竟日，暂时忘却此事。

放学后，车门一开，哎哟，死缠烂打的臭气像是不散的阴魂，我行将窒息了。

回家后，一寸一寸地进行地毯似的搜寻，最后，才在座位下面的塑料板发现一大块恶形恶状的粪便干干地胶结着，释放出熏天的臭气。昨天傍晚，儿子曾驾驶我的车子去打球，也许不慎踏到粪便而带进我的车子吧！

又洗又刷，却总还是觉得洗得不够彻底、刷得不够干净。

次日，一开车门，我的天啊，那股令人作呕的臭气，居然还在。我又再洗、再刷。接下来两天，依然如此。吊诡的是，当我嘱日胜把车子送往洗车中心时，他却表示闻不到任何臭气，孩子们个个也都说不臭呀不臭。

这时，我明白了。

见过鬼的人，永远怕黑。要摆脱那实际上不存在的阴影，非常困难。遗憾的是,这样的阴影,不但会使我们成为自扰的庸人,而且还会迫使我们在人生的大事小事上做出许多错误的判断和选择。

死　穴

在新加坡，有人以高速倒车，电光石火间，撞倒了一对鹣鲽情深的夫妇。

妻子受伤，丈夫当场丧命。

肇祸者被判入狱。

他身陷囹圄前，接受记者访问，无限懊恼地说："要是我当时迟一点离开办事处，要是我当时走另一条路，一切就都不一样了。"

要是……要是……

读了，十分难过。

在这桩人命攸关的重大事件里，他居然看不到肇事的"死穴"。

时间、地点，通通都不是问题。

问题是时速，是态度。

他倒车，竟然、竟然用高速！

"面壁思过"这句成语，蕴含着无限的大智慧。

只有当你冷静地摸清肇祸的"死穴"，才不会重蹈覆辙。如果肇祸者的脑筋一味地在"要是……要是……"上兜转，那么，这次赔上一条宝贵人命的祸事，于他而言，只是一个滥觞而已。

蝴　蝶

挚友阿蓉，家在台湾，居住空间不算小，可是，长期毫无节制地买书，早已酿成四处泛滥的"书灾"了。

书房每一寸空隙都塞满了书，许多书籍无"家"可归，像"流浪汉"一样，横躺于卧房、厅堂、厨房，甚至进军浴室。

她于是给自己下了"哀的美敦书"，只许逛，不许买。

上周，去书局时，她做足了"防范功夫"——不带钱包，也不携信用卡。

但一迈入书店，一闻到书香，她便全身酥软，心魂俱醉。

此刻，书籍是花卉，她是蜜蜂，飞来绕去，忙忙碌碌地酿造精神的蜜糖。

书海浩瀚，她目不暇给。

忘了"禁令"，选了一堆书而去付账时，才发现身无分文。

匆匆回家取钱，一面赶路，一面想："书瘾发作而又有钱解瘾，是多么幸福的事啊！"

想着时，笑意荡漾，快乐得像只花丛里的蝴蝶。

品德验证

南森是我们家的朋友。

一夜，驾车回家时，因事分心，撞上了住家附近一辆停放在屋前的轿车。轿车后方凹陷了一大片，色漆剥落，触目惊心。

内疚万分的他，赶紧下车，敲门求见，无奈无人应门。

次日再去，还是如此，南森猜想这一户人家也许出国度假了。

从这天起，每天放工，他都"不屈不挠"地绕去那儿看看。

一周过后，终于，有人应门了，是一个五十来岁的中年男子，姓罗。

南森把事情的原委一五一十地说了，表示愿意承担所有的修车费用。

罗先生闻言十分惊讶，坦言当他们一家子从泰国度假回来时，发现车子被撞坏了，正自叹倒霉之际，万万料不到，肇事者竟然"上门自首"！

南森一再道歉，要求罗先生把修车的账单寄给他。罗先生应道："好的，好的。"然而，等了好几个星期，南森都没有接到账单。拨电话询问，罗先生竟说："车子已修好了，修车费我自己承担，您就别费心了。"

这事过后，两人成了好朋友，不时相约去打高尔夫球。

他俩的友谊，肯定会像江水一样绵延无尽的，因为两个人都同样通过了"品德验证"这严峻的一关。

向日葵心态

新加坡一名十四岁的少女陈莉宣,在课余之暇,常到家人经营的摊子上帮助父亲以机器榨取甘蔗汁。然而,这一天,却发生了让人触目惊心的意外——她的右手掌,不慎绞入了快速旋转的机器中,拇指、食指和中指硬生生地被绞断了,手掌骨也全碎了。原本碧绿如玉的甘蔗汁,不旋踵,就变成了狰狞可怖的猩红色。

那天,是冬至,母亲早已在家中准备好甜滋滋的汤圆,满心愉悦地等待父女俩回家共享,万万没有想到,等来的,竟是这样一个血淋淋的坏消息。

在急诊室里,医生将她的右脚趾切除,驳接为右拇指;至于食指和中指呢,却永远地失去了。

陈莉宣的祖母双目噙泪说道:"孙女乖巧懂事,意外发生时,很镇定,连一滴眼泪也没掉。到了病房后,才哭了一场。"

然而,最让我赞叹的,不是她不哭的坚强,而是她以平常心面对厄运的那种充满阳光的"向日葵心态"。

自从意外发生后,她的父亲终日笼罩在恐惧的阴影中,一直无法再开摊做生意。那个他赖以养家糊口的榨甘蔗机,已经变成了他心中的魑魅魍魉。

是陈莉宣勇敢地帮助她父亲回返正常的生活轨道的。

她亲自带他去开摊,然后,在他面前,重新启动那台带给她巨大灾难的机器。当绿色的甘蔗汁好像小小的山泉一样流泻出来时,她脸上的笑容,饱满而又灿烂。

才十四岁,便已展示了一种"兵来将挡,水来土掩"的大智大勇。

当厄运给肉体和精神带来了无可弥补的大伤害后,一般人都选择当鸵鸟——不去想,不去看,不去接触;当逃避不了的时候,他们也许便会惨惨地陷入抑郁症里,一蹶不振。

然而,陈莉宣却冷静面对。

机器不是洪水猛兽,心理上的恐惧才是。

唯有克服了心理的障碍,日子才能如常地过下去。

键盘与婚姻

这台手提电脑,才买了三个月,"E"这个键居然坏了。修理员要撤换整个键盘,我心痛地说:"只有一个键坏损啊!"他耸耸肩,应道:"我们是不换单键的。"于是,我只好眼巴巴地看着他把九成新的键盘丢掉,更换一个全新的。

唉,微有瑕疵,便彻底丢弃,多像E时代的婚姻呀!

夫妻之间出了问题,原该细找病源,更换正确的"感情零件",再慢慢地磨合。可是,现在,大家都不耐烦这样做了。直截了当地撤换整体,干脆利落,离婚率当然也就直线上升了。

旧的去了,新的来了;但见新人笑,不闻旧人哭。但是,表面上的琴瑟和鸣,却有着汹涌暗流。

再回头说说键盘。

那天,把全新的键盘带回家,一用,赫然发现出现问题的字母键竟然多达十二个!再度送回去,修理员连声道歉,说:"键盘是全新的,所以,我没有逐个键仔细地检查。"

心想:幸好我撤换的是键盘而不是婚姻啊!

空 间

好友阿娥送我一束蓓蕾初绽的玫瑰,火般地红,她殷殷嘱咐:"你一定得找只阔口的花瓶来养它啊!有了足够的空间,它才能尽情绽放!"

这话,多适用于爱情和婚姻啊!

一般人只会用水去灌浇花卉,却不知道花儿也需要呼吸的空间;同样的,寻常人只会以关怀去灌溉爱情,却不知道感情也需要自由的空间。

有了空间,花儿才能随心所欲地呈现它内蕴的饱满;有了空间,感情才能从容自在地展现出它内在的绚烂。

由鲜花,我联想起海参。

初学泡发时,原该"顶天立地"的海参,只趑趑趄趄地发涨至四五寸便戛然而止。

朋友一语中的地说:"锅子太小啦,海参根本没有足够的空间可大展身手。"

啊,海参也需要空间呢!

第二次泡发时,用了一只极大的锅,优质海参在辽阔的空间里"发扬光大",奇迹般地发涨到十来寸长!

海参,就像学生。

填鸭似的教育,是缺乏空间的教育,填填填,把每一寸可供反匀的空间都填得密密实实的，学生的思维，全然找不到拓展的地方。

唯有留下一定思考空间的"启发式"教育，才能让学生的智慧像海参一样，一寸一寸地发展到极致。

万能胶

新买的电饭锅不慎掉落于地,饭锅没坏,塑料把手却窝囊地裂成了两半。

用万能胶去粘,但是,粘了又断;再粘,又再断。唉,说是"万能胶",其实是"无能胶"。

难道说,我得放弃这个电饭锅吗?

正懊恼间,一日,竟然出其不意地在百货公司看到了一字排开的万能胶。

啊,原来万能胶的种类多如繁星,有适用于陶器瓷器的,有特用于铁器铜器铝器的,也有专属皮料布料塑料的。林林总总,不一而足。

用料不一,成效不一。

立马买了那种专门对付塑料的,果然,一粘即合。

一物治一物,诚然。

学府不也一样吗?

学生情绪生病了,如果教师不去追溯病源,只是千篇一律地用同一管万能胶,"一视同仁"地想去黏合诸多学生被不同缘由戳得千疮百孔的心,根本是徒劳无功的。

许多时候,一管万能胶,只适用于某一类或某一个学生。

教师,应该因时制宜、因事制宜。

老　妪

卖鱼脬面的这个摊子,坐落于锦茂熟食中心,每天排队的人群像是一条蜿蜒的蛇。

这天,去得早,人龙很短,我也就凑兴了。站在我前面的,是一名老妪。疲惫憔悴的皱纹龟裂成网状,弓着的背像个猥琐的小土丘。她用福建话对摊主说道:"给我一碗鱼丸粿条。"摊主煮好后,她竟然说道:"你换细面给我吧!"摊主一声不吭,依言煮了一碗细面。老妪喑哑着嗓子问:"多少钱?"尽管告示牌上清清楚楚地标明价格,摊主还是耐心地答道:"三块钱。"老妪下唇微微垮着,慢条斯理地从皱巴巴的小皮包里抽出一张两元的钞票,递给摊主;然后,小心翼翼地把小皮包收好。摊主把那碗热腾腾的面条递给她,却没有追讨余款。

老妪走后,我赞许地说:"你真是好脾气呀!"

摊主淡淡地应道:"每个人都会老的。"

短短一句话,却像一股涓涓暖流。

迈入老境,老者需要的,正是这样的温情、理解、耐性、包容。

——每个人都会老的。

希望大家都能够紧紧记住这一句掷地有声的话。

心　情

今天，终于有了做蒜泥的心情了。

一公斤蒜头在眼前堆积如山，一瓣一瓣慢慢剥开，蒜头独特的浓香，缠缠绵绵地染在十根指头上。

剔除了薄衣而一丝不挂的蒜头，黄澄澄、胖嘟嘟、滑溜溜、亮晃晃。快刀乱剁，蒜头很快地化成了碎粒；犀利的香气，像骤来的暴雨，洒满了厨房。

对着那一大碗粗细适中的蒜泥，我微笑。

啊，正因为我今天有做蒜泥的心情，所以，我做出了很开心的蒜泥。

好友阿黛闻言笑道："做蒜泥也得要有好心情？你别危言耸听了！"

是真的呀！

天地万物，都是有知觉、有感情的。

它们都需要被尊重。

记得有一回，赶着出门，却发现用人忘了熨我要穿的那袭新衣。心情急躁地赶着熨，熨斗压在衣裳上的力道，又沉又重。

赶往聚会地点时，心直口快的朋友直言不讳："咦，你怎么胖了那么多？"

体重明明没有上升，为什么看起来竟然像只企鹅呢？这时，我清楚地知道，是那袭不曾得到善待的衣裳在阴险地报复了。

瞧，纵使做的是熨衣这等琐事，也必须具备一份好心情呀！

黑太阳

已经是第二次重看这部纪录片了,我以为我已经有了"免疫能力",但是,我错了。

我依然在簇簇怒火中簌簌落泪。

以下是纪录片中的一幕:

"来,来这儿。"

一群日本军医笑容满脸地将一名十一岁的小少年引入这个宛如地狱的地方。这名天真烂漫的小哑巴,以为态度友善的军医们要和他玩游戏,于是,高高兴兴地躺到手术台上。他们用麻醉药迷昏了他,便迫不及待地开膛破肚,切除他的肺、肝、胃、肠等等;然后,分别浸在装了药水的玻璃瓶里。接着,这名五脏六腑全被掏空了的少年尸体,便被送去焚尸炉火化了。这群日本军医,看着在药水中浮浮沉沉的人体器官,喜不自抑地说:"今晚,大家都去喝酒庆祝吧!这样新鲜的实验材料,实在难得啊!"

《黑太阳731》是一部有关"第七三一部队"的真实纪录片。

"第七三一部队"是日军在1935年秘密设立于哈尔滨的活体实验基地。

让年轻的一辈了解历史的真相,让年轻人知道保家卫国的重要性,《黑太阳731》这纪录片,是最佳教材。

愧疚的雨伞

以色列天气喜怒无常，有时，上午阳光猖獗，下午却阴雨绵绵。

对我而言，雨伞是必备的，然而，以色列人却不爱用伞。在晴天里，纵使太阳的巨掌是滚烫的，他们却喜欢那种被阳光抚摸的感觉；在阴天里呢，他们就浪漫地享受霏霏细雨落在身上的情趣。

在特拉维夫寻寻觅觅，终于在一家商店里找到一把漂亮的大黑伞，是他国制造的。

次日，风雨相伴而来，暗自庆幸自己有先见之明。雨下得规规矩矩的，唯风却发疯了，人在风中，就算是个胖子，都会自觉步履轻盈。

撑伞走进雨里，呼啸的狂风像发怒的猛兽，气势汹汹地扑了过来。雨伞受了惊吓，伞面朝上猛掀，伞骨"喀啦喀啦"地断折了；伞下的我，顿时成了狼狈的落汤鸡。飞奔到屋檐下，沮丧地发现，雨伞已成了一堆支离破碎的东西，宛如一只折翅的黑蝙蝠，猥琐不堪。

将它狠狠地扔进了空空的垃圾桶里，它发出了"咚"的一声巨响。啊，是雨伞在说"对不起"呢！

雨伞当然是应该道歉的，"金玉其外，败絮其中"，它给自己国家的制造业带来了负面的名声。

也许，它只是众多骏马中的一匹劣马而已；然而，坏了一锅粥的，不也仅仅是一粒小小的老鼠屎吗？

快乐的花瓶

在中国一家精品店里,我对这陶质花瓶一见钟情。

吸引我的,是它那种毫不掩饰的快乐。完全不是传统那种正经八百的设计——瓶身轻俏地扭动着,好似一个妙龄女子闻歌起舞,柳腰款款摆动,不知今夕是何夕。如果说快乐也有形状的话,那么,这就是了。

花瓶上面,有短短一行字:"快乐的不得了。"

一瞅,立马便揪出了一个白字。嘿嘿,这个花瓶,明明知道自身的白字是个碍眼的错误,可是,它不自卑、不自怜,大方地面对,然后,以微笑憧憬更好的未来。

千山万水地把这个"快乐的不得了"的花瓶小心翼翼地捧回家,朝夕相对。

每回看它,总有所悟。

坦然地面对错误固然是人生一个可贵的境界,然而,"永不再犯"才是更高的境界。

只有不重蹈覆辙,那种快乐,才是完全的、彻底的、淋漓尽致的。

明明知道错了,不道歉、不悔改,一方面明目张胆地展示着错误,另一方面掩耳盗铃地为自己的愚昧所糊弄而兀自快乐,那样的快乐,便渗入了"愚蠢"的成分;更为可怕的情况是,"颠倒黑白、指鹿为马"地要人相信，那根本就不是一个错误，久而久之，把自己的谎言当真理，一径快乐"的"不得了……这样的心态，就不是"愚蠢"二字所能概括得了的！

一个圆圈

一日,听广播员口沫横飞地说"一个圆圈"的故事,觉得十分有趣。

她说:"在纸上画一个小圆圈,出示给不同的老师看,会得出截然不同的结论。"

华文老师把它看成是一个"句号";英文老师说它是英文字母"O";化学老师认为这是"氧气"的代号;音乐老师说它是"休止符";美术老师竖起拇指说"这是一个完美无缺的圈圈";心理学老师却认为它是"一颗空荡荡的心";体育老师直截了当地说:"不就是一滴汗珠嘛!"

一个人的成长背景、生活环境、专业素养,往往就决定了他看事情的角度。

同样地,一个问题学生落在不同老师的手里,也会因为人生观和处理方式不同而造就迥然而异的"命运"。

学生考了0分,乐观的老师会把这个"0"看成是起点,认为他有很大的进步空间;悲观的老师却将这个"0"看作是"终点",觉得他无可救药。

对这个在学习道路上"溺水"的学生,前者积极抢救,伸手去拉,拉不了便借助于木棍和绳子,两者都够不着时,便跳下水去,务必把他拉上岸来。老师不屈不挠的努力和永不放弃的爱心,就像棉被和烙饼，使"饥寒交迫"的学生受到感动，许多"回头是岸"的故事因此而四处传扬。

后者呢，一心认定溺水者"死定"了，因此，不闻不问，任由他在水中挣扎、浮沉，最后，惨遭没顶。

这时，他会以"未卜先知"的态度诏告四方："瞧，我早就说了呀，这人，没救。"

试卷上的"一个圆圈"，蕴藏了许许多多或让人心动或使人心寒的真实故事。

释放缤纷

台湾一名十岁的小男生柳宇祐，长得胖嘟嘟的，很有喜感。性格开朗的他，酷爱书法，经常以浑厚圆润的字体，酣畅地写出如珠妙语，借以自嘲。

他曾在一张大卡纸上如此写道："我不胖，我只是有点热；老师说受热会膨胀，你懂吗？"

大家读懂了，嘻哈绝倒，他意犹未尽，再接再厉："放心，任何事情，慢慢都会变好的；像我，一开始只是胖，后来就逐渐地变得好胖、好胖。"

这些裹着滚圆笑意的文字，在网上疯传，柳宇祐也因此成了"网上红人"。

照片里的他，笑得好像正在过着一个丰盛的大肥年。

教书多年，我发现，在学府里，胖男胖女常常会为了自己不符合世俗要求的体形而自惭形秽。由于他们心态敏感，在他们面前，"胖"和"肥"就成了忌讳的字眼。有时，在课堂里谈及《西游记》里那诙谐惹笑的角色"猪八戒"时，我的目光也尽量不往他们那儿睃，免得他们自动"对号入座"而心生怨意。

致胖的原因是多方面的，有的是放纵口欲而带来的恶果，有的则是先天基因导致的。不管是前者抑或是后者，倘若我们无法改变现状，就只能安然接受、恬然面对。任何负面的情绪，都是自我的折磨。

　　小男生柳宇祐，不逃避、不自卑，还"反败为胜"地将之转化为自娱也娱人的幽默。

　　可以预见，柳宇祐的人生道路，必定是花香氤氲的，因为年纪小小的他，就已经知道，如果外在土壤贫瘠的话，每一个人都可以恣意在心中开发一个园圃，源源不绝地释放缤纷。

Ⅱ　旅者境界

随意走，随意看，我看山像什么，它便像什么；就算什么都不像，它自身展现的，便是一种自然生态的美。

富　裕

一个年过七旬的印第安人，静静地坐在河畔。

他在垂钓。

可是，他手中拿着的，不是钓竿，仅仅是一根细细长长、坚坚韧韧的尼龙线。线的一头，系着一个尖尖的钩子，挂着肥肥的鱼饵；线的另一头呢，就被他紧紧地攥在手里。

此刻，天和地，都不在他眼里。旁人和他说话，他不瞅不睬；小孩和小狗在他身边喊叫、打转，他置若罔闻、视而不见。

他的整颗心，只专注在河里；他的视线，只定格在那小小的鱼饵上。

尼龙线动了，他的心也跟着动了。用力一拉，线的一头，有一尾鱼，正全力扭动、拼死挣扎，鱼尾溅出的晶莹水花，和老人脸上淡淡的笑花交相辉映。

他把鱼从钩子上取了下来，丢在河畔的草地上，鱼儿嘴巴一张一合地翕动着，他呢，心无旁骛，继续垂钓；天和地，从他眼中静静隐去……

尽管河里渔产丰富，可是，巴拿马印第安村庄的这个老人，每天只钓两尾鱼。

两尾，仅仅两尾。

一尾当午餐，一尾当晚餐。

每天的两尾鱼，使知足常乐的他觉得整个世界都握在自己掌心里。

老人心灵的极端富裕，让人无比钦羡。

心　锁

圣彼得堡有道清澈美丽的涅瓦河，围栏上，累累赘赘地挂着数不清的锁。

心形的锁。

俄罗斯人告诉我，情侣把爱情锁在这里后，将钥匙"咚"的一声抛进河里，就能确保恋情天长地久了。

这个看起来充满了柔情蜜意的浪漫行径，却让我心生寒意。

谁能确保爱情的堡垒固若金汤啊？

谁能？

两情相悦时，朝朝暮暮嫌不足；感情死亡后，分分秒秒嫌碍眼。

心房一裂，原本把两颗心紧紧地串在一起的那把锁，就会惨惨地转化为尖尖的匕首，互相刺戳，彼此伤害，贯穿骨髓、痛彻心扉。这时，双方都迫不及待地想把锁解开；然而，在你侬我侬之际，钥匙早就被丢进河里了，此刻想要在河里捞针，谈何容易呀！

心锁沦为枷锁后，锁在一起的两个人，彼此厌憎、相互唾弃，却依然得朝夕相对。感情的凌迟，莫过于此！

相爱的人，在如胶似漆时为感情上锁，切切要记得，钥匙是必须紧紧地攥在手里的。保留退路，不是悲观，不是消极，更不是对感情欠缺信心，仅仅是在必要时给予自己一个再度追寻幸福的机会罢了。

其实，两个人倘若真心相爱，是完全没有必要紧紧相锁的。双方缺乏了呼吸的空间，爱也许很快就会枯萎了。心，是需要自在地翱翔的；具有自我约束力的自由，是爱情的维他命。

境　界

　　野柳，是台湾极负盛名的地质公园。岩石经过了千百年的侵蚀与风化，幻化成许多引人发噱的形状，女皇岩、烛台岩、姜石岩、棋盘岩、蜂窝岩、壶穴岩等等，惟妙惟肖。

　　站在狭长的海岬上，一对夫妻争执不休。

　　为一只"仙女鞋"而吵。

　　女的啧啧惊叹："十足相像，真是太神奇了！"

　　男的说："一点都不像嘛，太牵强了。"

　　女的说："怎么不像呢？你看，鞋面、鞋跟，都清清楚楚地展现！"

　　男的说："你呀，人云亦云，形状那么模糊，哪有半分鞋子的影子？"

　　女的叹气说道："唉，你这人，想象力怎么这般贫乏！"

　　男的生气了，提高了嗓门："别人穿凿附会，你却照单全收，脑子呢，在哪里？"

　　我听着，莞尔。

　　明明是赏心悦目的景致，两人却为了那一块石头到底像不像一只鞋子而搞得横眉竖目、剑拔弩张。

　　很年轻时，游野柳，我也像他们一样，拿着旅游指南，一块一块岩石仔仔细细地辨认，有时，觉得不像，还绕着奇岩转来转去，设法找出一个可以令我认同的角度。然而,在生活中经历过风雨和浪涛之后,便悟出了随遇而安的道理。

现在,不再年轻,重游野柳,心情像云。随意走,随意看,我看它像什么,它便像什么;就算什么都不像,它自身展现的,便是一种自然生态的美。

原来啊,看山是山、看水是水,竟是人生一种新的境界。

泪之墙

这一道高高的石墙，沾满了鲜血和眼泪，屹立于伊莎贝拉小岛上。

这个小岛，隶属于厄瓜多尔。

远在20世纪40年代末期，厄瓜多尔政府把六十余名犯人押送到岛上来，让他们从事艰苦的劳役工作。犯人背着沉甸甸的大石块，在猖獗的阳光里，穿越丛林，全身被毒蚊和毒虫叮叮咬咬地弄得红斑点点，手脚也被荆棘和灌木刺得鲜血淋漓。犯人如果难忍痛痒而走得稍慢，狱卒便毫不留情地挥起鞭子，咻咻连声，一鞭又一鞭，犯人被打得龇牙咧嘴，背部鼓起的鞭痕血迹斑斑。

最让人吃惊的是，犯人建造的，竟是一堵毫无用处的石墙；而目的呢，仅仅是为了惩罚而惩罚！

犯人心中，除了恨，还是恨。他日出狱，一定重蹈覆辙；而且，在作奸犯科时，会比以前更狠、更毒、更肆无忌惮；因为啊，现实环境并没有给予他们反思和反省的机会。

厄瓜多尔政府意识到这样的惩罚方式太不人道，一年之后，把它取缔了。

现在，这堵"泪之墙"依然直直地屹立于岛上，成了一则活的"历史教材"。

对于家长和老师来说，这堵石墙，是一个极好的借鉴。

惩罚得当，足以振聋发聩；倘若毫无意义地为罚而罚，却只能带来负面的反效果。

木雕盒子

在斯里兰卡的旅游胜地狮子岩，有个瘦子向我兜售手工艺品。那个他大力推荐的木制品，雕成一部书的形状，沉甸甸的，手工极为精细。

瘦子说："你打开来看看。"

我左推右挪，上按下掀，翻来覆去地试，硬是开不了。

瘦子露出得意的笑容，接了过去，说："你仔细瞧啦！"

只见他用拇指使劲推左下角的小方块，向下压、向右转，之后，朝外拉，如此九曲十八弯之后，暗门霍然开了，啊，原来是一个以书本为幌子的首饰盒子耶！

瘦子说："把你最珍贵的首饰藏在里面，万无一失呢！"

说完，又递给我，嘱我再试。

这盒子，设计得实在太奇妙了，我一试再试，都无法打开。

还给他，我淡淡地说："你这盒子，只适合装一样东西。"

他懵懵然地问："装什么？"

我微笑地应："秘密。"

嘿嘿，如果能够把满天飞舞的流言、恶语、是非、诽谤，通通锁在里面，不就天下太平了吗？

爱 情

有一则爱情传说，在乌兹别克斯坦广为流传。

相传在中古时代，一名卓尔不群的建筑师对一个名花有主的漂亮女子一见钟情，痴缠不休。那名睿智的女子，请画匠在十粒鸡蛋上面绘上不同的脸谱，再把鸡蛋一一摆在建筑师面前，对他说道："您瞧，从外壳来看，这些鸡蛋，是美丑不一的。"接着，她把鸡蛋一一敲开，又说："现在，您再仔细瞧瞧，里面，全都是一模一样的蛋白和蛋黄呀！"

她的弦外之音是：既然内在世界毫无分别，男子娶妻，又何必在乎外表的不同呢？

旗鼓相当的建筑师，不慌不忙地取出两个装着透亮液体的瓶子，分别注满了两个杯子，说道："这两杯液体，看起来全无分别，但喝起来的感觉就截然不同了。第一杯是白开水，淡然无味；第二杯是白酒，浓烈馥郁。前者只能是友情，后者才是让人心魂俱醉的爱情。"

这则妙趣横生的传说，正好道出了两种不同的婚姻观。

然而，就我看来，两者的看法都是错的。

女子的"鸡蛋论"难以成立，尽管蛋白和蛋黄看起来没啥两样，然而，由于养鸡的环境、方式和饲料不一样，鸡所生的蛋，品质和滋味儿当然也就良莠不齐了。让婚姻天长地久的，不是外表，而是内里。外表的优势是明摆着的,内里的优点却得靠慧眼慢慢去发掘。男人择偶,最大的挑战正在于如何去分辨鱼目和珍珠。

至于男子的"酒水论",更是危险之至。酒,天生具备强劲的诱惑力,它让人放浪形骸、迷失自我;它让人欲望燃烧、失却判断。一旦深陷旋涡,回头无路。白开水呢,初喝时淡,但是,淡到极致,却峰回路转,可以让人品出一种隽永的甜味,这种细滑的口感,能把你带到一个安恬宁静的美好境界。永结同心的婚姻,需要的,不正是这样的境界吗?

征服岁月

这天早晨,阳光像含苞待放的少女,明媚、甜蜜、柔软。

在中国北方这个人口仅仅二十余万的小城珲春慢慢地走着时,前方突然传来喧天鼓乐。

走近一看,啊,是一所小学。

偌大的操场上,有几百名学生载歌载舞。

她们穿着齐一的服装,粉红色的衣裤,束腰、窄裤管,身段窈窕,美丽得近乎张扬。随着音乐的节奏,她们耸肩、晃脑;扭腰、摆臀;手舞、足蹈。进退有致,收放自如,动作圆润一如水中之鱼,柔软一如江边之柳。

我站在远处看,看着看着,忍不住对旁边的妇人说道:"看她们的身高,不像是小学生啊!"妇人笑了起来,说:"她们根本就不是学生啊!今天是珲春一年一度的老人节,学校不上课,把场地借给老人们,让她们尽情表演、比赛。"我吓了一大跳,惊问:"她们全都是老人吗?"她说:"是啊,最年长的,已超过八十岁了;最年轻的呢,也年过六旬了。"我啧啧惊叹:"怎么看起来都身轻如燕呢?"她说:"她们退休后,天天到广场去练舞,早上跳,傍晚也跳。跳出了好身段、好舞姿,也跳出了暮年至关重要的健康。"

过去,在中国计划生育政策下,独生子女必须同时照顾四个垂垂老去的至亲,责任沉重如秤砣;鉴于此,寿登耄耋者,把自己照顾好，也就等于间接帮助孩子减轻了负担。

别人常说，时间是个很好的心理治疗师，但却是个很糟糕的美容师；然而，眼前这些女性，却颠覆了这个说法。她们不肯屈服于岁月，反之，她们以取用不竭的活力去征服岁月，连岁月之神也被她们强大的气场震慑了。她们得意扬扬，越活越起劲，老而不衰、老而弥坚，以快乐的釉彩把原本灰黑黯淡的暮年鬃得晶光灿烂。

洗脸盆

在甘肃,从兰州坐火车前往张掖。

五个小时的旅程,我时而观景,时而看书;风景如画,文字如水,心情美滋滋的。

即将抵达张掖时,前方忽然传来了火车值班员的喝斥声:"别人洗脸洗手的地方,你却当马桶用,你缺了脑子啊?"

那个男人,理不直气极壮地应道:"孩子尿急啊,有什么办法!"

值班员一听更气了,声量提得很高,整节车厢都听得一清二楚:"你脑子坏了啊,还是脚不好使?厕所明明就在洗脸盆旁边,还不到两步路呢!你看你看,尿液到处乱喷……"

那个死不认错的男人兀自嘟嘟囔囔地"抗辩":"小孩的尿,又不是很脏,用水冲冲不就得了吗……"

这时,值班员的声音忽然变成了冰雹,冷、硬、凌厉,可射万里:"你在家里,也是这么干的吗?你的洗脸盆,也是你的马桶吗?你是不是也在洗脸盆里大解小解?"

那个细眉小眼的男子,忽然没了声音,抱着孩子,缩着脖子,灰头土脸地回返座位去。

家里不做的事,在外面却任意做了。

大环境被污化,只因为有太多双重标准的人。

不由得想起了敦煌的地方标语:"敦煌是我家,卫生靠大家。"

敦煌这城市,大街纸屑全无,小巷也是干干净净的,我想,除了执法如山的管制外,当地人把整座城市当成自己家园,应该就是这地方常年保持清洁的主因吧。

岩石也会哭泣

在香港的长洲，琉璃般的阳光把大地照得透亮。

一群年轻人，手里拿着坚硬的铁刷子，站在海畔的巨岩旁，蕴万千力道于温柔的手势中，一上一下地刮着巨岩上的字迹。

这些在籍学生，都是香港自然岩石保护协会的义工，利用闲暇，为巨岩去除人为的"疤痕"。

协会的会员指着"伤痕累累"的巨岩，义正词严地说道："许多人喜欢利用彩笔在巨岩上涂鸦，或者，以毛笔展示自己龙飞凤舞的书法；最不堪的，是唯恐天下不知地在岩石上面签自己的名字，写上'到此一游'的无聊字眼。实际上，每一块岩石，都是大自然的脸，让一张张脸保持原来的素颜，便是对大自然最起码的尊重。"

这话，掷地有声。

在日常生活里，我们不会恣意把别人的脸刮伤、刺伤、戳伤，可是，为什么当我们用彩笔、用毛笔、用利器在岩石上涂涂画画、刺刺戳戳时，我们却没有考虑到，岩石也会受伤，岩石也会哭泣呢？

让学生参与保护大自然的工作，让他们学会尊重之道，就等于是为地球的将来创造福祉。

创　新

在云南北部城市香格里拉，有个古里古气的地方，叫作独克宗古城。

那晚，在一家酒廊听歌。

一坐下，我便注意到酒廊中央有根奇怪的"玻璃管"，直直、长长、粗粗、浑圆、透明、晶亮，由楼下一直一直衔接到楼上去。

非常惹目。

忍不住向酒廊东主打听蕴藏在这个奇特设计背后的构思。

"哦，是上任业主的杰作。"他说，"正因为这玻璃管，他的餐馆开业后，没赚到钱便倒闭了。"

事缘他为求标新立异，设计了这透明的玻璃管，由楼上厕所的马桶衔接到食客麇集的楼下大厅来。客人如厕时，无论大解或小解，所有固体或液状的排泄物，都会沿着玻璃管掉落或洒落下来，清清楚楚地展现给全体食客看。业主自豪地认定他这类大胆的"行为艺术"是独树一帜、举世无双的。

他自认惊世骇俗、新颖独特，实则荒诞不经、令人作呕。

徒具新鲜的噱头而缺乏健康的内涵，徒有创新的意图而欠缺正面的立意，成品不但会产生负面价值，而且，亵渎他人的视觉，侮辱他人的尊严。

最后，闭门大吉，完全是咎由自取。

刺青汉子

在中国北方城市珲春，乘搭计程车到长途公共汽车站去买车票。抵达时，要求司机等我们买了车票之后，再载我们到商场去。

体形魁梧的司机和气地说道："没问题，没问题呀！"

日胜下车后，我留在车上等；由于不知道要等多久，司机把冷气关了。过了一阵子，司机觉得热，把袖子卷了起来。这时，我赫然发现他肌肉怒张的双臂上，文着惹目的图案。左臂有一张狰狞的蜘蛛网，网上趴着一只张牙舞爪的蜘蛛，通体是触目惊心的猩红色；一双卡通化的大眼珠，鼓鼓凸凸的，不怀好意地瞪着四周的人。右臂呢，文了一只睚眦必报的大拳头，拳头攥得死紧，青筋暴突，好似和全世界的人都结了深仇大恨；嘿嘿，挨上这样的一拳，不死也残。

司机的内心世界，肯定有故事，而且，是惊涛骇浪的故事。

啊，究竟是碰上了什么机缘，才导致了他今日的风平浪静呢？

我很想知道。

看他态度和善，也许他不介意谈谈吧？

正想开口时，却见他拿出了一个铝质饭盒，慢慢地打开。白米饭上面的菜肴，惊人地丰盛，我随意看看，有马铃薯炖牛肉、甜酸大虾、辣椒焖茄子等等。他专心致志地吃了起来，食物的香气自炫自得地氤氲于小小的车厢内。就在这时，他的手机响了，他接听，语调显得非常温柔:"啊,你今天乖不乖?有没有惹妈妈生气?唔……很好,很好。爸爸傍晚回家时,会给你捎一个你爱吃的牛油蛋糕,你要乖乖听话哦!"

挂线后,他脸上的笑容,像布匹新染的颜料,良久、良久都没有褪。

此刻,我觉得什么都不必问了。

我已经找到了答案。

胎　教

在沈阳，参观故宫。

出了大门，才发现忘了拍照留念；于是，折返。然而，才一迈进去，便有人以刺耳的声音喊道："你们，出去！"

回眸一看，是个大腹便便的管理员。

她凶神恶煞地说："你们没有看到告示牌吗？上面不是清清楚楚地写明出去后不得重返吗？"

那语调、那气势，好似我们做了十恶不赦的坏事。

我转过头去读告示牌，正读着时，耐性负数的她，居然又盛气凌人地喊道："还不出去？站着干吗？告示牌上的字，难道你看不懂吗？这是规矩，规矩！你懂不懂？出去啊！现在就出去！"

她的喊声，像急促的锣鼓声；那些想看热闹的目光，如苍蝇般麇集。

我走到她面前，站定，气定神闲地说道："规矩，我懂，我也能接受，我当然会出去；不过，我不懂，而我也不能接受的，是你的态度、你的嚣张、你的无礼……"

话还未说完，她便受不了周遭那些由好奇而转为锐利的目光，快速转身，留给我一个僵硬而又傲慢的背影。

看着她庞大的身影，我还有一句话横亘在心里，没有说出来："你，难道忘了胎教吗？"

心灵土医

这天早上,泼辣的阳光把大地万物照得原形毕露,可是,来到了浩罕这个古坟区,我却觉得落在眼前的景致宛若被水泡过了,色泽剥落、亮度全无,好似已经惨惨地轮回了好多趟。一切的一切,都是虚虚浮浮的,很不真实。

周遭很静,有一股挥之不去的寒意。

浩罕位于乌兹别克斯坦北部,在这儿,有一种土医,以独树一帜的传统土法来为病人净化心灵、驱赶邪灵。他们每天一大早就聚集在气氛阴森的古坟区,静候病人。

病人络绎不绝,其中有成人,也有小孩,有的更是举家八九个人浩浩荡荡一起前来求诊。三名土医应接不暇,据说到了周末,更是分身乏术,问诊者长长地排成了一条考验耐心的人龙。

此刻,我伫立一旁,静静观察。

土医让病人躺在铺了垫褥的木床上,手执一个宛若拳头大小的布包,布包里裹着由深山野岭采集的药草。他们用布包由顶至踵"啪啪啪"地拍打病人,拍拍拍、打打打,看起来不像是在疏通经脉,倒像在进行某种神秘的仪式。之后,喃喃诵经,再用手把水轻轻地洒在病人身上,便算是完成整个疗程了,求诊者不需要服食任何药物。

这种治疗方法,只盛行于浩罕。

当地一位教授告诉我，土医不治肉体的病痛，因此，被人尊称为"心灵土医"。举凡孩子心绪不宁、成人情绪郁闷，都可以来此寻求安抚。教授坦白地表示，有时，工作压力过大而觉得百爪挠心，他也会来此求治。

我好奇地问道："您觉得有疗效吗？"

他微笑，讳莫如深地答："心诚则灵。"

街头画匠

在东京的新宿街头，有个画匠，夜夜坐在画架旁，鹄候。

一晚，倦游回返旅舍，经过那儿时，他用英语热切地招徕生意："来画张彩像吧，只要三十分钟！"

反正没事，便坐了下来。

这画匠，健谈。画笔在动，嘴巴也没闲着。从他断断续续的叙述中，我了解到他的人生道路并不是很平顺的。他原本在一家建筑公司当绘图员，直属上司是美国人。尽管日日浸濡在讲英语的环境里，他的英语却是"磕磕巴巴"得极不顺畅，他把这归咎于自己没有学习语言的细胞。由于常常在沟通上犯错，工作了短短两年，便被裁掉了。他说："运气不济呀！"我心想，问题的症结在于努力不足吧！

被裁之后，他失业多时，不得已，只好改行驾驶公共汽车，却又因为多次触犯交通规则而屡屡被罚款，最后，公司辞退了他。

我诧异地问："现在，你只靠绘画糊口吗？"

他叹气："是呀！有时，苦候一晚，都没半个人影！"

我安慰他："别担心，不肯坐以待毙的人，老天是会特别眷顾的。"

他听了，频频点头，说了一句极具智慧的话："是呀，路是人走出来的。"

半个小时后，把绘好的画像递给我；一看，便愣住了。画笔粗糙且不说，画中人，貌不像，神不似，完完全全是个陌生人。

走回旅馆途中，我意兴阑珊地将画像丢进了垃圾桶里。垃圾桶发出了一个温柔的回响，仿佛在告诉我，这画，正合它的胃口。刚才他说"路是人走出来的"，一点儿也没错；然而，要"走"出一条路，必须具备敏捷的双腿和矫健的腿力呀！在职业道途上屡屡碰钉子的他，居然连这样简单的道理也不懂！

旅游暴力

那天早上,无风,太阳像是入定的老僧,安静而肃穆。

舟车劳顿,风尘仆仆地来到了土库曼斯坦被列为世界文化遗产的梅尔夫古城。这个位于古丝绸之路的绿洲城市,人口稠密,车水马龙,曾经繁华一时。如今,已成供人瞻仰的废墟。

在这个寸寸皆历史的断墙残垣间彳亍时,我那颗原该欢喜的心,却有着难以遏制的愤怒。

我看到了好些经历了"旅游暴力"而残留的丑陋痕迹。

一些空的矿泉水瓶,鹊巢鸠占地在此"安家落户";还有,吃了一半的糖霜面包、咬了几口的苹果、剩下半边的馅饼,随地丢弃。孜孜矻矻的蚂蚁们,欢天喜地地运搬粮食,长长的队伍浩浩荡荡。更骇人的是,有恬不知耻的旅客竟然把这儿当作露天厕所,留下一摊摊臭气熏天的粪便;苍蝇们觅得粮库,快活无边地飞绕叮食。

旅游的暴力,着实是对精神文明严重的亵渎。

我站在阳光底下,对着眼前不堪入目的丑陋景象兀自生气。

在苍蝇可厌的嗡嗡声里,我忽然想到,在第二次世界大战期间对东南亚各国疯狂发动侵略的日本,近年来屡屡篡改教科书,企图瞒天过海,扭曲历史的真相;这种高度不负责任的行为,不就等于是在历史的长河里恣意大解吗?

想到这,站在这个臭气熏天的地方,我游兴尽失。

顽石有味

站在那气势万千的长桌边，我空空的胃囊发出了惊天动地的叫嚷。

摆在桌上的，是由一百四十三道丰盛菜肴汇成的"满汉全席"。

乳猪油光滑亮、龙虾张牙舞爪、螃蟹神气活现、肥鱼鳞光闪闪、大虾晶莹剔透、八爪鱼气势磅礴、烤鸡风情万种、东坡肉丰腴销魂、贝类妩媚鲜活，还有那色泽鲜艳的荔枝、阳桃、玉米、莲藕、苦瓜……哎哟，琳琅满目啊！说来难以置信，这些引人垂涎的美食，居然全都是由硬邦邦的寿山石精雕细琢而成的！

赞叹于它们的栩栩如生，惊叹于它们的鬼斧神工。

长期展出于中国福州三坊七巷"百宴轩"的"寿山石满汉全席"，是福州艺术家孙兆勇耗费了长达二十年的时光，利用了数十种寿山石，逐件逐件地雕成的。有趣的是，为了凸显地方特色，他还刻意把许多福州的传统美食如佛跳墙、肉燕、肉丸等等，带到气魄万千的"满汉全席"上。

只要细心观察，当可发现，雕者并不是扭曲石头的本性而一味地按照自己的意愿进行雕塑的，反之，他顺着石头天然的走势进行雕塑，使石头心甘情愿地显露出"自己本来的面目"。让人拍案叫绝的是，即连色泽，用的也是寿山石斑斓的原色，没有增添一丝一毫人工的色彩。

也许，也许呵，这些石头的前世是食物，今生轮回为石头，而有心者又重新帮助它们以另一种形式还原了。难怪每一道"食物"都显得生气勃勃、兴高采烈；即连小小一颗花生，也千娇百媚，自信而又自豪。

石头本无情，生活本无色；然而，雕者以慧眼看石头、以爱心抚石头、以巧手雕石头，冰冷僵硬的石头因此便有了生命、亮泽、色彩；生活呢，当然也就有了千变万化的味道……

睿智的夕阳

坐在以色列南部的沙漠看日落。

已是傍晚七时许了,天空依然是一片不讨喜的灰蓝色。

不肯回家的夕阳,非常凶猛,化为一根长矛,拼命地戳着厚厚的天幕。戳呀戳的,天幕招架不住,终于被捅出了一个大窟窿;兜不住的色彩,像潮水一样,哗啦哗啦地倾泻而下,把我淋得浑身斑斓。这时,原是长矛的夕阳,却又摇身一变,成了地平线上一颗橘红的圆球,坐拥满天华彩。

正当我想以相机把这一幕定格在记忆里时,夕阳却迅速遁走,慷慨地留下满天璀璨。

啊,朝升夕落的太阳,日日冷眼旁观,看尽皇朝的盛衰、宦运的起落,对于"飞鸟尽,良弓藏;狡兔死,走狗烹"的残酷现实,了解得比谁都透彻,也体会得比谁都深切。

此刻,它静静消失,毫不留恋,像个悄然隐退于官场的睿智功臣,留下了满天转瞬即逝的珠光宝气……

历史受伤

在叙利亚北部城市阿勒坡，参观一座千年古堡。

讲解员知识丰富，巨细靡遗地为我们介绍有关古堡的一切，声情并茂，看得出他对历史古迹有着深厚的感情。

走着、看着。

逛着、讲着。

来到古堡中央的广场，一看到正在兴建的那个石砌舞台，他突然停住脚步，表情由兴奋转为生气，语调激动地说道："他们要在这里建造一个舞台，为游客提供歌舞表演。但是，他们忘了，这是一座古堡，一座千年古堡耶！在一座属于阿拉伯人的历史古堡里建造一个表演舞台，不但荒谬，而且，是在破坏历史、扭曲历史！"顿了顿，表情凝重的他继续说道："历史，在这里严重地受伤了！"

啊，历史受伤了。

这是何等沉痛的话语呵！

遗憾的是，如今，在世界许多不同的角落，人们都有意无意间在伤害历史。

他们肆无忌惮地拆除古老的建筑，却套上冠冕堂皇的美名："发展"。

另有一种伤，是让人痛入骨髓的，那就是恣意而又刻意在教科书里厚颜无耻地篡改第二次世界大战侵略的历史。

心　愿

在台北淡水的情人桥畔，有个木架，挂满了许多小木牌，上面密密麻麻地写着游人的心愿。

其中一个牌子，是某个人写给情逝的爱侣的："我最亲爱的M：好久不见，等你多年，快回来我身边，再也不分开。我肯定用最深的心来爱你。这段时间，我时时刻刻、日日夜夜都在盼望。"

小木牌很轻、很薄，但是，感觉上却是很重、很厚。

上面，没有任何花里胡哨的语言，有的，仅仅是一颗不事修饰的、充满了焦灼与懊悔、憧憬与渴盼的心。

这人，曾经拥有饱满丰实的爱情，但却不曾天长地久。

抒写者，不知是他，抑或是她。爱情变泡沫，千丝万缕的原因说也说不清；但是，它真切地教会了我们，如果你目前正在拥有，便必须好好珍惜。如果你把捧在手中的当成是珍贵的水晶，水晶当会折射出绚丽灿烂的亮光，照出一片美丽的天地；但是，如果你以为手里拿着的仅仅是廉价的玻璃，那么，玻璃肯定会在你猝不及防之际长出翅膀，永永远远地飞走。情逝的那个人，无论如何也想不通、悟不透，明明拿在手里，为何转瞬成空？

保护膜

到甘肃游玩，在嘉峪关长城的砖块上，不知是谁，刻了"到此一游"几个字。

一名游客，回头看了看随行的朋友，促狭地问："喂，是不是你刻上去的？"

那名年轻的女子，不知道这只不过是随兴的调侃而已，气急败坏地应道："才不呢，我是绝对不会在古迹上写字的！"

周遭的人听到了，落在她脸上的目光里，不由自主地透出了几许敬意。

她的声音，继续回旋于四周："把笔迹或姓名刻在这种千年老砖上，会给自己带来厄运的，你想想看，我会这么蠢吗？"

现场一片静默。

而我，我希望，我真的希望人人都能够抱持着和她一样的想法，当个"聪明人"。

这样一来，天下所有的古迹，便有了一层安全的"保护膜"了！

III 饕餮味蕾

朴实无华的味道，
于憨厚中见饱满，
是人世间最好的滋味。

马 肉

乌兹别克斯坦人嗜食马肉，在肉市里特设马肉区，专卖马肉马肠。

当地人买马肉，是带着几分狠劲的，往往一买便是两三公斤。他们认为，马肉就该大块大块地煮、大块大块地吃，才能吃出满腔豪气。到了冬天，家家户户都飘出炖马肉汤的香味儿。马肉滋补、祛寒，是冬天最佳补品。尽管寒风凛冽，然而，把一大碗热气腾腾的马肉汤喝下肚去，身体的每一个细胞都"哧哧哧"地冒出烟气，那个舒服啊，就像是盖了几重大棉被。户外大雪纷飞，户内的人却猛猛飙汗。

自从迈入乌兹别克斯坦国境后，便屡屡听到当地人眉飞色舞地谈买马肉、煮马肉、吃马肉，然而，马肉的滋味究竟如何，却无缘一尝。

这天，在塔什干一家标榜国食抓饭的餐馆，惊喜万分地看到抓饭的主料是马肉，迫不及待地点了一盘。色泽艳黄的米饭上面，铺满了一片片厚薄不一的马肉。细细品尝，发现这马肉可不是浪得虚名的，它非常嫩滑，有奇香绕舌，香透五脏六腑。我三下五除二，把马肉吃得一干二净，剩下的米饭，意兴索然地闪着腻腻的油光。

午餐过后，到公园去逛，恰好碰上有人牵着一匹壮硕的马儿招徕游客："来呀来呀，骑着马儿去绕湖一匝吧，浪漫又有趣！"

我转头看马儿，不经意地接触到它温柔似水的眼神，我沉甸甸的胃囊倏地响起了嗒嗒的马蹄声，心里咯噔一下，赶紧向它道歉："对不起！"之后，快步走开。

　　一直到旅程结束后，我都不曾再让马儿跑进胃囊去。

　　矫健的马儿，是属于大自然的，只有蓝天绿野配得上它。

　　让它以胃囊为家，不免亵渎了它。

咖啡与面包

咖啡，盛放在古里古气的长嘴铜壶里。

这名中年人，瘦得像一盏孤苦伶仃的街灯。

他就站在耶路撒冷的古墙外，守株待兔。阳光像融化了的铁，一下一下地烙在他的脸上、身上，从大大小小的毛孔咕嘟咕嘟地冒出来的汗水，黏黏稠稠的，把他鲜红色的衬衫濡染成阴森的暗红色。

他以暗哑的嗓子对每一个路过行人喊道："帮帮忙吧，喝杯咖啡，我家有小孩要养呢！"

我驻足，买了一杯，咖啡浓得像药，极苦。我想，比咖啡更苦的，恐怕是他的心吧，因为他必须靠一杯一杯咖啡把家中嗷嗷待哺的孩子一寸一寸地拉拔成人。

然而，天气酷热如斯，谁要喝那滚烫而又涩口的咖啡呢？一杯冷饮、一客冰激凌，绝对是更好的选择呀！

不合时宜的咖啡，在恹恹的等待中，变得更黑、更苦了。

耶路撒冷古墙外的另一隅，有个约莫七八岁的小男孩，双眉紧蹙，无奈地看着时间在焦灼的等待中一点一滴地流走。他在等待顾客，他在等待收摊；可是，时间嘀嘀嗒嗒地溜走了，高高堆叠于摊子上那圆圆大大、干干硬硬的面包依然纹风不动。

在这个连风也无力的下午，我清清楚楚地听到了男孩内心焦灼的嘶喊。他要一个恰如其分地属于他的童年,他要一个可以让他任意挥霍的童年。

然而,时不我予,他一筹莫展。

他年他日,当男孩成长之后,回首来时路,或许会问:"谁能赔我一个黄金般的童年?谁能啊!"

千金散尽还复来,然而,不啻拱璧的童年,谁赔得起?

返璞归真

这个真实的故事,是一位名厨告诉我的。

那一年春天,他远赴日本北海道观摩一场别开生面的烹饪比赛。

烹饪的主要食材是带子。

比赛当天,高手云集,蒸炸煮炒烘烤烧,各出奇招。

有的用最上等的日本清酒进行浸泡,再以独树一帜的方式来烹制;有的用最名贵的松露来配搭,再以叠床架屋的方法去炊煮。林林总总,不一而足。大家都希望带子在配料的衬托下,能够美美地展现出类拔萃的风貌。

一番无比剧烈的龙争虎斗后,出炉冠军的参赛作品,使众人大跌眼镜。

他没有使用任何珍贵的配料,仅仅将些许海盐轻轻撒在新鲜肥硕的带子上,在平底锅上将牛油融化,再用慢火把带子煎成淡淡的金黄色,九成熟。

评判众口一词地认为,这名厨师不动声色地把带子那"倾国倾城"的原味点滴不漏地激发出来,不事修饰、不曾伪装,但却恰如其分地体现了它鲜到极致那种无与伦比的好滋味。

"返璞归真",就是人世间最好的味道。

人,不也如此吗?至情至性的真,最能触动人心。

斋

最近，长期茹素的朋友在斋菜馆宴客，上桌的菜，每一道都有个令人发噱的荤名：烧乳猪、宫保虾、酸甜肉、咖喱鱼、脆皮鸡、羊肉串、鸭肉卷，等等等等。

台湾已故著名作家琦君女士曾说："真正茹素的人，是必须'三斋'兼具的。"这"三斋"就是："胃斋、口斋、心斋。"胃斋是"吃素"，口斋是"不说荤话"，心斋是"不思荤事"。唯有"三斋齐备"，才算是"健体养心"之道，也才算是个真正茹素之人。

然而，如今，大部分经营斋菜馆者，却在菜式上套动物之名、在卖相上借动物之形，让食客在吃斋之际，思荤事、说荤话，胃斋而意不斋，名副其实的"挂羊头，卖狗肉"。

每回有茹素的朋友在斋菜馆设宴，看到上述这种令人遗憾的现象，我总忍无可忍地提出批评，座中应和者多，都说："是啊是啊，斋无斋相，食之不安。"然而，从"供求相应"的角度来看，冠冕堂皇地穿着"荤菜外衣"的斋菜能够大行其道，也足以证明人心净化不了。

有一回，和台湾著名作家吴若权先生同桌用餐，却听到了另一番别有见地的话。

他语调沉稳地说："我和一位道行很深的佛教徒约了一起去吃斋菜，看到满桌假鸡假鸭假鱼假乳猪，忍不住生气地说：'真是满桌浊相啊！'可是，没有想到，笃信佛教的这位朋友，一点儿也不以为忤，他只是云淡风轻地说：'这些，只是皮相而已，不碍事。'我一听这话，深感惭愧，觉得自己才是人世间最大的浊相。"

这话，像钟，在我心中猛猛地敲了一下，余音袅袅。

是的，能洒脱地超越一切外在形式的束缚，服膺于内心的信仰，才能算是茹素者最高的境界。

心中有佛祖，酒肉尚且可以穿肠过，其他的，更不足为道了。

"谋杀"

春川这地方,美绝了。

它位于韩国北部,是个人口仅仅二十余万的小城,时值秋天,树梢那单调的绿色,已转化成了灼眼的缤纷。

晚餐过后,在纤尘不染的街道上散步,有童话般的心情。

街道两旁,都是小巧玲珑的店铺。

我站在一家点心店外,隔着玻璃橱窗,从一个倾斜的角度里,静静地看年轻的厨师做三明治。

厨师手势纯熟地把椭圆形的小面包居中剖开,涂上厚厚一层牛油。就在这时,一只豆大的飞虫失足跌落在面包上。乌黑发亮的虫子沾上了黏答答的牛油,小小的翅膀无助地颤动着。就在这电光石火的一刹那,厨师用拇指轻轻一捺,悄无声息地把那只垂死挣扎的飞虫嵌进了柔软的面包里,继而快速地把特制的酱料涂在面包上。那只飞虫,就此神不知鬼不觉地被埋葬于褐色的浓酱里了。

我的肚子霎时翻江倒海。

旅行归来,忆及春川,浮上脑际的,不是那醉人的秋景,而是这令人作呕的一幕。

那名厨师"谋杀"了一家店的清誉,也"谋杀"了一名游客对一个小城的美好记忆。

一切,只源于一个没有道德操守的惯性动作。

鲑 鱼

鲑鱼端上来时,我和挚友阿西正坐在飞往香港的机舱里。

天生丽质的鲑鱼,浸在乳白色的汁液里,宛若缥缈云雾中若隐若现的夕阳,妩媚娇艳。煮得恰到好处的鱼肉,嫩滑丰腴,异香缠舌;我由衷地赞叹:"哎,飞机餐居然有这等水平,真不赖啊!"可阿西却双眉紧蹙地应道:"嘿,这么腥,亏你还说好吃!"我心想:阿西这饕餮,嘴巴可真刁呵!

细嚼慢咽,鲑鱼吃完了,鲜美细致的滋味还恋恋不舍地缭绕于唇齿间。看看阿西,盘里的鲑鱼还剩下一大半,她却已意兴阑珊地放下了刀叉。我心想:遍尝美食的阿西,也许只爱那些上桌前还在戏水的活鱼吧!

阿西从眼神读懂了我藏在心里的话,忍不住强调地说:"真的很腥啊!"切了一块,放在我盘子里,又说:"你试试吧!"尽管觉得多此一举,可我还是没有拂逆她的意思;然而,把鲑鱼放进口里,才一咀嚼,我却像被点了穴道一样,完全作声不得。

真的、真的很腥啊!那种使人打寒战的腥味,使原本无知无觉的牙齿也争先恐后地想从口腔里逃走。

一叶障目,不见泰山。

固执己见的主观,就是那一片隐蔽真相的叶子。

甜面圈

在不识愁滋味的童年时代,居处附近有一家店面狭窄的老铺,五颜六色的糕饼摆在铁盘里,好似五彩缤纷的拼图。

弱水三千,只取一瓢饮——我独独钟情于甜面圈。

甜面圈,胖嘟嘟、圆滚滚、金灿灿;把它捧在手里,有一种"岁月安好"的丰饶感。当甜面圈的香气于唇齿间缠绵缱绻时,所有的不乐、不安、不快,都成了过眼云烟。

长大、变老之后,我对甜面圈依然一往情深,只要邂逅,绝不放过。

可现在的甜面圈,已经变得奢华骄矜了。它披着斑斓的彩衣,睥睨众生,不可一世。有家甜面圈专卖店,世人为了一亲芳泽,排了长龙去买。我也买了,然而,只吃一口,便弃如敝屣。小麦那种原始粗犷而又绵密厚实的香味,完完全全被糖浆厚腻的大甜覆盖了。

崇尚奢华的现代人,对这些"飞上枝头当凤凰"的甜面圈趋之若鹜,然而,我却只坚持吃那原汁原味的。

朴实无华的味道,于憨厚中见饱满,是人世间最好的滋味。

同样的,不事矫饰的语言,于平淡中见深邃,是人世间最美的语言。

砒 霜

我不吃羊肉，怕腥膻，哪怕是一丁点儿的膻味，也躲不过我敏锐的嗅觉和味觉。

到了新疆，当地人自豪地告诉我：新疆土壤肥沃，绿草欣欣向荣，以这种优质草果腹的新疆羊，肉质又鲜又嫩。

他们夸得起劲，可是，炊烟一起，老远飘来的那股羊膻味，让我觉得连空气都长满了鸡皮疙瘩。

一回，一个售卖羊肉的老大姐瞪着我，说："你不吃羊肉，就等于没有来过新疆！"

那语调，干巴巴、硬撅撅，好像从嘴里滚出来的，是一颗颗小石头。

我反问她："那你呢，你不吃什么？"

她飞快地答道："猪肉，一看到油腻的肥肉，我便作呕。"

我慢条斯理地应道："那么，请你想想，现在，有一大碗白兮兮软绵绵滑溜溜的肥肉，放在你面前，油光闪闪的，你必须把它吃得一干二净，你愿吗？你能吗？"

她立马露出了极端厌恶的表情，说道："我宁可死掉也不吃！"

我微笑地应："那么，你应当明白，羊肉，也正是我的砒霜啊！"

尊重，源于了解。

唯有设身处地地了解对方的感受，才能相应地尊重对方的感觉。

尊重，也正是和谐相处的一大要诀。

榴　梿

　　榴梿是一种奇特的水果。

　　它的香气就像斗牛场里的莽牛，爱它的人，胃囊被它撞开了一个永远也填不满的大坑却也甘之如饴；恨它的人，巴不得放个强悍的斗牛士去歼灭它。

　　榴梿的味道是活的，吃完之后，还恋恋不舍地在指头上活蹦乱跳。

　　女儿爱吃榴梿，但却讨厌事后宛如魑魅魍魉般纠缠于十指的气味。一日，居然把榴梿放在碟子上，以叉子剔食。此举无异于身穿雅致旗袍骑在电单车上驰骋于闹市，不伦不类，大家笑翻了天。我心想，哼哼，戴着手套吃螃蟹，哪来的乐趣啊！

　　然而，一日，基于好玩，东施效颦，居然让我吃出了另一番情趣。

　　过去，用手抓食，囫囵吞枣，只能尝及覆盖在榴梿表面的香味；然而，现在，用叉子剔除果肉，细嚼慢咽，却得以深入地尝到榴梿那层层叠叠千回百转的好滋味。吃完之后，十根指头，清清爽爽，不沾一丝异味。

　　现在，一把榴梿拎回家，便奔向厨房，取碟子、取叉子。

　　许多事情，唯有抱持开放的心态，才能给自己的人生不断地制造惊喜。

画龙点睛

这晚，到伦敦一家以牛排驰名的餐馆"Quality Chop House"去；然而，女儿迫切想要吃的，竟然不是那价昂的优质牛排，而是每份四镑（折合新币八元）的炸马铃薯。一向以饕餮自居的女儿，居然会为了这稀松平常的马铃薯而神魂颠倒，倒真的撩起了我的好奇心。

这炸马铃薯，是以让人惊艳的卖相登场的。一片一片切得极薄，层层相叠，叠成了比拇指略大的长方形，好似金光灿烂的九层糕。

只吃一个，味蕾便被戳出了许多窟窿，每个窟窿都盛满了欢喜。

它酥、脆、化，仿佛是掠过口腔的一股饱满而又丰腴的风；浓郁的异香，久驻唇齿。

厨师分享秘诀：将马铃薯切成均匀薄片，以鹅脂将它们粘在一起，使劲去压，压成你侬我侬的一个整体；之后，放入冰箱。次日，取出，以猛火油炸，便炸成风华绝代的这道小食。

啊，画龙点睛的，原来是香可蚀骨的鹅脂。

价贱如土的马铃薯，一向只是桌上毫不起眼的小配角，然而，厨师却以新颖的构思为它注入了全新的生命，使它得以在餐桌上与主角分庭抗礼。

不落窠臼的心思，往往能化腐朽为神奇；可是，这心思并不是乍然闪现的灵感，而是屡败屡战的丰富经验和长期努力不懈的结晶。

鸭与鹅

　　台北西门町有家小餐馆,明目张胆地"挂羊头,卖狗肉",店名叫作"鸭肉扁",可是,店内只独沽一味地卖白切鹅肉。
　　那鹅肉,细嫩赛雪,暗香内蕴;吃得人心花怒放,欲罢不能。
　　店东告诉我,餐馆已有六十余年的历史。开业第一年,专卖鸭肉,次年开始,便转卖鹅肉;然而,店名未改,形成了"挂鸭牌,卖鹅肉"的怪现象。当地人早就见怪不怪了,而大惊小怪的游客呢,在尝过一回之后,味蕾彻底为那鹅肉折服了,不管招牌上写的是鸭肉鸡肉抑或是牛肉羊肉,总之,想吃鹅肉,便直直奔向这儿。店家感于生意兴隆,也就不思正名了。
　　当经营者拿出诚意和手艺来展现自己的精彩时,当食物能够以自身的品质来证明自我的实力时,就算指鹿为马,别人也甘心接受。只有当经营者存了欺世盗名之心,许诺黄金,却给予黄铜,才会成为众矢之的。
　　公众的心,是雪亮的。
　　从事艺术或教学工作者,不可不明察。

石斑鱼

逛了崇武古镇出来时，正值晌午。

看到附近有一家餐馆，食欲顿时变得张牙舞爪。

店东是个中年女子，说起话来噼里啪啦的，好像一室飞满了扑翅的麻雀："我们餐馆不卖活鱼，你们可以去对面鱼贩那儿买。鱼贩会帮你们把鱼掼死、去鳞。你们拿来交给我，要蒸要焖要煎要烤要红烧，都可以，我只收你们三十元炊煮费，值啊！那些鱼，都是渔夫当天捕获的，还生龙活虎地游动着呢！鱼肉呵，又鲜又嫩，怎么煮都好吃！"她说着，推开玻璃门，急切地说道："你们快点过去看看吧！稍迟一点，鲜鱼便会被人买光了！"

肤色黧黑的鱼贩，鹄候于浩瀚的南中国海畔，像守财奴一样看顾着面盆里的活鱼。看到我们，脸上的笑容殷勤。我看中了一条硕大的石斑鱼，鱼贩手脚麻利地把鱼抓了，丢进塑料袋子里，鱼儿拼死挣扎，尾巴几乎把塑料袋扫破了。鱼贩用杆秤快速称了，高声喊道："两斤半！"我还没搭腔，他便以一种交易已经完成的胜利姿势，高高地举起手，想要将那尾鱼快速掼死。在这电光石火之际，我喊道："且慢！这鱼一斤多少钱？"他的手，像凝镜般定格在半空中，声音粗重地应道："四百元！"我吓了一大跳，反问道："你是说，一斤四百元？"他不耐烦地说："是啊！这是新鲜石斑鱼啊！"我觉得难以置信，再问："这尾鱼，两斤半，要一千元（折合新币约两百一十七元)?"他生气了,粗犷的脸涨成了酱紫色,喊道:"全中国都是这个价啦!"

嘿,这不是明明白白地把游客当成砧板上的"蠢羊"吗?

我拔脚便走,边走边回头看有没有胆边生毛的追兵。那兵,不敢追,可是,敢骂,粗俗的话一句句落入大海中,把海水都弄浑了。

餐馆和鱼贩相互勾结,明目张胆地骗,这样的行径,令人憎恶而又生气。

这些害群之马,着实玷辱了这个城市的大好名声。

沉冤莫白

上个月,好友送我一盒叉烧包,再三交代:"明天弄热这包子时,千万不要用微波炉啊,一定要隔水蒸。"我追问原因,她说:"许多人告诉我,微波炉会使包子硬如石头,丢给狗儿也不要吃。"

如此"以讹传讹"的谬论,听得太多,我双耳早已生茧了。

其实,用微波炉加热包子,薄薄的皮会变得轻软如绸,馅料热气蒸腾,好吃绝顶!至于隔水去蒸嘛,不但麻烦,而且,包子沾了水蒸气,会变得湿漉漉、软绵绵的,口感大受影响。

昨天,又有人触及同样的话题。

我问她:"你把包子放在微波炉里多长时间呢?"她说:"才短短五分钟而已,就变得硬邦邦了!"我慢条斯理地说:"如果你只放二十秒,就截然不同了。"(注:加热时间的长短,视包子的大小和数量而定。)

工欲善其事,必先"知"其器呀!

人世间许多事情沉冤莫白,只因为被冤屈的一方无能为自己辩白;而当我们言之凿凿地指责对方无能的时候,我们是否曾经好好地自我反省呢?

养

在土库曼斯坦，一闻到烧烤的香味儿，我的味蕾立马变得生龙活虎。

一串串厚厚实实的肉，就放在烟熏火炙的炭块上，烤得吱吱作响，香味四溢。

许多地方，总在烤肉里面掺入过多喧宾夺主的香料，到底入口的是啥肉也分辨不清。然而，自信满满的土库曼斯坦人，在烧烤肉串时，仅仅薄撒盐花，所以，鸡有鸡味、牛有牛味、羊有羊味；非常原始、非常纯粹、非常真实，那种返璞归真的细致与干净，是肉食的极致；吃着时，香味直透肺腑，舌蕾俱醉。

土库曼斯坦人自豪地说："我们的家禽和牲畜，自然放养，不用化学饲料，不打针，也不用激素。这么新鲜、这么健康的肉，又怎么能够用酱料来污染呢？"

哎哟，"污染"一词，真是可圈可点啊！

土库曼斯坦人的确是用诚意来饲养家禽和牲畜的。

诚意，比什么都重要。

饮食世界里的牲畜需要用诚意来养，精神世界里的文字，更需要用诚意来养。

养文字，花里胡哨的饲料不宜加，虚假作伪的激素不可放，自我膨胀的针液不能输。

如果我们能用古今中外饱孕阳光的文字为肥料，以文字去养文字，必定能养出一株株坚实丰腴的文字稻禾；而当他人品尝这样的文字时，也必定能尝到藏在文字核心里那最原始、最纯粹、最真实的味道，那是一种将自我释放到了极致的味道，是极耐咀嚼的精神美味。

海 胆

　　玫瑰红的夕阳圆圆大大的，安静而绵软地挂在天边。菲律宾薄荷岛的海滩上，有个渔妇，把新鲜捕获的海胆放在塑料桶里，叫卖。那儿，一溜全是大张旗鼓的餐馆，可她，不亢不卑地伫立着，桶里满满地堆着的海胆，新鲜得还清晰地铭刻着海洋的记忆。

　　海胆论只出售，每只四十披索（折合新币一元两角）；我要了四只，她动作麻利地把硬壳撬开，露出了艳黄色的海胆，用汤匙刮出，滴上柠檬汁，然后，把海胆倒在我掌心里，说："吃吧！"平生第一次，以如此粗陋的方式享用海胆；然而，最原始的滋味，往往就是最难忘的美味。

　　极致新鲜的海胆，软软凉凉，有豆腐的口感；而那浓郁丰腴的鲜香与鲜甜啊，着实让人销魂。吞下时，仿佛听到浪涛的澎湃。食毕，才惊觉手掌在"盛放"海胆之前，忘了清洗——万一泻肚子，是"器皿"不洁，与海胆无关啊！

　　当晚八时许，当灿黄的月色恣意在海面上流淌时，经过同一个地方，渔妇还在；桶里的海胆，只剩下寥寥几个。她认出了我，微笑地说："一个十披索。"哇，大削价！我说："全要了。"一口一个地吃着时，旖旎的月光阒无声息地流满一脸。

　　很浪漫的一次体验。

吸金的牛

科沃拉默普这个小镇，位于珀斯。

妩媚的夕阳，把回旋的风染成了淡淡的金黄色；翻涌着绿浪的草地上，有壮硕牛儿悠然自在地吃草。

风光优美，可是，在澳大利亚这个畜牧业发达的国家，这样的景象，是屡见不鲜的，大家丝毫没有惊艳的感觉。

车子驶着、驶着，突然，女儿欢喜地叫道："瞧！"

有四十二头以假乱真的肥牛塑像，大模大样地伫立在车辆川流不息的大路旁，其中有好几头还在缤纷的花丛里欲迎还拒地露出半个头颅。假牛形态逼真，我兴味盎然地和女儿一起评头品足。

小镇如此高调地展示形形色色的假牛，原因何在呢？

当地人告诉我们，小镇以养殖优质牛为经济主脉，然而，地方太小，名气不显，知者不多。为了唤起访客的注意，不得不利用这些造型可爱的假牛为那些默默无闻的优质牛打广告。

当晚，在餐馆点食焖煮牛颊肉、香煎牛排、烧烤牛脊肉。食物上桌时，那犀利的香气，使我的肠胃发出了如雷般的轰鸣。牛颊肉嫩极软极，入口即化；牛排丰腴浓郁，层次丰富；牛脊肉细致润滑，香气澎湃。

啊，小镇的优质牛，果真名不虚传啊！

离餐馆不远，有一头金灿灿的假牛，精神抖擞地攀在高高的铁杆上，神气万分。

神气，是因为它知道自己是一头"吸金的牛"。

若有麝香，还得当风立——这是当代人的经营哲学。

倘若麝香不曾掺假，这样的经营哲学不但无可厚非，还可说是出奇制胜的。

小笼包

小笼包，玲珑、饱满、性感。

好的小笼包，是活的。轻轻地用筷子夹起它，馅里的汤汁，晃荡晃荡，满满的都是难以抵御的诱惑。

小笼包里面，有一个奇异的世界。肉馅，明朗如阳光；汤汁，温柔如月光。阳光和月光，就在嘴里阴阳交错地厮缠着。

一口一个，一个一口。个个可口，口口俱香。

最近，有业者别开生面地推出了五彩小笼包。八种色泽，八种味道。原味、蟹黄、黑松露、鹅肝、乳酪、人参、大蒜、四川口味。

我闻风而去，希望能以璀璨的小笼包为自己的胃囊镶嵌一道斑斓的彩虹。

连吃三笼，二十四个小笼包好似秤砣般坠在胃囊里。斑斑驳驳的味道，在味蕾上喧喧嚣嚣地开枝散叶。

食毕，细细反刍，嘿，还是那原汁原味的传统小笼包好吃。

肉，赤裸裸、坦荡荡、不矫饰、不伪装、鲜到极致，把幸福以迅雷不及掩耳的速度带到舌尖上。

这样的小笼包啊，就像是没有添加任何功利主义色彩的友情，百分之百的纯真。

家的味道

宛若琉璃的细碎阳光落满一地，我在厨房洗手做羹汤。

在瓦锅圆大的肚子里依次放入嫩鸡、干贝、螺片、玉米、大葱、红萝卜、大白菜；然后，注入清水，以慢火烹煮。"身怀六甲"的瓦钵，任重道远，倾尽全力，酝酿精华。

缓缓散开的香气，像八爪鱼细细长长的手和脚，温温柔柔地延伸到屋子的每一个角落去。在大厅里执卷而读的我，浸在氤氤氲氲的香气里，心神恍恍惚惚的，不知人间有魏晋。

汤在炉子上咕嘟咕嘟地熬了三个小时后，香气如海奔腾，浩浩荡荡，整所屋子霎时也变得精神抖擞、喜气洋洋。

儿子下班回来，我微笑地问道："嗨，你闻到汤的香味了吗？"儿子兴高采烈地答道："妈妈，我闻到家的味道。"

啊，家的味道。

那是人世间一种最让人期待的味道呵！

曾有人给家下定义时说："所谓的家，就是当你拖着疲惫的身子敲响那一扇紧闭的门时，屋子里有人亮着一盏灯等你。"

我觉得，一盏明亮的灯，如果能够再加上一锅热气腾腾的好汤，那么，就成就了家的圆满。

Ⅳ 有情世界

每一次的花开,都是一场精神的盛宴;
每一颗金黄的杏子,都是一个璀璨的思想结晶。
不容错过,不能辜负。

杏花有约

伊斯塔拉夫尚湖坐落于塔吉克斯坦北部,澄澈似镜的湖泊里,安定若素地住着一群不问世事的白云。

我入住湖畔一家小旅舍,空气透亮如水晶。早晨外出散步,天气寒冷,周遭阒无一人,然而,不知怎的,满耳都是愉悦的声音。驻足细听,满天满地窜来窜去的,竟然都是娇滴滴的花言花语:啊,原来是杏花在争闹春意呢!

一朵一朵洁白无瑕的杏花,犹如一只一只轻俏美丽的蝴蝶,停驻于枝丫上,交头接耳,分享秘密。那铺天盖地的白色啊,既可以净化人的心灵,也足以化解人间所有的苦涩。

再过不久,枝头上这些俏生生的杏花,将会被沉甸甸的杏子取代;眼前轰轰烈烈的繁盛,也会化为了无痕迹的一场春梦。梦醒前的花语,竟是如此旖旎;凋萎前的美丽,竟是如许动人……美丽如果不能天长地久,曾经拥有,也就是一种让人心醉的幸福了啊!

次日,早餐桌上,有杏子果酱,黄金般的光彩,像融化了的夕阳。说真的,我从来不曾尝过如此美味的果酱,杏子的甜味,是生蹦活跳的,充满了张扬的生命力;果子的香气,宛若天女散花,在味蕾上散出了满嘴缤纷的灿烂。早餐后,到集市去逛,又邂逅了色泽艳丽宛如旭日的杏脯,饱满松软、圆润甜香,是果脯极品。

原来呵,杏花的凋萎并不是生命的句号。接踵而来的杏子,以多种不同的面貌，无穷无尽地延续了它的生命。

从创作的观点来看，这稍纵即逝的杏花，其实就是闪闪发亮的灵感，静静等待长了心眼的人去发掘；之后，在脑子里慢慢转化成杏子，再扎扎实实地以此酿制文学的果酱和果脯，凝成读者心中永不消散的甜味。

每一次的花开，都是一场精神的盛宴；每一颗金黄的杏子，都是一个璀璨的思想结晶。

不容错过，不能辜负。

生死相依

在扬州瘦西湖风景绮丽的湖畔，有棵树，取名"枯木逢春"。

这棵生长于唐代的银杏树，在半个世纪前遭雷劈断，剩下的树干，矗立不倒，经过防腐处理，成了老而不朽的活化石。后人为了赋予这树以新貌，刻意在它后面栽了一株藤本植物凌霄。

凌霄快速蹿长，依附老树，攀缘而上。茎极有力，叶极茂盛。纤细的茎与翠绿的叶，一匝一匝地缠住老树。春天来时，凌霄便凭借朵朵娇艳的红花吐放妩媚。

不论远看近看，都似老树重获新生了。

更明确地说，是老树的魂借着凌霄的形，复活了。

人们一厢情愿地感动，说这是树与树的"生死相依"。

可我看在眼里，只觉悲凉。

这老少悬殊的一对，明明没有感情，却被人硬生生地撮合在一起；明明没有共同语言，却因命运而紧紧缠绕。

貌合神离，却依然得强颜欢笑，那种痛苦，恐怕是另一种形式的"雷击"吧？

生　机

我家庭院里那株忠于职守的木瓜树，欢天喜地地结出了累累的果实。一个个肥硕的木瓜，像绿衫娃娃，活泼地攀着瘦瘦的枝丫，得意地荡出一圈一圈绿色的笑影。

在温润的阳光底下仰头看它，自家的脸，变成了山谷，笑意如溪，在山谷里恣意流来流去。

世事难料。

次日，跋扈霸道而又处心积虑的狂风，在轰轰雷声与闪闪电光的助纣为虐下，以雷霆万钧之势，扑向毫无防御之心的木瓜树。木瓜树应声倒地，肥美的木瓜散落一地，狼狈、惊心、惨。那种无声的痛，最是折磨。

风息、雨止，彩虹娉娉婷婷地立在辽阔的天边。

我在同一个地方撒下木瓜籽，种植另一株木瓜树，把那梦魇般的记忆用厚厚的泥土掩埋了。

木瓜树，吮吸丰沛的阳光、吞咽晶莹的雨露，快速茁长，兴高采烈地展现了蓬勃焕发的生机。

曾经有过的悲伤和恐惧，俱成烟云，痕迹不留。

在温润的阳光底下，俯头看新生的它，自家的脸，变成了山谷，笑意如溪，在山谷里恣意流来流去。

人生，不也一样吗？

不管伤害有多大、有多深，只要我们在黑色的窟窿里重新埋下一颗希望的种子，一径向前看，在那结疤的地方，总会等到新芽的冒现。

哭泣的仙人掌

在以色列的一个公园里，一株仙人掌坚挺地屹立着。它摊开着的绿掌，横七竖八的全是细细的刮痕——来自五湖四海的游客们，肆无忌惮地在上面以利器刻上了自己的名字。

每一株仙人掌都是一条鲜活的生命。生命，是容不得一丝亵渎和半点伤害的。当自私的游人不仁不义地以利器残酷地割着、刮着仙人掌而白色的"鲜血"自掌心汩汩地泌出时，难道他们听不到仙人掌悲惨的呼救声？难道他们听不到仙人掌无奈的悲泣声？难道他们听不到仙人掌愤怒的抗议声？

听到的，他们通通都听到了。

但是，为了一己的私心，他们置若罔闻。

人世间那些肆意妄为的侵略者，不就是以同样的方式发动攻势，欺负弱小、侵占土地、蹂躏百姓的吗？

此刻，伤痕累累的仙人掌在幽幽地诉说的，正是侵略者的故事……

木乃伊

在"2010台北国际花卉博览会"上,看到了让我震撼莫名的"永生花"。

所谓的"永生花",就是"不死之花",通过"喷药、抽水、灌油、风干"这四个高度科技化的步骤,让鲜花得以维持原貌,即使放上两三年,都不会凋萎。倘若保存得好,"花容"或可维持十年以上。"永生花"与干燥花最大的不同是:花朵不会褪色,花瓣不易碎裂,色泽和触感宛如真花。

鲜花能够"青春长驻",固然显示了科技的先进,然而,看着那一株一株徒有形状色泽而欠缺神韵神采的"永生花",我只觉悲凉。

它们是花的"木乃伊"啊!

扎根于泥土的鲜花,有色、有香,最重要的,是有生命。它们吮吸露水、畅饮阳光,把耀眼的绚丽凝在晶亮的花瓣上。一季让人惊艳的繁盛过后,是另一季叫人惆怅的凋零。

凋零当然不堪,可是,容我试问,如果没有死亡的悲哀,又哪来新生的快乐?如果没有凋谢的怅然,又哪来绽放的憧憬?

电影如果定格在一个凝镜上,不旋踵,观众便已厌弃。

永生花,便是把花定格在一个青春的凝镜上。

草木有情

这天,坐在自家庭院里悠闲地听鸟声啁啾,突然惊见鱼池旁边那一株树出现了异常的状况。粗粗壮壮的树干,原本是褐色的,熠熠地闪着油亮的光泽,现在,不知怎的,树皮居然突兀地转成了浅浅的绿色,乍一瞅,好似上面爬满了阴森的苔藓。走近细细一看,才赫然发现树干已遭白蚁大举入侵,表面上,那树还虚张声势地挺立着,实际上,里面已经被万千白蚁噬空了,随时都有倒伏的危险。

园丁阿良十万火急地为我把这株"外强中干"的大树锯掉,接着,与我分享了一则真实的感人的故事。

附近一户洪姓人家,庭院里有株种植了四十余年的老树,多年以来,伴随着家中孩子们一起成长;树叶和枝丫,全都缀满了孩子们的欢声笑语。几周之前,在夜半无人私语时,这株老树,在雷电交加的狂风暴雨中,轰然倒塌。长久以来,看似魁梧的这株树,实际已被贪婪阴险的白蚁不动声色地蛀空了;但是,它一直隐忍痛楚、隐瞒伤势,苦苦地挣扎着,继续当洪氏庭院的守护神。

洪氏火速请阿良去清理残局。

"我一到现场,便惊呆了。"阿良比手画脚地说道,"那棵树,足足有三层楼般的高度啊!倘若它倒向屋子,必定屋塌人亡;但是,它却选择了倒向另一边,巨大的树干,斜斜地压在对门邻居的围墙上,没有造成任何的伤亡!"

阿良说:它选择了倒向另一边。

"选择"一词,可圈可点。

这株树,被洪氏一家子尽心尽力地养了四十多年,心里感恩,无以报答。最后,自身遭逢灾难,不愿祸延主人,也不愿伤及无辜,便冷静地"选择"了一种情义两全的方式倒下!

草木尚且有情,人岂能无义?

杏子树

迈入土耳其这家民宿，只看一眼，双眸便像融进了冰糖，那种甜蜜的欢喜，在心里无边无际地荡漾着。

庭院里，娉娉婷婷地立着一株杏子树。

层层叠叠的白花，一簇簇、一串串，沸沸扬扬地开得热热烈烈，像顽皮的云絮玩得过于尽兴而失足跌落，一朵朵沉甸甸地挂在瘦瘦的枝丫上。老实说吧，我从来不曾见过如此丰厚、如此洁亮而又如斯疯狂、如斯放肆的白色，整个人，看得痴了。

民宿那年轻的女子，木无表情地站在大门处，等我办理入居手续。

我问她："这杏子树，一年只开一次花吗？"她耸耸肩，漠然应道："不知道啦，一直都是我老爸在照顾的。"我又问："花期多久？"她神情更冷淡了："我没注意啦！"

十分遗憾。

大美近在身边，居然麻木如斯。眼中无它，心中也无。

杏子树呢，不在意。它兀自努力、兀自开花。花开之后，没人瞅它，它便和一直关注着它的阳光快乐地戏耍。阳光像是液状的琉璃，泼洒在花上，满树白色的杏花，闪闪烁烁地展现出一种绸缎般的华丽、一种银子般的富足。

杏子树，以蓬蓬勃勃的生命力，展示了无穷无尽的希望。

缤缤纷纷的花信过后，满树肥硕的杏子，便是它闪亮的语言。

万兽之王

在中国北方城市旅顺，坐着观光车，通过了好几道严严密密的大门小门，进入了防卫森严的"狮虎山"。

然而，车子只随意拐了几拐，我便赫然看到了威震四方的林中之王。

我很吃惊——记得以前到南非野生动物园去，住上好几天，每天三趟坐着车子出去猎奇，最难寻觅的，便是狮踪了。当时，几乎盼成了长颈鹿，才在最后一天如愿以偿；现在呢，车子只不过打了几个转，狮子居然便像摆设品一样出现于眼前了。

这四头狮子，软绵绵、懒洋洋地趴在草地上，任由焦渴的阳光把柔软的狮毛晒成一片恹恹的暗黄色。

接着，让我更为惊奇的事发生了——导游以亢奋的语调喊道："看，大家快看！"

有一辆面包车，窗口全都装上了铁丝网，正缓缓地驶了进来，在距离狮子不很远的地方停下，然后，车内的人快速开门，丢出一只活生生的鸡，又迅速关门；立刻，一头狮子好整以暇地跃了上去，"训练有素"地咬住了那只兀自挣扎的鸡，得意扬扬地张口而噬。那个样子，与其说是为了生存而扑杀猎物，倒不如说是在呈献"哗众取宠"的雕虫小技。接着，饲养员抛出第二只活鸡，另一头狮子飞跃扑食。

哎呀，在南非，狮子扑杀的，是气势汹汹的野牛、敏捷硕壮的斑马；至于鸡嘛，恐怕气吞山河的狮子是不屑一顾的。

好奇地问导游："为什么不让狮子自由觅食呢?"

他说："我们这个野生动物园面积太小了，野生动物的数目不足以让狮子果腹，所以，必须定时喂饲。狮子已经习惯了我们的运作方式，每天一定聚集在这儿，等待食物。"

狮子，原本是咆哮山林的万兽之王啊！现在，却过着仰人鼻息的生活，旷日持久，不但猎食的本领丧失了，心态必然也会变得萎靡不堪。

看看眼前这几头狮子，虽然卧伏在苍天白云之下，但是，睥睨众生的气势荡然无存，那猥琐的形貌，无异于禁锢在无形笼子里的"大猫"！

美洲豹

到危地马拉北部幽深的丛林,观赏罕见的五彩蜘蛛和濒临绝种的鸟类。

问经验老到的导游:"丛林里可有猛兽?"

没想到他竟飞快答道:"有啊!美洲豹不时出没于此。"

美洲豹?

我停驻了脚步,看他。他身上没刀没枪也没弓箭,万一碰上,难道可以赤手空拳对付它?我呢,手无缚鸡之力,莫非要坐以待毙?

看到恐惧在我脸上生蹦活跳,他忍俊不禁,说:"别担心啦,在丛林里,有大量的猴子、野猪、野鸡、麋鹿等等供美洲豹果腹,它活得惬意自在,绝对不会主动侵袭人类的。我们在丛林里走动,是挺安全的啦!老实说,我就曾不止一次看到它,它动作快如闪电,总在远处一晃而过。"顿了顿,又说:"除非有一天贪婪的猎人把丛林里的小动物全都捕获了、猎食了,美洲豹食物匮乏,才会迫于无奈而扑噬人类。"

丛林的安全,就系于人类对生态环境的尊重。有朝一日,当大家破坏了这一重美丽的平衡关系,也就是自食苦果的时候了。

此刻,走在罩着绿影的丛林里,娇媚的鸟儿快活地歌唱,斑斓的蜘蛛辛勤地结网,顽皮的猴子攀着枝丫荡来荡去,知了嘹亮的叫声噬咬着下午的宁静……
　　一切的一切，都安恬如梦。

海　狮

在加拉巴哥群岛，邂逅了精于潜水的史蒂文。

当他颀长的身子飞入水中时，就像一把锋利的刀，不动声色地把浩浩渺渺的海洋轻轻地划开一道口子，浪花不起，鱼虾不惊，而他，已成一条灵活的游鱼，瞬间隐没于五光十色的大海中。

和海洋圆融地结合为一体的史蒂文，忆述首次潜水的经验时，却有着不忍回顾的惊怵。

他说："对于海洋这个陌生的世界，我既好奇，也害怕。初次入海时，全身都是僵硬的。下水不久，便看到一头硕大的海狮，宛如灰色的航空母舰，凶神恶煞地朝我直直撞过来，我简直吓坏了，拼死用手去挡，结果呢，被它撞出一块块紫色的瘀伤。后来，我才知道，海狮天生友善，在一般情况下，是绝对不会主动发出侵袭的，可是呢，由于我在极端恐惧下所产生的反射性行为，却让海狮嗅出了不经意泄漏出来的敌意，而出于自我捍卫的意识，它便有了出其不意的攻击行为。"

再次潜入海中时，史蒂文把自己想象成是水藻。水藻是属于海洋的，它依恋着海的浩瀚与海的缤纷，它渴望着海的温暖与海的拥抱。全然的放松，使史蒂文的心长出了一双快乐的翅膀，他在海底任意翱翔。他看到了海龟的自如，他也看到了海蜥蜴的自在，而海狮呵，慢慢慢慢地游过来，把大大的脸亲昵地贴在他的脸上，两者浪漫地在水中共舞。他心中的感动，涓涓不息、绵绵不绝。

吃一堑，长一智。

史蒂文深思熟虑地说道："恐惧，是一重阴影，往往会使自己陷在雾罩云障、前路不辨的困境中，以致愚蠢地做出错误的决定。无谓的恐惧，许多时候还会弄巧反拙地化友为敌啊！"

茶杯里浮动的蛇影、草丛里木立的士兵，通通都是无中生有而把自己吓出病来的典型例子呀！

放松心情，日子是可以过得很好的。

蟒　蛇

在西双版纳，有个人，身缠巨大蟒蛇招徕生意。只要付点小钱，便可以揽着蟒蛇，随意拍照。

蟒蛇长达五六米，重达三十余公斤，光溜溜、滑腻腻的蛇身上，棕褐斑纹如飘浮云絮。

游客们全都脸露青光，退避三舍。

我不怕，只觉机会难逢。就近看它，它宛若一个慵懒的肥美人，如豆的蛇目，隐隐约约地透着和善的笑意。把它缠在颈项上、绕在腰际上，它既有水的温柔，也有绵羊的温驯。

事后，向朋友出示照片，朋友骇然惊叹："你勇气可嘉啊！"

哎呀，蟒蛇又无毒，怕个啥呢？

我怕的，是假的蟒蛇。

披着蟒蛇的华衣蠕蠕而行，看似心无城府，实则毒腺暗藏。

你蠢蠢地对它释放善意，它却处心积虑地算计你；在你全无防备时，露出利齿，出其不意地咬你一口，倾尽全力，残酷、无仁。

那种剧毒攻心的痛楚，几乎要了你的命。

震惊过后，你对人性、对友谊，信心幻灭。

然而，往深处想，人在江湖，却全无防备之心，被咬、被噬、被吞，怪谁？

马蹄声

在以色列南部的内盖夫沙漠看日落。

夕阳非常嚣张,已是傍晚七时许了,还劲道十足地烧烤着天空;未熟的天空,是一片沉重的鸽灰色。

就在这时,身后突然传来了杂沓的脚步声。

转头,看到了一幅气韵生动的"图画"——马很瘦,骑在马上的她,更瘦。穿一袭红衣,整张脸,罩在不见天日的黑布里,只露出一双湛湛生光的大眸子。在马儿后面亦步亦趋的,是一大群羊。羊们极有默契,脚步碎而不乱。饱食之后的它们,一心憧憬着的,是羊圈的舒适。

啊,这女子,是沙漠逐草而居的牧羊女呢!

当马蹄声与羊蹄声交缠着出现时,踟踟蹰蹰的夕阳,曳着热腾腾的尾巴,忠心耿耿地追随着牧羊女,慢慢慢慢地远去、远去……

这时,天幕已被夕阳烤熟了,朵朵云絮,被烧成狂烈的火红色。

我自小生活在繁华的都市里,总把游牧民族"哒哒的马蹄声"听成是一阕阕悲歌;可是,对于天天驰骋于辽阔大地的牧羊女来说,喧嚣的市声,才是悲伤的挽歌。

牧羊女拥有夕阳、月亮和星星,也同时拥有着广袤的沙漠,她富足而又满足。

虎

在泰国著名的旅游景点虎庙,游客不但可以和老虎近距离拍照,还可以帮老虎洗澡。

英国一名女游客布伦南,正意兴勃勃地帮一头重达一百八十公斤的老虎洗澡时,这庞然大物突然发难,仰天长啸,狠狠地将她扑倒在地,猛猛地咬噬她的大腿,她狂喊、惨叫,皮裂骨现,鲜血激喷,状至骇人。

在留医期间,布伦南向来访者表示:当天,虎庙的工作人员一再向她保证,老虎都是由他们亲手饲养长大的,已经完全被驯服了,从来不曾有人被虎攻击,要她放一百个心。

她放了一百个心,结果呢,被噬得皮开肉绽。

不幸中的大幸是,捡回了一条命。

虎,永远是虎;不管怎样被驯化,它始终是兽。

隐隐潜伏着的兽性,是断不了根的。

没有这样的心理准备而一厢情愿地与本性残酷的野兽戏耍,受伤之后,才悻悻然地归咎于工作人员,思路明显地被盲点堵塞了。

认真说起来,她还算是幸运的,因为她碰到的是一头兽,一头名副其实的兽,一头智者一看便知道应该防备的兽。

有一种"兽",比虎更凶、更狠、更毒、更残暴、更无仁,那是披着虎皮的人。

单纯的布伦南倘若不幸碰上,恐怕劫数难逃啊!

白老鼠

台湾著名作家张大春在一项公开演讲里,说了一则发人深省的小故事。

他就读小学时,有个家境富裕的女同学,父母是音乐家,常常到各地巡回演奏,把她留在豪华的公寓里,交由女佣照顾。

一日,女孩邀他上门玩,他看到其中一个房间门扉紧闭,神秘莫测。在征得她的同意后,他打开房门,赫然发现两只白老鼠快乐地在空荡荡的房间里跑来跑去。

嘿,原来这是小女孩排遣寂寞的"小玩伴"呢!

两只白老鼠,雄的叫约翰,雌的叫玛丽。两鼠共处一室,孤雄寡雌,干柴烈火;不久,二变四、四变八、八变十六,枝茂叶盛蓬蓬勃勃地繁殖了起来,最后,竟然浩浩荡荡地变成了百多只小老鼠。小女孩喂饲时,只能小小地拉开一条门缝,宛如天女散花般把鼠食撒进去。

过了一段日子,张大春关心地向她探询白老鼠的近况,小女孩木无表情地答:"我父母回来了,老鼠没了,全都没了。"

可以想象,当她父母从国外回返家门而看到整个房间乱奔乱窜那多如过江之鲫的老鼠时,必定惊骇欲绝如堕万丈深渊,然而,张大春却从另一个艺术的高度来探讨这事,他说:"剧作家和作家所要重点描绘的,其实不是她父母打开房门看到老鼠满室乱跑的惊悸；而是老鼠被父母悉数歼灭后，小女孩打开房门看到满室皆空的揪心。"

这话，醍醐灌顶。

一点儿也没错，"惊悸"的背后，隐含着的是父母的勃然大怒，随着愤怒而来的，是无数生命被歼灭的极致残酷；但是，"揪心"的背后，却赤裸裸地袒露着一颗寂寞的童心、一颗疼惜生命的爱心。

同样的素材，往往因为视角的不同，而有了截然不同的深度与内涵。

笼中物

在吉林的北山公园，有个游戏摊子。

矫健的小兔子、活泼的小仓鼠、淡定的小乌龟，此刻，一只一只，局促不安地被关在狭小的笼子里，连转身的空间也没有，更遑论跳跃、奔跑、爬行了。它们的眼神，呆滞、呆板；无助、无奈。

笼子旁边，高高地叠着"助纣为虐"的小面盆。

任何人，只要付出一点小钱，便可以玩抛掷面盆的游戏了。如果面盆命中目标，套住了小笼子，他们便可以高唱凯旋之歌，把笼子里囚禁着的小动物拎回家去。

参与游戏的人，多是小孩。

面盆随意一丢，便决定了一条生命的去处——究竟是继续在此当"阶下囚"呢，抑或是走向一条或许更为坎坷的命运之路？

一条条宝贵的生命，便在这种不受尊重的情况下，被轻慢地摆布着。

天真无邪的孩子啊，当他兴高采烈地拎着一只小动物回家时，他并没意识到，拎在手里的，其实是一条需要以爱来灌浇、以责任来呵护的小生命；他只知道，这是他从游戏里赢来的一项小奖品，一件可以任他摆弄、随意丢弃的小东西……

企　鹅

广告是这么写的："大连的圣亚海洋世界，是中国最大的南极企鹅基地，饲养企鹅百余只，为你展现企鹅真正的生活秀。"

受上述文字诱惑，买票参观。

在那人工营造的冰天雪地里，在那刻意酿造的砭骨寒冻里，一只只企鹅无所事事地走来走去。它们惬意地生活在一张大大的保护网内，天天有人定时喂饲，既无外出猎食的必要，更无挣扎求存的恐惧。它们动作迟钝、神情呆滞，没有危机意识，也没有警戒心态。

家，就在这里；可它们又清清楚楚地知道，这里并不是它们真正的家。那种慵懒的神态，既体现出服膺于命运的无奈，也表现了安于现状的妥协。

赞叹之声，此起彼落："哎哟，这些企鹅，实在可爱呀！""瞧它们快活的模样，多像天使啊！""无忧无虑，真是幸福呵！"

就在成人的一片赞美声中，有个慧黠的小男孩突然开口了，他一针见血地说道："这些企鹅，真可怜呀，住在一个假的地方。"

孩子的眸子，剔透如水晶，能一眼看穿所有的伪装。

奴颜婢膝

在俄罗斯的符拉迪沃斯托克（旧名海参崴），观赏以狗儿为主角的杂技表演。

好戏开演时，几匹骏马从场后飞驰出来，绕场奔跑；紧接着，穿上五彩服装的狗们出场了，在口哨声此起彼落的指挥下，它们俯首听命，在马背上窜来窜去，像一群被操纵着的傀儡。表演圆满结束，狗儿一一从马背上跳落，很有秩序地跑到吹哨者面前，贪婪地舔食他们掌心里的零食，一副踌躇满志的样子。

接着，口哨声又起，狗儿自动分成两队，进行足球赛。尽管踢足球不是它们的专长，但是，为了满足"口腹之欲"，它们出尽吃奶之力，落力表演，讨好主子。当它们争先恐后地将胖胖的足球踢来踢去时，它们实际上并不是狗，仅仅是一堆出尽法宝取悦主子的奴才而已。足球比赛结束后，主子把零食往它们的狗嘴一一塞去；此刻，满嘴的丰腴，正是它们对生活的全部追求。

其他的节目，包括跳围栏、跃藤圈，狗们都乖乖听从指示，一一完成；背后的驱策力嘛，当然还是可口的零嘴啦！

最为不堪的，是最后那一场表演。

狗们排着队，哨子猛地一吹，它们便一齐以后腿支撑着毛茸茸的身体，直直地站了起来，以两条瘦瘦的狗腿走路，一边走，还一边打躬作揖啊！

那种奴颜婢膝的低下,令人不齿;那种丧失尊严的卑下,让人鄙弃。

漏网之鱼

冻得结结实实的湖面上阴阴地闪着凌厉的寒气，然而，这看起来死气沉沉的大湖下面，却不动声色地聚集着成千上万的鱼儿。

一批渔民，在昏昧的朦胧夜色里，如履薄冰地走在吉林省的查干湖上，开始了他们的冬捕行动。他们把一张长达两千米的大渔网撒入冰下的世界里，通过牲口的拉力去拉动。网在冰下走了八个小时，终于，收网了。

鱼，不计其数的鱼、生蹦活跳的鱼、肥美丰腴的鱼，全被那张超大的渔网捕了上来，渔民雀跃欢呼。捕获上来的鱼，有一个耐人寻味的现象：每一尾鱼的重量，几乎都在两公斤以上，网中没有任何小鱼，连一尾都没有。

根据当地的老渔民透露，这是查干湖渔民口耳相传的严格规定：冬捕只能使用网眼宽达六寸的渔网，这种网眼稀疏的大网，仅仅只能网到五年以上的大鱼，至于那些未成年的小鱼呢，通通都会成为"漏网之鱼"；如此一来，世世代代的渔民，也才能渔获不绝。

观赏《舌尖上的中国》这部纪录片中《自然的馈赠》这期节目时，上述那个细节，很深很深地触动了我。

啊，网开一面，只为了生生不息。

很多时候，为了赶尽杀绝而去结一张密不透风的大网，结呢，捕捉到的，往往是生生不息的仇恨。

　　对人网开一面，让他重生，不但胜造七级浮屠，也为自己积福纳德。

沙漠里的故事

阿里和娜拉

1

有一天晚上,已经八点多了,日胜还留在公司里开会,我家门铃忽然响了起来。我怀着警戒的心将门拉开一条小缝,朝外张望。站在门外微弱灯光底下的,是一个高高瘦瘦的阿拉伯人。他披着一方红白相间的头巾,穿着一袭奶油色的及地长袍,又圆又大的眼珠,在黑夜里闪闪发亮。

"你找谁呀?"我问,双手把门扳得紧紧的。

"请问,林先生在家吗?"他问,清澈的目光里,没有半点令人起疑的邪恶。

我立即把门拉开了,说:"他还在公司里,今晚恐怕很迟才能回来。你有什么事吗?"

一抹失望,明显地在他黧黑的脸上飞掠而过;犹豫了一会儿,他才说:"没有什么重要的事,就是想找他聊天。"

"呃——你把名字留下,我请他联络你好了。"

"哦,就请你告诉他,警官阿里来找过他。"

说完,他微笑地朝我点点头,转身离开,高高的身子在月色下拖了一条长长的影子。

次晚,他又来了。我把他让进屋子里,在屋内明亮的灯光下打量他，我发现他蓄有两撇八字须，鼻子微翘，皮肤很黑，黑得发亮，但比他皮肤更黑更亮的，是他的眸子，这一双眸子，看人时精锐、不看人时忧郁。使人觉得舒服的，是他仪表的整洁，奶油色的长袍飘散着肥皂粉特有的芬芳，指甲修剪得圆圆齐齐的，没有夹杂半点污垢。

我为他倒了汽水，坐下来与他聊天。阿里的英语不是如水般的流畅，但是，他敢讲，碰上不懂的词汇，便以手势助阵，所以，在沟通上全无问题。

他开门见山地问我："你喜欢吉达吗？"

坦白地告诉他，我才来了短短一个星期，还处在适应的状态中。

"我们的国家，有许多美丽的传统和风俗，住久了，你一定会喜欢的。"他说，声音里透着骄傲，"阿拉伯人热情好客，一旦熟悉了，便把你当家人，掏心掏肺，很好相处。"

在聊天里，我知悉阿里十六岁便辍学而投入警界服务了，经过漫长十年艰辛的挣扎与不懈的努力，终于由一个杂务缠身的小警员擢升为身负要职的警长了。

"我的父亲很早去世，母亲含辛茹苦将我们四兄弟姐妹抚养成人。"他缓缓地说，眼睛迷迷蒙蒙地浸在久远的往事里，"我在家里排行最小，母亲一直希望我能把书读好，再找份理想的工作。遗憾的是，我当年无知，老是逃学，着实伤透了她的心。现在想想，很是后悔，但是，时光又不能倒流，没办法啊！"

"你目前的表现，不就是她最大的安慰吗？"我说。

"嘿，我这算是哪门子的表现呢？"他轻轻地笑了笑，但笑意只浅浅地停留在他的嘴角，不曾渗透进他的眸子里。顿了顿，又说："我现在正努力学习英文，希望过一两年把语言的基础打好后，便可以改行做生意了。"

在生意上赚大钱，便算是很有表现吗？我想问，但终究没开口。彼此交情尚浅固然是原因之一，最主要的是，我不愿意唐突地以自己的价值观加诸他人。甲之熊掌，乙之猫爪。青菜萝卜，各有所爱啊！

那天晚上，他在我们家谈了两个多小时才告辞。凭直觉，阿里似乎是个不快乐的人，和日胜提起，他却淡淡地说："他也许只是不满意自己的职业，随便发点牢骚罢了！"

2

阿里每天早上九点半上班，下午两点半便下班了。工作时间短，闲暇多，加上他住在我家附近，因此，常常在晚饭过后找我们聊天。来的次数多而逗留的时间又长，很快地，我们由相识而相知、由陌生而稔熟，谈话的内容，也不仅仅停留于表面了。深入地探索他的内心世界，我发现我的直觉并不曾欺骗我。阿里真的不快乐，使他不快乐的，不是他的工作，而是他的婚姻。

阿里的妻子娜拉，才十六岁，比阿里小了整整十岁。他们结婚虽然已经半年了，但同住的日子加起来还不到一个月。不是他的妻子不愿意和他长相厮守，而是有人从中作梗，这个人，居然是娜拉的母亲——阿里的岳母！

"我的岳父，是一所小学的校长，为人随和。我的岳母呢，就完全不同了，她工于心计。结婚以前，对我一直客客气气的，但一收取了聘金而正式成亲后，她便换了一副嘴脸，常常在娜拉面前将我批评得一文不值。这还不打紧，我们结婚不到一个星期，她便借口娜拉年龄太小，不谙家务而把她叫回家去住。从那时起，直到现在，娜拉每周只获准来我这儿住一天，你看看，这哪里像是婚姻呢?"他神情激动地说。

"娜拉本人有什么打算呢?"我问。

"母命难违嘛，她还能怎样!"他答，声音里透着无奈。

"那——她对你的看法怎么样呢?"

"哦，她很喜欢我。"他说，忧郁的眼睛突然有了隐隐的笑意，"你知道吗，我足足熬了两年才娶到她的!"

"咦，你们不是父母做媒撮合的吗?"我好奇地问。

"不是的，是我自个儿上门求亲的!"他得意扬扬地说。

"你们是怎么认识的呢?"我追问。沙特阿拉伯风俗保守，男女婚前自由恋爱，是闻所未闻的!

"我们并不认识彼此。"他说，眼里的笑意慢慢加深了，"两年前，有一天，我驾车经过一条小巷，刚好她从屋子的后门走出来，没有戴面罩，我不经意地和她打了一个照面，在这电光石火的一刹那，我的心弦起了莫名的颤动，好像有个声音告诉我：是她，就是她!这样强烈而又奇特的感觉，我这一生，从来、从来不曾有过。我多方打听她的姓名，好不容易打听出来后，便上门求亲了。她的父母要求聘金四万里亚尔①，我一个月的薪金才四千里亚尔，一时怎么凑得出这么大笔钱!我要求她父母给我两年的时间，没想到他们一口便答应了。从那以后，娜拉休学在家等我迎娶，我也努力去赚钱。半年前，我不但凑足了聘金，也为娜拉买了好些首饰。为了迎娶她，我将屋子内内外外装修得焕然一新。你看，我为她做了那么多，她一个星期竟然只在我家待一天!"

他一口气把话说完后，眼里的笑意没有了，只留下了一丝丝的

---

① 里亚尔，沙特阿拉伯的流通货币。1 里亚尔约等于 1.95 元人民币。

苦涩。

"你的岳母既然不讲理,你为什么不向岳父提出交涉呢?"我愤愤不平地问道。

"啊,岳父什么都听岳母的。他太随和了,随和得完全没有主见!"他意兴阑珊地说。

身为警官的阿里,在执行任务时,威风凛凛,但处理自己的家事,却变得一筹莫展。

3

自从阿里将他婚姻的隐情向我们剖白以后,娜拉就成了我们家里一个"无时不在"的隐形人物了。每次阿里来我家时,总把她挂在嘴上。爱,像是一条蛇,在他心里窜来窜去,他的眉毛眸子嘴唇全都是欢喜。

有一天晚上,阿里又娜拉长娜拉短的,我忍不住问道:"阿里,你什么时候有空,带我回家见见娜拉,好吗?"

"没有问题呀!"他爽快地答应了,但接着又迟疑了起来,"娜拉不懂英语,你们怎么交谈呢?"

"用手语呀!"我飞快地答。

他大声地笑了起来,我的话其实一点儿也不好笑,但是,只要一提到娜拉,他就不自觉地高兴起来。

星期五是阿里的休息日,也是夫妻俩的"相聚日"。晚上八点,他到我家来载我。神清气爽的阿里,整张脸静静地散发着一种迷人的灿烂,一般上,只有热恋中的人才会绽放这种亮光。

车子由山脊上无声地滑下来,驶入大街,驶了约莫十分钟,拐进一条满布沙石的泥路,颠颠簸簸地爬了一阵子,来到一条小径,两旁全是土堆瓦砌的典型阿拉伯房屋，扁扁的灯光从门缝里泄了出来，透着家的温暖气息。车子喘着气，停在一幢米色的房子前。

阿里微笑地说："到啦！"

我们下车后，他在那扇漆成蓝色的铁门上重重地叩了几下，铁门拉开了一条细细的缝，有两道目光从里面射了出来。接着，铁门大大地被拉开了。门内，是一张不算年轻的脸。脸的特征是圆、是扁。扁扁圆圆的脸在笑，然而，这一抹笑意却无论如何也掩饰不了脸上的疲惫。十六岁的少女，怎么会憔悴如斯呢？我想。心里的感觉很复杂——有一点同情，有一点失望，又有一点茫然。我完全没有办法把眼前这个憔悴的形象和阿里口中描述的那个娜拉联想在一起。

阿里关上门以后，转身给我介绍："这是我的姐姐法蒂玛。"啊，原来她不是娜拉！嘿，我居然自作聪明地张冠李戴。阿里说："她的丈夫最近遇上车祸去世了，她和两个孩子暂时寄居在我家。"

法蒂玛以她粗糙的双手热切地握着我的手，拼命地点头微笑。阿里以目光在屋内搜索了一会儿，问法蒂玛："娜拉呢？"她说了几句阿拉伯话，阿里点点头，转头对我说道："娜拉到我母亲家里拿咖啡豆，一会儿就回来！"

"你母亲住在哪里？"

"就在附近，她和我哥哥一起住。"

我在大厅的沙发上坐了下来，窗户长年关着，屋内没装冷气，风扇咿呀咿呀地在转，但却驱赶不了屋内膨胀的热气。厅里的装饰，可以用"花团锦簇"四个字加以形容——地毯是深青色的，上面五彩花卉怒放着；沙发是朱红色的，喜气洋洋；四面的墙壁呢，髹上了鲜艳的橙色。我好像掉进了一个五彩缤纷的调色盘里，被热闹的色彩浸得满身斑斓。

等了约莫十来分钟，叩门声响起了。阿里跑去开门，一个全身披着黑纱的女子进来了。我赶紧站了起来，阿里温柔地将她牵到我面前，说："娜拉，我的妻子。"

她伸手掀开了罩在脸上的黑纱，我突然怔住了。黑纱下面，是一张光彩动人的脸。她的美，全集中在她的眸子。那是一双黑白分明的大眸子，好似深潭静水，里面藏着一抹绚烂的彩虹，彩虹里层层叠叠的全都是阿里的影子。然而，在那种梦幻的色彩里，却又难以掩饰地透着压抑和渴望、痛苦和憧憬。

她眸子里那丰富的内容，把我看呆了。

她放下了手中的咖啡豆，趋前来吻我的面颊，嘴唇温软一如玫瑰的花瓣，我甚至闻到了玫瑰的香气。

阿里看着她说："娜拉，你去泡阿拉伯咖啡，好不好？"

她默默地点了点头，拿起了那包咖啡豆，朝厨房走去；阿里孀居的姐姐和两个女儿则陪我们一起聊天。由阿里充当翻译，偶尔我也用"手语"直接和她们交谈，笑声像阳光、像雪花、像雨点，洒落一地。

厨房里，飘出了炒咖啡豆的声音与香气，阿里对着厨房，愣愣地出神。

过了大约半个小时，娜拉捧着托盘走出来。把托盘放在矮几上，她低着头，将壶内金黄色的液体倒入小小的杯子里；然后，双手给我递上一杯，棕黑色的脸，缀满了宛若钻石般的晶亮汗珠。

阿拉伯咖啡与我们惯常喝的那种香浓的黑咖啡全然不同，咖啡豆是米黄色的，在泡制时，加入了一种香料，味道如姜，辛辣浓烈。尽管味蕾难以接受那个怪异的味道，但基于礼貌，我强迫自己一口接一口地啜饮。娜拉坐在阿里旁边，以清丽的眸子默默地看我。她满头浓黑的头发，结成了许多条细细的辫子，垂在脑后，这样的装扮，使原本年轻的她，显得更加的年轻；然而，裹在鹅黄色长裙内那丰满的身子，却又远比她实龄来得成熟。

阿里显得有点心不在焉，每回望向娜拉时，眸子便像抹上了蜜糖，流光溢彩的目光里，鼓鼓囊囊的都是话。她呢，低着头，没有回看他，但是，她知道，他的目光无处不在，当她感觉到他的目光蠕蠕地爬过她的脸时，她的脸便绽放无声的烟花。

当天晚上，日胜也来了，依照阿拉伯人款待客人的习惯，娜拉将准备好的黄姜饭和烤鸡块盛在大大的圆盘里，大家席地而坐，用手抓饭来吃。娜拉没有参与我们，只是静静地坐在一隅，看着我们尽情享受她巧手烹制的餐食，一直、一直地微笑着。

黄姜饭煮得粒粒分明，香软可口；烤鸡更是一绝，香气扎实有力，脆脆的鸡皮咬在口里吱吱作响。

阿里说："每周一次，她都会花心思变出不同的花样，宠我的味蕾。"

我问："她的拿手好菜是什么呢？"

阿里满脸嗫瑟地应道："不瞒你说，就算你只给她空气做食材，她也能做出一桌好菜肴。"

大家都笑了起来，阿里把这话翻译给她听，她蓦地羞红了脸，阿里的眸子，沁出了千言万语。两个人，就在我面前以眼睛默默地说着话。

餐毕，娜拉要阿里和她一起到房间去。少顷，阿里手里拿着一份礼品，递给我，说："娜拉送给你的。"

我一打开，双眸立刻变得波光潋滟。哎呀，这是我一直想要的面罩和斗篷呢！面罩是以质地上好的软质薄纱织成的，黑色，边缘还镶上了金色的细致花朵；斗篷也是黑色的，以轻若无物的丝绸缝制而成，披在身上，像披了云絮。

"这些都是娜拉自己缝的。"阿里说,"她说,你旅居吉达,出门时,也许需要披戴……"

啊,这娜拉,真是太善解人意了!

把面罩和斗篷拿在手里反反复复地看,针脚密密齐齐,边缘那精神饱满的花卉,像是金子打造的,闪闪烁烁地蔚成了一片星河,辉煌而又亮丽,啊,那不正是娜拉的心情写照吗?

"娜拉手艺真巧啊!"我赞叹不已。

"嘿嘿,这只是雕虫小技啦!"阿里扬扬得意地说,"你知道吗,我姐姐、我侄女,还有我的衣服,全都是她缝制的啊!"

看着阿里身上那袭裁剪合宜的及地长袍,我跷起了拇指,说:"阿里,你眼光真好!能娶到娜拉为妻子,真是三生有幸啊!"

原以为他会眉开眼笑,没想到他的脸色却像骤雨来临前的天气一样阴暗起来,好半晌,才重重地叹了一口气,说:"唉!眼光好,又有什么用!最近,我母亲老是逼我将她休掉,另外再娶!"

"休掉?"我惊问,"为什么?"

"娜拉每个星期才来我家住一天,你说,这是正常的婚姻吗?"

"的确不是。"我叹气。

"我的母亲觉得老是这样拖下去,不是办法。她已经六十多岁了,急于抱孙。说坦白的,她也不是对娜拉有什么成见,但是,她不喜欢我们目前这种生活方式。她已经放出风声,请人给我做媒了,你看,我该怎么办?"

"去找你岳父,把话说个明白呀!"

"我去找过他了,求他让娜拉搬过来,过正常的婚姻生活,但他什么也没讲,只叫我去找娜拉的母亲谈。那个狡猾的女人,口口声声说让娜拉自己决定……"

"那,娜拉怎么说?"我急急问道。

"娜拉心里当然百分之百的愿意啰，问题是她得不到母亲的允许，怎么也不敢擅自离开那个家。这样来来回回谈了好多次，都没有结果！"阿里垂头丧气地说。

"那女人，太可恶了！"我动了气，不由得提高了声音，"你为什么不斩钉截铁地告诉她，你要休了娜拉，另外再娶，叫她把聘金退还给你，看她怎么说？"

阿里抬起头来看着我，有点激动地说："我如果这样讲，会伤害娜拉的！"

"哎呀，又不是真的休掉她，只是气气你岳母罢了！"说到这儿，我放缓了语气，继续说道，"我想，你的岳母如果真的讨厌这门婚事，根本就不会答应让你娶她。据我猜测，她只是想自私地把娜拉留在家里帮忙做家务罢了！你去告诉她，你不愿意这样无休无止、没完没了地拖下去，说这话的时候，态度硬一点、口气凶一点，她也许就会让步了！"

阿里迟疑着没有搭腔，他担心会弄巧成拙。

我使出激将法，说："你前怕狼，后怕虎，只好自己守在家里伴着蟑螂和壁虎了。"

原本紧蹙着眉头的他，听了我的话，忍不住笑了起来，说："好啦好啦，我就照你的话去试试吧！"

夜深，我们起身告辞。阿里把我们送回家去，在车里，他没有说话，显得心事重重的样子。

一迈进家门，日胜便说："你怎么胡乱给人出主意呢？万一把事情搞砸了，你负得起这个责任吗？"

坦白地说，我也惴惴不安，不是怕负责任，而是担心万一事情真的搞砸了，阿里会因此而遭受更大的痛苦。我晓得，他可以没有一切，但不能没有娜拉；然而，话说回来，有时，死马当活马医，不是也能奏奇效吗?

4

那以后,有两三个星期,阿里没上我家来。

我的心,好像被人撒进了一把灼热的豆子,豆子滚来滚去,弄得我坐立不安。

在日复一日焦灼的等待中,有一个晚上,熟悉的敲门声响起了。门一开,阿里便像一阵风般飞进了小白屋内。此刻,他瘦瘦的脸,百花绽放,精神饱满的花卉,像是金子打造的,闪闪烁烁地蔚成了一片星河,辉煌而又亮丽。啊,那不正是娜拉亲手绣织的花卉吗?

不待我们发问,他就噼里啪啦地开口了:"解决了,我的事情终于解决了,娜拉昨天正式搬进我家了!"

心上那块巨石"砰"的一声落了地,我原该笑,但不知怎的,眼眶却湿了。握着阿里的手,我在泪里微笑:"阿里,我很高兴,真的很高兴呀!"

日胜给阿里倒了满满一大杯汽水,拍着他的肩膀,笑着说:"阿里,从今以后,你我一样啦!"

"什么?"阿里听不明白。

"都是失去自由的人啦!"

阿里大笑起来,我想:有了娜拉,即使真的在他脚上拴一条铁链,他也会甘之如饴的!

嘎嘎嘎地笑了好一阵子,他才勉强地止住了笑声,发出了像金子般澄亮的声音,说道:"我今晚来,是想知道你们下星期五有空吗?"

"怎么，要补办婚宴啊？"我笑嘻嘻地问道。

"娜拉说，她想烹煮一顿好饭好菜，请你们品尝。"他诚诚恳恳地说。

这是庆功宴啊，我兴奋难抑而又迫不及待地应道："好啊，好啊！"

"中午十二点，我来接你们。"

到了星期五，我穿上了从百麦加买回来的传统阿拉伯长袍，再披上娜拉为我缝制的黑色斗篷，戴上面罩，"全副武装"地坐在屋里等阿里。

阿里准时来到，看到我的装扮，先是一愕，随即笑了起来，说："我还以为老林多娶了一门阿拉伯妻子呢！"

"你以为我不想？"日胜赶快应道。

"你敢，我立刻就把你休掉！"我在黑面罩里恶狠狠地答。阿里笑得更厉害了，问题解决了，他似乎变了另外一个人，大眼不再忧郁，而笑容又"随传随到"。

中午十二点的太阳，好像是一大块烙铁，一下一下地烙在我们身上，浑身好像着了火般疼痛起来，幸好车行不久就抵达阿里的家了。

来开门的，是个素未谋面的女子，她是阿里的大姐，轮廓很好看，只可惜岁月在她脸上过早地雕下太多的痕迹，她的脸，就宛若一张纵横交错的蜘蛛网。

屋子里，还有阿里的二姐、阿里的母亲，加上姐妹俩的孩子，一屋都是嘈杂的人声，确实有几分操办喜事的味儿。

娜拉从厨房迎了出来，浓密的头发梳成了一个美丽的花髻，松松地盘在脑后。她穿着一件短袖V字领的红色上衣，配以黑白条纹相间的曳地长裙，两圈大大的金耳环在耳垂上活泼地晃动着。我不能克制地以目光向她发出了热烈的赞美。

她趋前来抱我,亲切地吻了吻我的脸,再矜持地向日胜点点头,做了个欢迎的手势,看起来俨然是个持家有方的小主妇了。

阿里将我们引入一个宽敞的房间,房内没有任何桌椅家具,靠墙处放满了颜色鲜艳的软质坐垫。房间中央,铺着一张绣着紫色花卉的白布,上面放着一个大盘子,盛着油亮的黄姜饭、大块香味四溢的烤羊肉,还有一大碗切成细粒的番茄和洋葱。新鲜的水果如葡萄、桃子、草莓、樱桃、梨子、橙、香蕉,团团地点缀在大盘子的四周,五彩缤纷,美不胜收。

阿里夫妇偕我们盘坐在地上,但我注意到他母亲和姐姐却不在,问起时,阿里说:"她们在厨房里吃。"

"为什么不一起吃呢?"我惊诧地问道。

眼前的食物,即使二十个人同吃,也还是吃不完呀!阿里瞅了日胜一眼,有点为难地说:"根据阿拉伯人的风俗,女性是不允许与陌生的异性同在一起用餐的。"说着,又看了看娜拉,说,"她算是破例了。"

既然这是当地的习俗,我们便不再坚持了。

娜拉将漂浮着柠檬片的一碗水递了过来,等全部人都洗过手后,阿里就率先以手抓饭送进嘴里吃了。我不吃羊肉,饭很烫,我只能一小口一小口地抓着吃,吃得很慢,阿里笑着说:"我一口,可以当你五口。你为什么不吃得豪放一点呢?看,好像我这样——"他说着,撕了一块肉,又抓了一大团饭,一起放进口里去,干脆利落。我学他,抓了一大团饭,但是,送进嘴里时,饭粒却狼狈地掉满一地,惹得他们都笑了起来。娜拉起身到厨房去,取了刀叉给我,我婉拒了,我知道,要成为阿拉伯人的朋友,我就非得学会以手抓饭来吃。

餐后，我们回返大厅，娜拉为我们泡了薄荷香茶，在吃下了满肚油腻之后，这样的茶，确有消滞去腻的作用。

阿里很喜欢小孩子，一直逗着我们家泥泥玩，我笑着对他说："我们华人在婚宴上常常祝贺别人早生贵子，现在，我也把同样的贺词送给你！"

"哦，孩子越多越好耶！"阿里伸出了两个巴掌，看着娜拉，说，"至少也要有十个啦！"

娜拉从他的手势和表情猜到他谈话的内容，双颊绯红，娇羞垂首，嘴角轻轻地荡着一抹笑意。

"十个孩子？嘿嘿，太辛苦了！"我故意浇他冷水，"娜拉未必肯吧？"

"是的，我和娜拉谈过，她不肯。"他飞快地应道，"她告诉我，她要十五个哩！"

此话一出，笑声像烟花般爆满一屋。

经过了半年的"霜结雪封"，阿里总算盼到灿烂的春天了！

我们起身告辞时，已是下午三点多了。娜拉一直将我们送到大门口，握着我的手，说了好几句阿拉伯话，阿里翻译成英语，说："娜拉要你把这儿当作你的家，常来走动。"

明年今日，再来这儿，我肯定，一定会有个小阿里或是小娜拉舞动着肥肥的手和脚，咿呀咿呀地向我们撒娇。

啊，阿里终于和他的忧郁告别了！

5

在阿里的生活回返了正常的轨道后，我生活的小舟却遇上了风浪，颠簸不休。

泥泥住在沙飞尘扬的吉达，哮喘病不时发作，我三天两头抱着他往医院跑。后来，呼吸愈见困难，小小的胸腔好似拉风箱一样，起起伏伏；嶙峋肋骨，历历可见。医生要他住院留医，可我看他被这名专科医生治疗了那么长一段时间，病情都不见起色，又哪能放心呢？和日胜商量之后，决定带泥泥回返新加坡。至于日胜呢，在往后的两年，就只能在大漠里孤军作战了。

回返新加坡之后，泥泥得到妥善的治疗和无微不至的照顾，逐渐康复了。我把他送进托儿所，自己也回返报馆上班了。

那天，赶完了稿子，疲惫万分地回返家门，还未坐下，便接到了日胜自吉达拨来的电话："小白屋没了。"

"什么？"我怀疑自己的听觉出了毛病。

"电线走火，我得到消息赶回去时，烈焰已经发狂地吞噬了小白屋……"

"你有受伤吗？"我急急问道。

"起火时，我不在屋子里。"

只要人安好，一切都没有关系了。我甚至把这当作是一个"好消息"——屋子化为灰烬，人却毫发无损，那是多大的一种福报啊！

日子慢慢流走了，在那儿待了三年多的日胜，即将结束合约。我们决定在吉达会合，再一起到中东其他国家旅行。

原本以为一辈子也不会重返吉达的我，现在，又重临旧地了。

抵达时，是凌晨三点。四月的吉达，冬季刚过，寒意犹在。车子在沙漠暗沉的夜色里飞驰着，而我，却在想着我心爱的那所小白屋，那所我住了整整一年、镶嵌着无数笑声与泪影的小白屋。这场大火，使我在各地旅行时搜购的纪念品化为乌有，而且，还使我留存在那儿的宝贵记忆像个虚飘飘的幽灵般找不到个落脚处。

想起了时常造访小白屋的老朋友阿里,我问日胜:"阿里近况如何?"

"我们常有联系,明天是休息日,我已经邀请他到家里来和你小叙了!"

谈着谈着,车子已爬上了那个我很熟悉、但感觉上又好像很陌生的泥褐小山头。立在山脊的,是那所新建的屋子。四四方方,好像一个死气沉沉的火柴盒,白白的亮漆在黑夜里闪着刺目的光,才瞅一眼,便不喜欢,幸而我只在这儿逗留短短几天而已!

连续飞行了八个多小时,很疲倦,倒头便睡。睡醒时,厅里隐隐约约传来了细细碎碎的谈话声。

啊,是阿里呢!

我一迈出房门,他便飞快地朝我冲过来,咧着嘴,笑得像个大孩子:"嘿嘿,两年前,你不告而别;现在,又静悄悄地飞回来,吉达对你还是有点吸引力的,对吗?"

"不对,吸引我回来的,是你和娜拉。"我笑嘻嘻地说。

"娜拉不时还会提起你呢!"阿里笑道,"你这回打算住多久?"

我竖起了四根手指:"你猜?"

他高兴地说:"四年。"

我笑出声来了,应道:"四天。"

"什么?"他嚷了起来,孩子气地扣住我的手腕,狠狠地说,"你敢,你敢只住四天就回去,我就用手铐扣着你,送你进牢狱,让你住个一年半载!"

"哎,别闹了!"我挣脱了被他扣得发痛的手,说,"你倒说说看,你要怎样招待我这个只住四天的贵宾呢?"

"当然是最高规格啰!"他不假思索地说。

"什么是最高规格?"我问。

"最高规格便是——你要怎样便怎样。"

大家一起笑了起来，我告诉阿里，这次重来，希望可以多拍一些照片留作日后的纪念。

"没有问题，我陪你们去，你们要拍啥便拍啥！"阿里拍着胸口承诺。

沙特阿拉伯有许多地方是严禁摄影的，阿里是警官，有他陪着，果然方便很多。许多过去想拍摄而不敢拍的、要拍摄而不能拍的，比方说，富丽堂皇的皇宫、肮里肮脏的菜市、古老陈旧的建筑、热闹喧哗的大街、阴森恐怖的执刑广场等等，我们都如愿以偿地一一摄入了镜头里。

游毕拍罢，已是日落西山了。阿里有事，不能和我们共餐，不过，约我们次晚去他家，和他家人一起用餐，我们高兴地答应了。

与阿里同游竟日，我居然没有发现他的心被一个巨大的阴影沉沉地压着。也许，他不愿影响我的游兴，故意装成若无其事的样子。

次日傍晚，阿里来接我们时，我取出一块红底暗花的极品丝绸，对他说："瞧，仔细瞧啊！"

他果真双目炯炯地盯着我手上的丝绸。

我把偌大一块丝绸卷成一小团，紧紧地攥在掌心里，问："你现在看到什么？"

他老老实实地说："我看到你的拳头。"

我忍住笑意，张开拳头，原本萎靡地缩在掌心里的那块丝绸，忽然不可思议地"活"了起来，变成了一道鲜红色的"瀑布"，从我掌心里快速地倾泻而下，轻、薄、柔、细。像这样的上等丝绸，不管怎样搓它、揉它、握它，它都不起皱。永远的风平浪静、永远的不动声色、永远的讳莫如深。

我说:"娜拉穿上了这袭丝绸衣裙,肯定美若天仙啦!"

阿里将丝绸在自己身上比了比,又惊又喜地说:"真是轻若无物啊,即便我这男子穿了,也美若天仙哪!"

我笑了起来,说:"给你穿呢,就等于是一朵鲜花插在牛粪上了。"

他叹了一口气,说:"你这人,真是不善啊!"

我接着又取出了一套婴儿衣裤给他,说:"不知道现在这套衣裤可以派上用场了吗?"

我这样开门见山地问,一点儿也不唐突,因为阿拉伯人把"多子多孙"看成是"多福多禄"的象征。阿里就曾扬言,他要和娜拉生足十个儿女。

没有想到,听到这话,一朵乌云快速罩了下来,他的脸,在顷刻间变成了发霉的天幕。

"怎么啦,你?"我警觉地问。

"没什么。"他语调怏怏地说,"我是快要当父亲了。"

以这样的口气宣布这天大的喜讯,阿里的语调和神情都显得太古怪了,古怪得令我心惊;难道说,婴儿被验出了先天智力有缺陷?

我难过而又同情地问道:"孩子几时出世呢?"

"今年十月左右。"

"啊,如果能够生个像娜拉一样的女儿,肯定很漂亮啦!"我故作轻松地说道,但就在这电光石火间,我看到他的脸闪过了一抹痛楚。

就在这时,外出办事的日胜回来了。

"嗨,阿里,来得这么早啊!"

"你还说早。"阿里瞄了瞄手表,说,"刚才,五点一过,娜拉就拼命催我来接你们了!"

车子平平地滑下了山头,猩红的落日静静地在大路的尽头壮烈地烧出满天璀璨,为大地铺陈出一片绚烂的血红;即使有人故意以染色剂去染,恐怕也染不出这样瑰丽的色彩。坦白地说,大漠景致,最使我留恋的,除了落日以外,还是落日,它虚幻而又霸气、苍茫而又炽烈,好似魔术棒变幻出来的;只是它所呈现出来的辉煌,短如昙花,乍起乍灭,你还在啧啧赞叹,它却已抽身离去,那种毫不眷恋的决断,令人惊心。

我们在漫天的霞光里,让车轮颠颠簸簸地碾过凹凸不平的石子,转入瘦瘦的小径里。远远地,我便看到阿里的屋子了,令我惊讶的是,那幢屋子,原本是单层平顶的,现在却变成了双层的,扩建工程还在进行中,屋顶尚未盖好。

"阿里,你孩子十月才出世,你居然就扩建屋子了,太急了吧?"

阿里突然来了个紧急刹车,一脸凝重地回过头来,对我郑重地说道:"等一下见到娜拉,请你千万不要提起孩子的事,因为怀孕的,是我的第二个妻子乌妲。"

"什么?你又多娶了一房妻子?"

我的头发像是尖锐的钢针般,一根根竖立了起来,然而,与此同时,我却又清清楚楚地看到悲伤好像日蚀一样蚕吞着他瘦削的脸,我知道,他应该是有不得已的苦衷,才出此下策的。

我让自己变成一块磨刀石,让它以沉默来磨我的耐心。

此刻,风在山丘与山丘之间、沙石与沙石之间回旋,发出了虚张声势的"呜呜"声,我被一片热闹的风声包围着,心里却空落落的虚得慌。

过了仿佛一个世纪那么久,阿里才开口了,他的语调是平静的，可是，在很深很深的那个地方，却蠕动着一种难以稀释的悲哀。

"我娶乌妲，完全是母亲的意思。你知道吗，娜拉，她，呃，医生已经证明她患有不育症。"顿了顿，又说，"对于阿拉伯人来说，孩子是非常重要的；没有孩子的婚姻，是没有根的。娜拉不能生育，我迟早都得娶其他女人。我之所以那么快迎娶乌妲，主要是母亲年迈，急于抱孙。"

我的心，突然爬满了荆棘，我被刺得很痛。一眼望过去，周围的景色都变成了蒙蒙的灰色，山丘是灰色的，天空是灰色的，沙石是灰色的，连风都变成了灰色的。只有娜拉的脸是彩色的，黑色的瞳孔顾盼生辉，绯红的双颊笑意流荡。然而，不旋踵，这张脸，竟然也变成了灰色的。深灰色的脸上镶嵌着两只灰兮兮的眼珠，那是一张伤心的脸。

想到娜拉伤心的样子，我简直不想迈进阿里的屋子了。半晌，我才问道："你和两房妻子都住在同一所屋子里吗？"

"乌妲目前暂时住在东部小镇扎赫兰的娘家，等我的屋子扩建好了，我便得接她过来一起住了。"阿里说着，从皮夹里抽出一张寸半的黑白照片，递给我，说，"这是乌妲。"

照片里的乌妲，特征是"长"——长发、长脸、长颈、长鼻子。除了滑稽之外，有几分跋扈的凶气从照片里掩抑不住地流了出来。把照片还给阿里，我抑郁地说："恭喜你了，终于要当爸爸了。"

他露出了一抹淡淡的笑容，发动了引擎，说："这是我母亲的第一个内孙，她比谁都高兴，所以，她近来对娜拉的态度也好得多了！"

抵达后，阿里的母亲迎了出来，因为屋子太暗了，看不清她脸上的表情。她抓着我的手,放在干瘪的唇上亲了亲,然后,再以阿拉伯话告诉阿里,屋子停电,不能亮灯。跟在阿里母亲背后的,是娜拉。她在我脸颊上轻轻地吻了吻,然后,温柔地把我牵入屋子内。大厅里,蜡烛上的火焰在黑暗中努力挣扎,结出一朵朵闪闪烁烁的烛花,幽幽忽忽地散发着一种诡谲的气氛。

在摇曳的烛光下看娜拉,发现她的整张脸像被刀子齐齐地削去了一圈,比起两年前,瘦多了,但是,比黄花瘦的她,却别有一番惹人怜爱的风姿和韵味。

知道我不吃羊肉,这一回,娜拉为我们准备了鸡肉八宝饭,铜盘上盛满了大块的烤鸡,而下面垫以甜味糯米饭,饭内夹有软而咸的花生。

我们席地而坐,娜拉在房间的每个角落里点上了蜡烛,烛光把我们的影子随意剪了,贴在墙上,像一群魑魅魍魉。室内很静,静默中只听到白烛不断淌泪的声音。

这顿晚饭是在相当沉闷的气氛下吃完的,虽然每个人都尝试打起精神来说话,但是,大家各怀心事,因此,气氛便显得极不自然,甚至,有点僵冷;和两年前那种笑声爆满一屋的情况相比,真有"物是人非"的感觉。

饭后不久,我们便告辞了。

娜拉默默地吻我双颊,脸颊相触处,一片冰凉、一片潮湿。

啊,娜拉哭了!

阿里要当父亲了,然而,娜拉却不是孩子的母亲。阿里唱的是一支快乐的悲歌,但是,娜拉唱的却是一阕此生无尽的哀曲!

骆驼塔巴

1

我是在新加坡认识塔巴的,后来虽然在沙特阿拉伯和他成了稔熟的朋友,但是,初次与他晤面时那种突兀的感觉,迄今还清晰地留存于心头。

记得就在我准备远赴沙漠生活的前一个星期,日胜兴冲冲地告诉我,他已邀约塔巴与我共进晚餐。塔巴原籍英国,是电气工程师,到沙特阿拉伯工作已有十多年,现在利用年假到新加坡旅行,是我探听沙漠生活实况的最佳对象。

我们在一家环境清幽的海鲜餐馆定了位子,由于一路上交通阻塞,抵达那儿时,塔巴已坐在濒海的一张桌子旁等着我们了。

他站起来与我握手,我的心猛然跳了一下——明明素未谋面,怎么却似曾相识呢?

他的鼻子很大,压在脸上,像一座山;两个朝天的鼻孔黑洞洞的,深不见底。那双微微向外凸着而眼梢朝下的眸子,深邃而又暗沉,里面好像装满了沉甸甸的悲伤。他看人时很专注,但由于太专注了,仿佛看的是对方的灵魂而不是面孔,令人浑身不自在。才四十来岁,但却苍老得不成样子,两道深深长长的皱纹由眼尾迤迤逦逦地一直延伸到嘴唇旁边,像被人狠狠地砍了两刀似的。

塔巴是一个寡言少语的人，谈及沙漠生活时，他轻描淡写地说道："我不愿以个人的观感来影响你，你的眼睛将会给你最好的答案。"

看到我一脸失望，他又懒洋洋地补充道："当然，那绝对不是一个坏地方；不然，我会待上长长的十一年吗？"

那天晚上，在回家的路上，塔巴那张怪异的脸不断在我脑海盘旋，突然，我脱口而出："啊，骆驼！"

刚才我之所以觉得他似曾相识，主要是他长得像骆驼，很像、极像！

我把对塔巴的印象告诉日胜，他吃吃地笑了起来，说："嘿嘿，他的绰号正是骆驼哩！"

难道说，在沙漠里生活得久，样子就会改变吗？我默默地想，下意识地摸了摸自己的脸颊，心房怦怦地加速了跳动。

2

和骆驼塔巴再度晤面，是在吉达港一对英国夫妇的家里。

约翰和珍妮到沙漠居住，已经长达十四年了。前几年在首都利雅得工作，最近六年，才调到吉达来。夫妻俩都很好客，经常在家里宴请朋友。

那天晚上，日胜因公司开会而回来较迟，当我们赶到约翰坐落于市区中心的寓所时，大部分宾客已到了。

我一眼便看到了骆驼塔巴，他坐在靠墙那一张沙发上，木无表情。看到了我们，懒洋洋地站了起来，有神没气地打招呼："嗨。"

"嗨！"我应，顺手把两岁的孩子泥泥推到他面前，说，"泥泥，叫叔叔！"

此刻，塔巴灰蒙蒙的眸子忽然起了魔术般的变化，绽放出两股很亮的光芒，亮光里面还有笑影在晃动哪！泥泥抬头看他，被他那怪异的样子吓着了，紧紧地抱着我，怎么也不肯开口喊他"叔叔"。

塔巴蹲下身子，用厚厚的手掌亲昵地触了触泥泥的脸颊，以异常温柔的语调说道："叔叔有好多玩具、好多糖果哩！告诉叔叔，你喜欢什么？"泥泥不答，当塔巴再开口时，他干脆躲到我身子后边去了，眼不见为净。塔巴若无其事地站了起来，反倒是我，十分尴尬。

这时，女主人捧着饮料走了过来，讶异地看了看我和塔巴，说："咦，你们原本认识的？"

"在新加坡见过一面。"我说。

"新加坡？"珍妮侧头想了想，才恍然笑道，"啊，是了，塔巴曾到新加坡度假。他很喜欢新加坡，说那儿是花园城市，美得像人间仙境；说得我和约翰都心动了，我们打算明年初去玩一趟。"

说着，她把手里的饮料递给我，说："你们谈吧，我厨房里还有些事要做。"

她转身走开后，对着木讷的塔巴，我一时竟找不到适当的话题，两个人面对面站着，气氛显得有点僵。他用手指了指沙发，淡淡地说："坐吧！"

坐下以后，我问他："你和约翰，是在英国认识的吧？"

"我们是同事，现在，又是邻居。"

"邻居？你也住在这幢公寓内？"

"是的，就在隔壁。"他用手指了指对门那间公寓，再反问我，"你们呢？是不是住在老林原来那所小白屋里？"

我点头，尚未搭腔，他又说道："那儿离开市区很远，不太方便。不过，你们来了，老林就不愁寂寞了。沙漠的生活，有时的确寂寞得令人受不了！"

我随口问道："你的家眷呢？为什么不一起带来？"

"孩子要读书，不方便啦！"他含糊地应道，指了指挨在我身边的泥泥问道，"这孩子，几岁啦？"

"两岁多。"我说。

他把手伸进裤袋内，掏出了几颗巧克力糖，递给泥泥，说："给你，通通给你！"

抵受不了"诱惑"，泥泥脸上有了些许笑意，但是，塔巴的样子却又使他踌躇不前。塔巴又从裤袋里快速地掏出了一辆小巧玲珑的玩具车，以一种比阳光更明朗的声音说道："来吧！孩子，过来吧！"

泥泥自小喜欢玩具车，塔巴这一招果然奏效了，泥泥的防线全面崩溃，顺从地走到他身边去了。

实在想不到这样一个外表看似古板的人，裤袋里竟然另有乾坤地藏着讨取孩子欢心的各式玩意儿！

当晚，泥泥玩得非常尽兴，牵着塔巴的手，叔叔长叔叔短地叫；离开约翰的家时，一老一小，已是难分难舍了！

在回家的路上，我对日胜说道："骆驼这人虽然古怪了些，但对孩子却很有耐心呀！"

"他的确喜欢孩子。"日胜说，"他的裤袋呀，就好像一个应有尽有的百宝箱，把孩子们逗得乐呵呵，他们背后都叫他圣诞老人哩！"

想到他刚才的举止，我忍不住笑了起来，问道："他自己有几个孩子啦？"

"我不太清楚。不过，去年暑假他曾回英国，把一个孩子带来这儿住了一阵子。"

"妻子有一起来吗？"

"没有。"

"他好像不太喜欢谈他的家庭……"

日胜侧头看我一下，带笑地反问我："有哪一个男人会整天把妻子和孩子挂在嘴边的呢，你说？"

"那些爱妻如命的人，会。"我笑嘻嘻地应道。

3

在吉达居住期间，我的三餐都是由公司雇佣的厨子煮好了，放在饭格子里，送到小白屋来给我的。

沙特阿拉伯禁食猪肉。菜肴里少了猪肉，就少了很多变化；偏偏有许多工人又是不吃牛肉的，因此，一个星期里，有五六天都吃鸡肉，吃得我"闻鸡色变"。

这天，掀开饭格子一看，哎呀，又是鸡肉，全身便不由得起了鸡皮疙瘩。市区中心最近开了一家新的餐馆，专卖意大利馅饼，日胜问我可愿一试。我二话不说，立马将盛着炸鸡的饭格子搁进冰箱，一家三口雀跃万分地出门去了。

餐馆的情调极好，葡萄状的大圆灯散发出朦胧的紫色，有一种细致的温暖。

食客很多，座无虚设。正当我们以目光搜寻空位时，角落头有个人朝我们招手。

"塔巴，塔巴在那儿呢！"我高兴地说，朝他快步走过去。

塔巴站了起来，脸上的笑容是朝泥泥绽放的，他手脚麻利地把泥泥抱了起来，故伎重演地从裤袋里摸出了几颗糖果；泥泥接了，亲亲热热地叫道："叔叔！"又指着放在他面前吃了一半的馅饼，说:"我要吃这个!"他满脸溺爱地说:"好好好,你要吃多少,便吃多少!"

我们点了一客乳酪蘑菇碎肉馅饼,外加三杯鲜橙汁。

在等待食物时,日胜闲闲地问他:"怎样?最近很少见到你,忙些什么?"

"哦,我回了英国一趟,前几天才回来的。"

"回去多久?"

"两个星期罢了,主要是回去看看杰克。他学校放假,我本来想带他来住一阵子的,但他嫌这儿太热了,不肯来。所以,我只好等下一个假期啰!那时,吉达已是冬天了,他来住,也就舒服得多了!"

谈到孩子,这个男人竟滔滔不绝。

"我记得他去年冬天也来住过一阵子的。"日胜说。

"是的。"塔巴苍老的脸忽然闪现了一抹纵容的笑,"去年来时,他嫌生活太闷了,天天往英国大使馆跑。今年如果他来,我打算向公司请假,带他到附近的国家玩玩……"

"你的妻子也一起来吧?"我问,心里盘算着,到时请他们一家子来家里吃顿便饭。

"不。"他说,圆圆凸凸的眼珠朝我瞪了一下,似乎嫌我多嘴。

我有点尴尬,幸好食物在这时端上来了,暂时分散了大家的注意力。馅饼惊人地大,摊在桌上,像一块圆形的抹桌布,我们一家三口几乎把肚皮撑坏了。

付账后,塔巴抱起了泥泥,似是不经意地说:"去我家坐坐吧,我这回在英国买了好些玩具,让泥泥去挑一个。"

他眼里那份无声的恳求使我和日胜都不忍拒绝。

令我非常惊讶的,一个独居男人的家,竟整洁如斯。沙漠区沙飞尘扬，我终日扫扫这儿、拭拭那儿，都难以做到窗明几净；然而，他这样一个工作忙碌的大男人，屋子居然纤尘不染，想必工余之暇把时间都花在收拾屋子上了。

他把几款不同的模型小车摆放在地毯上，对小泥泥温柔地说道："你要哪一辆，自己挑吧！"

泥泥左手拿了一辆警车，右手又去抓一辆救火车，只恨自己没有多长几只手。看到泥泥眉眼鼻唇上星星点点的笑意，塔巴慷慨地说道："拿去，拿去！全都拿去吧！"泥泥无端端变成了一个小富翁，高兴得咧嘴而笑。他趴在地上，把车子推来推去，玩得不亦乐乎。

大厅中央的墙壁，一字排开，全都是书架，书架上整整齐齐地放置着许多大块头的书籍。他随手抽出了一本厚厚的精装书，小心翼翼地打开来，我定睛一看，嘿，原来那是一部"打肿脸充胖子"的书，在那空空的"心窝"里，赫然躺着一瓶威士忌酒！

沙特阿拉伯是一个禁酒的国家，但我老早就听说有许多洋酒在这儿进行黑市买卖，售价极高，一支威士忌，动辄要价两三百美金。

塔巴拿着酒瓶对日胜说道："老林，你也来一杯吧？"

日胜许久滴酒未沾，自然想喝，但一想到待会儿还要驾车回家，便强自克制而摇头拒绝了。

他自己斟了一小杯，坐在沙发上，慢慢啜饮。屋内昏黄的灯把他微驼的背影牢牢地钉在地上，我看到他拿着杯子的手微微地颤抖着，心里突然觉得有点难过。

4

夏天的步伐，像老牛破车，沉重而又缓慢。每回一走到户外，一束束阳光，便毒毒地化成一丛丛火焰，灼得人浑身生痛，我觉得自己像是搁在铁板上的一块肉，哧哧地冒着烟气。

这期间，我们和骆驼塔巴见过几次面，但都不是特意约见的——有三次是在约翰的寓所，有两次则是在餐馆。他老是一副懒洋洋的样子，除了孩子以外，似乎什么都引不起他的兴趣。他的人缘不太好，但是，他却很有孩子缘。一些家庭在举行家宴时，特别喜欢邀请他，为的是让他把欢笑带给孩子；而他呢，除了与孩子打成一片之外，很少主动与其他客人攀谈。老实说，我从来不曾认识过一个性格矛盾如斯的人。他待人硬邦邦得像块铁，阴森而又冷漠，但一看到小孩，整个人却变成了柔兮兮的水，开朗而又热诚。怎么会这样呢？真令人百思不得其解。

这一天，我打开大门，一股舒适的凉意倏地缠上身来，我这才惊喜地发现，啊，冬天已悄无声息地来了！冰冷的风吹在身上，我们像是游进了水里的鱼，有说不出的爽快；夏天被太阳灼死的细胞，也一一活过来了。我们心情大好，带泥泥出门的次数，也显著地增加了。

吉达没有戏院，也没有其他娱乐场所，唯一的"儿童游乐场"又可笑地划分出"男人日"和"女人日"。在"男人日"里，女人不能进去；在"女人日"里，男人须止步。我们虽然很想带泥泥去玩，但一想到那限制极严的条规，便提不起劲来了。

我们最常去的地方是红海畔，一到傍晚，游人如织，售卖各式纪念品和各类小食的摊子多如过江之鲫，男女老幼如蚁附膻。许多阿拉伯人举家出游，男人在地上铺了小毛毯，舒舒服服地躺着，半导体收音机播放的阿拉伯歌曲震天价响，他们就在到处乱窜的音符里，呼噜呼噜地抽着水烟。蒙着黑纱的阿拉伯妇女，默默地在一旁准备点心和饮料，侍候夫君、照料孩子。

这晚，我们一家三口在红海畔散步时，泥泥突然挣脱了我的手，一面跑一面兴奋地喊道："叔叔！叔叔！"

塔巴正站在一个冰激凌摊子旁，一只手亲昵地搭在一个男孩子的肩膀上。听到泥泥的叫声，他转过身来，眼里立马涌满了笑意，快速伸手把他抱了起来，举得高高的，不断地摇晃，泥泥兴奋地尖叫，塔巴呵呵呵地笑，那种笑声，似浸泡在肥肥的幸福里。玩闹了好一会儿，他才把泥泥放在地上，然后，指了指身边的男孩子，以一种难以掩饰的欢喜和骄傲，对我说道："这是我的孩子杰克！"

饱满的双颊，泛着健康的玫瑰红，像一枚刚从树上摘下来的苹果。蔚蓝色的眸子，像髹了亮漆，称得上流光溢彩。满头鬈发，宛若一圈一圈快活的笑影。这杰克啊，活脱脱就是从画册里走出来的小天使嘛！

不待塔巴嘱咐，他便乖巧地朝我和日胜一一问好。

我握着他小小的柔软的手，问道："杰克，你几时来的呀？"

塔巴神色得意地抢着答道："我前天回去英国把他带来的！"

"准备逗留多久呢？"

"三个星期。"依然是塔巴的声音，"我下周会向公司请假八天，带他去埃及玩玩。"

"爹地，我要看金字塔、人面狮身！"杰克天真烂漫地说道，澄蓝色的眸子盛满了憧憬，"我还要骑马、骑骆驼，还有，去尼罗河划船！"

"当然，亲爱的，一定，一定！你要玩啥便玩啥，要去哪便去哪!"

塔巴一边掏钱买冰激凌,一边溺爱地应道。他给泥泥和杰克各买了一盒特大号的雪糕,还想给我和日胜也买一份,我们赶快摇手拒绝了。

"你要到埃及去,我们有些旅游资料,你要参考吗?"日胜问塔巴。

"不必了!"塔巴摇头说道,"这几天我要上班,晚上又带杰克到处逛,实在抽不出时间来读什么资料了,反正我是参加旅行团的,一切都由别人安排,什么都不必我操心!"

"那——白天你工作时,谁照顾杰克呢?"我关心地问,"你可以在上班前把他送来我们家,我代你照顾。"

"啊,不必不必,谢谢谢谢!我已经拜托珍妮照顾他了,他和珍妮的长子安德烈很合得来。有个伴,时间也容易打发!"

"现在,一起去喝杯咖啡,好吗?"日胜建议。

塔巴以征求的眼光望着他的宝贝儿子,杰克摇头说道:"爹地,回去吧,你刚才不是说有点累吗?"

啊,真是善于体恤别人的好孩子呀!

我们和塔巴挥手道别。

5

过了几天,我接到了双亲从新加坡托人捎来的一大箱土产,有咖啡粉、绿茶、普洱茶、花生糖、香酥饼、杏仁饼、夹心糖、芝麻酥、鸡肉干等等。我分成了三份,一份自己留着,一份送给当警官的好友阿里;还有一份呢,我准备送去给珍妮。

当天中午,闲着没事,吃过午饭后,我便到珍妮那儿去了。应门的，正是珍妮。她脂粉未施，脸色灰暗，眼白被些许红丝缠着，似是睡眠不足的样子。

一看到我，她招呼了一声以后，立刻把嗓子压得很低地说："待会儿你见到杰克，什么都不要问、什么都不要说，就装成若无其事的样子。稍后，我会把一切告诉你的！"

我不明所以地点了点头，狐疑地跟着她走进屋子里。

杰克坐在沙发上，尽管珍妮事先已照会过我，但乍见他的一刹那，我的一颗心，却像被锥子猛然钻了一下，剧痛。

啊，这、这哪儿是我几天前见到的那个像天使般的小男孩呢？

他两边的脸高高地肿了起来，好像被人硬生生地灌进了过多的气体；脸颊上原有的玫瑰红，被"恶作剧"地涂成了黑紫色；仔细看时，一块块的，全是被殴打的瘀痕。由于肿得太过厉害，把他那双又圆又大的眸子挤成了一条缝，而一种近乎绝望的愤怒与悲哀，就从这道细缝里迸射出来。整个人，看起来如同一只血脉偾张的小公鸡。

此刻，我觉得有一条蛇钻进了心里，有一种冰凉的恐惧在体内恣意流窜。

我强自压抑着翻涌的思潮，急匆匆地步入了厨房。

这时，是下午一点整。

我听到珍妮细细碎碎的声音断断续续地从大厅里传进来："你昨晚没吃多少东西，现在又不肯吃，会饿坏的呀！"

"……"

"这样好了，你先喝杯牛奶，待会儿我叫安德烈去买午餐，你不是很喜欢街尾那家店的烤鸡吗？给你买一只回来，好吗？"

"……"

"你这个样子，你妈妈在英国知道，会很伤心的！"

这时，厅里突然传出了抽泣的声音。

"宝贝，啊，宝贝，你不要哭。你的爸爸如果买到飞机票，今晚你就可以飞回去了呀！你要跟你妈妈说话吗？我帮你拨个电话到伦敦去！"

杰克抽抽搭搭地问道："伦敦现在是几点？"

珍妮默默地算了算，才说："是早上十点。"（沙特阿拉伯与英国两地时差三个小时）

"妈妈已经去学校教书了！"

"那就迟一点再拨电话吧！来，听阿姨的话，抹干眼泪，吃点东西。"

一阵擤鼻涕的声音过后，杰克哽咽地问道："阿姨，我今晚真的可以回返伦敦吗？"

"只要买到机票，当然可以的，宝贝。"

一阵短暂的沉默过后，杰克喑哑的嗓子又响起了："阿姨，我要买点蜜枣。"

"你要吃是吗？"珍妮的声音一下子像掺入了阳光，"我叫安德烈给你买。"

"不，我是要带回去给妈妈，妈妈喜欢吃阿拉伯蜜枣。"

这孩子！这懂事得令人心疼的孩子！我一直死死地忍着的眼泪，终于在这时流了下来。

"安德烈！"珍妮提高声量喊道，"你去百麦加大街跑一趟，给杰克买两公斤蜜枣。"接着，又问："杰克，两公斤够吗？"

"阿姨，我，我想和安德烈一起去，可以吗？"

"呃——"珍妮考虑了一下，才说，"好吧，你出去走走也好。现在，你先去洗把脸吧！"

他俩开门出去以后，珍妮才走进厨房来，以机械化的动作泡了两杯咖啡,坐下来,语带愤慨地说:"唉,打成这个样子,真没有人性!"

"究竟是谁下这样的毒手?"我惊愕地问道。

"说出来你也许不相信。"珍妮双眸掠过了一丝难以遏制的憎恶,说,"打他的,是他的父亲!"

"你,你是说塔巴?"我结结巴巴地说,"这,这怎么可能呢?"

霎时间,无数的疑问一起涌上了心头,我舌头打结。

"每个人都说不可能,偏偏塔巴这个人,一喝醉了酒,什么事都干得出来!"她悻悻然地说。

"你是说,他酒后乱性,才把杰克打伤的?"

"是呀!前天,凌晨约莫两三点时,杰克突然发狂似的敲我们的门,我应门时,正好看到满身酒气的塔巴像一只疯狗般追了出来,抓住杰克,继续挥拳打他,如果不是我们扑过去挡住,恐怕杰克的小脑袋都会被他打坏!我和约翰在拉开他时,被击中了几拳,痛得要命!"她犹有余悸地说,下意识地揉了揉自己的手臂。

想起杰克那张伤痕累累的脸,我忍不住骂出声来:"这个酒鬼!你们应该报警,送他进牢狱,关个一年半载,让他在监牢里把酒戒掉!"

"依我看,关他十年八年,他也未必戒得掉!"珍妮鄙夷地说,"你知道吗,前年,他也曾在同样的情况下打过杰克!那时,杰克才六岁,暑假从英国来和他同住,但住不到两个星期,就被酒醉的他结结实实地打了一顿,不过,打得不及这次重。六岁的孩子,被他这样发狠地打过一次,活活吓破了胆。然而,那个年龄还不太懂,事后让他哄哄骗骗的,又买礼物,又带他到处去玩、去吃,事情也就过去了!"

"那——去年暑假杰克有来吗?"

"有的，那一阵子他倒是完全戒了酒。杰克和他同住那几周，他还特地把家里的几瓶白兰地酒寄放在我家。由于滴酒未沾，父子俩相处得十分愉快。我原以为他汲取了上回的教训，已痛改前非了，没有想到，这次又重蹈覆辙……唉！"

说到这儿，珍妮用手指在睡眠不足的眼睛周围轻轻地来回按摩，好一会儿，才继续说道："事情发生以后，他很后悔，来我家抱着杰克哭，求杰克原谅他；然而，他完全忽略了，杰克已经八岁了！八岁的孩子，已经懂得爱和恨了！这样无缘无故地毒打他，他又怎能不恨！"

沉默半晌，又说："说来说去，都是那一段婚姻害苦了他。他打杰克，表面上是喝醉了酒，但是潜意识里，可能是向他的前妻报复！"

前妻？报复？我茫然不解。

她瞅我一眼，说："你对他的婚姻状况不太清楚，是吗？"

我点头。

"他在五年前离了婚，孩子归他太太抚养。他只是获准每年暑假时把孩子带来同住一阵子。"

对自己婚姻守口如瓶的塔巴，原来是个婚姻失败者。然而，凭直觉，塔巴应该不是"视婚姻为儿戏"那一种人，那么，导致他离婚的原因究竟是什么呢？

珍妮透露，塔巴三十岁那年结婚，他的新娘子茱丽才十九岁，执教于幼稚园，长得非常好看。婚后第二年，塔巴就被任职公司派遣到中东来。妻子原想跟他一起来，但他却认为这儿生活艰苦，不愿她同来受苦。

"他这样的想法害了他。实际上，夫妻本来就应该同甘共苦的嘛！"珍妮感叹着说，"茱丽是那么的年轻，又是那么的漂亮，哪耐得住长期独守空闺的寂寞！就这样，他们的婚姻在六年前因第三者的介入而触礁！"

"难怪他看起来总是很不快乐的样子！"我恍然大悟。

"他的确是很不快乐的。尤其是离婚后的这几年，他老得很快。他很想争取杰克的抚养权，但是，法庭判给了茱丽。我想，他对茱丽的感情是很复杂的——既恨她的绝情，又忘不了她的柔情。这样的感情转移到杰克身上，便出现了尖锐的矛盾——神志清醒时，爱他如珠似宝；一喝醉酒，潜伏在心底那股恨便冒了上来，恨不能活活把他打死！"

我想，珍妮的分析是很正确的。

尽管觉得塔巴酒后毒打杰克的行径不可原谅，但塔巴这个人却还是有很多优点的，只是痛苦的婚变或多或少扭曲了他的本性。

"现在，你打算怎样处理这件事呢？"我关心地问道。

"唉，我也烦死了。"珍妮蹙着双眉说，"杰克这孩子，性子倔强，不管他老子怎么哀求、怎么抚慰，也不管我怎样开解、怎样劝导，他只是不断地重复着一句话：我要回英国、我要回英国。一点转圜的余地也没有！"

"我刚才不是听到你说今晚送他走吗？"

"是的。我告诉塔巴，事情已经弄得这么僵了，短期内是很难使杰克回心转意的，倒不如顺遂他的心意，买张机票让他回去；其他的事，以后慢慢再谈。"

"塔巴和他一起回去吗？"

"不，杰克坚持要一个人走。"珍妮叹着气说，"他是铁了心不要和他父亲在一块了。"

谈到这儿，敲门声响起了，是杰克与安德烈回来了。

为了避免杰克尴尬，我和珍妮赶快转换了话题，继续聊了一会儿，我便起身告辞了。

事后得知，由于买不到飞机票，杰克当晚走不成，在珍妮家多住了两天才走的。在那两天里，一直到上飞机前，杰克始终没有和他的父亲说过一句话。夫妻间的恩怨以及成人心理的复杂，实在不是杰克这个小小的心灵所能理解、所能承受的！

6

这件事情发生后，我们有很长的一段时间没有见到塔巴。

其间，我们虽然曾经受邀到珍妮的家去用餐几次，但都没有看到他——不知道是珍妮没有邀请他呢，抑或是请了他，他没来。

有一回，我们到市中心那家情调极好的餐馆吃意大利馅饼，竟又碰到他。

他还是独自一人，坐在靠墙的桌子边，默默地吃着那个大若面盆的馅饼，一口一口地吃，动作非常机械化，仿佛吃的不是食物，而是被他切割成一块一块碎片的梦。

在餐厅紫色的朦胧灯光下打量他，我发现他脸上的皱纹更深、更多，背脊也更弯、更驼了……

这是一只准备终老于沙漠，但却又被悲哀压得生趣全无的骆驼！

啊！塔巴，骆驼塔巴！

合乃流泪了

1

由新加坡到沙特阿拉伯旅居的第一个星期里,不适应那焚烧似的酷热,我老是觉得昏昏沉沉、没精打采的。

地板蒙尘,脏衣盈箩。日胜说:"给你找个帮佣,好吧?"懒于料理家务的我,忙不迭地点头。

次日中午,正当我哄孩子泥泥午睡时,小白屋的敲门声响起了,叩门的人好像在敲打乐器一样,三下、一下、两下、三下,敲出了一种很快乐的旋律。

站在门外的,是一个精神抖擞的男子,皮肤像是兑了牛奶的咖啡,是一种饱满的褐色。他一手提着水桶,一手抓着拖把,满脸都是愉悦的笑意。

我狐疑地看着他,问:"有什么事吗?"他向我礼貌地欠了欠身,以流利的英语说道:"夫人,我是来帮您抹地、洗衣的。"我一面把他让进来,一面在心里嘀咕:日胜怎么会请一个大男人来帮我做家务呢,真是的!

他脚步轻快地走向漱洗房,经过泥泥的房间,看到泥泥睡眼蒙眬地坐在床上,他向泥泥扮了个滑稽的鬼脸,泥泥哈哈大笑,清脆的童音在屋子里来来回回地撞击,把原有的沉寂与沉闷击碎了。

这个人，蛮有趣的。我跟在他后面，问他："哎，你叫什么名啊？"

"合乃。"他答，把桶放在水喉底下盛水，水哗啦啦地流着，他静静地站着。

"你是泰国人吧？"我问。

"让您猜对了！"他笑着说，露出了白晃晃的牙齿。

他有着一双不论张着或闭着都在笑的眼睛，下巴像个长长的鞋拔子，几乎占了他脸庞的三分之一，是一张惹人发噱的脸。

提着注满了水的大桶，抓着拖把，他在大厅里以一种跳流行舞的步伐，忽左忽右地扭来扭去，把地上的尘埃和污垢擦得一干二净，动作充满了卡通似的滑稽感。

我强忍笑意，匆匆钻到厨房去泡咖啡。

洗衣机放置于厨房一隅，合乃抹好了地，提着那箩脏衣服走进厨房来，手脚利落地把脏衣服倒进洗衣机内，加入洗衣粉，扭开水喉，调好时间，启动。

正要转身出去做别的事时，我说："合乃，先歇歇吧！"说着，倒了一杯咖啡给他，他受宠若惊，一迭声地道谢。

"你来沙特阿拉伯工作很久了吧？"我问。

"不久，不久，才八个月罢了！"

"能适应这儿的生活吗？"

"马马虎虎啦！"他耸耸肩，朝泥泥的房间望了一眼，带着羡慕的口吻说道，"夫人，您带着孩子在身边，日子过得多有趣啊！我四个孩子都留在曼谷，想家时，心情不免郁闷。"

我看着他那张稚气未泯的面孔，惊讶地问道："哎，你已经有四个孩子了？"

"是呀，"他点头，微笑地说，"泰国人多半早婚。"

"你有回去探望他们吗?"

"没有。"他耸耸肩,说,"公司规定,员工一年才能回国一次。"

"还有四个月,你就可以回去了呀!"我安慰他。

"真是度日如年呀!"他说,眼神忽然间变得很空洞。

就在这时,泥泥跑进了厨房,合乃的那双大眼,立马快活地笑了起来;他在裤子上抹干了双手,一把抱起了毫不忌生的泥泥,看着我,说:"夫人,我带他到屋外玩玩,可以吗?"

我点了点头,他欢天喜地开门出去了。不一会儿,门外便传来泥泥像喷泉般喷洒得满天满地的笑声。我从窗口望出去,看到合乃蹲在地上,和泥泥互抛石子取乐。来吉达已有整个星期了,终日由没情没绪的妈妈陪伴着,泥泥似乎许久没有如此畅快地玩过了。

当天晚上,日胜告诉我,合乃过去在曼谷一家餐馆里当侍役,与游客接触的机会多,英文也比其他泰国人强。他目前在公司附设的厨房里当杂役,人缘好,对工作又不计较,厨房里上上下下的人都很喜欢他。下午厨房没啥工作,日胜便嘱他过来帮忙做家务。

想到泥泥今后多了一个大"玩伴",我的心不由得开出了一朵花。

2

合乃每周来三次,帮我料理家务。工作做完后,他便逗泥泥玩,两人嘻嘻哈哈地玩得很尽兴。

有一回,他带泥泥到屋后的空地去骑脚踏车。我坐在桌前看书,天气闷热,加上冷气机坏了,额上的汗水一串一串地往下淌,心情就和那黏糊糊的汗水一样,抑郁不适。正当我心不在焉地让目光在字里行间无意识地溜来溜去时,窗外传来了合乃和泥泥谈话的声音。

"泥泥,你长大了,要做什么?"合乃一本正经地问。

这个问题,让我双耳齐刷刷地竖立起来了——泥泥虽然才两岁多,我却也不能免俗地存有"望子成龙"的心态,我必须依顺他的兴趣"顺藤摸瓜"地栽培他。

毫不含糊的,泥泥大声答道:"我要驾巴士车!"

我忍俊不禁,这小子,真是胸无大志啊!

合乃迎合地应道:"驾巴士?一个人载好多好多人,很好,很好哇!"说着,他再也憋不住心中的话了,"泥泥,你知道我的儿子要做什么吗?"

泥泥没有睬他,可他谈话的兴致却一点儿也没减,自顾自地说道:"他要当医生哩!你知道医生是做什么的吗?医生,就像是超人一样,无所不能,比如说,那些躺在床上病得很惨的,他能帮他们重新站起来;那些受伤断了胳臂的,他能帮他们重新驳接起来,还有啊……"

泥泥还是没有搭腔,这些话,落在他耳里,和泰米尔语没有两样,他才两岁呀,又哪里听得懂!回应合乃的,是脚踏车转动时发出的"咿呀、咿呀"声,可他一点儿也不感到扫兴,继续噼里啪啦地说着,连气也不用转:"他以后当了医生,要为那些年老无依的人免费治病,也要为那些贫穷的家庭提供免费的营养品……"

我忍不住开门出去,接着他的话茬儿,问他:"合乃,你的孩子多大啦?"

他那张棕黑色的脸蓦地变成了一颗长长的枣,发红。他腼腆地说道:"我儿子,呃,最大的那个,已上中学了。"

"他有当医生的志愿,很好嘛,改天我回新加坡时,给你带一套有关悬壶济世的故事书。"

他双手合十，感激地说："啊，谢谢，谢谢您。"

这时，我觉得阳光实在太猛烈了，顺手将泥泥抱了起来，走进屋内，他也趁机告辞了。

3

笑口常开的合乃，其实家庭负担很重。

他结婚那年，才十八岁；他的新娘子比他更年轻，十七岁。婚后，孩子接踵而来，排列成梯形。他小学还没读完便辍学了，妻子则连学堂的门槛也不曾迈入。两个人教育程度都不高，当然找不到比较像样的工作了。他在一家餐馆当侍役，工资很低，妻子为了补贴家用，日夜不停地编织手工艺品；全家勒紧裤带过日子，却依然捉襟见肘。

到沙特阿拉伯来工作，虽然必须离妻别子，然而，对他来说，却是一条充满了希望的"生路"。他目前所领的工资，比在曼谷所赚的，足足多了好几倍，不但改善了全家的生活，连送长子入读大学也不再是痴人说梦了。合乃每回提到这个儿子时，连声音都像是被蜜糖裹着的。

"他很喜欢读书，日夜都梦想着要当医生！"

"很好哇！"我笑道，"以后，你儿子当上了医生，便可以好好地把你照顾成百岁人瑞了。那时，你记得和我们分享长寿秘诀啊！"

他用手挠挠头，心花怒放地笑了起来。

有一天，我带着泥泥，跟着厨子到康立基大渔场去买鱼，消磨了一整个早上。回来时，看见合乃瘦瘦长长的身子伫立在门口，泥泥兴高采烈地向他冲过去，他咧开嘴，笑得一脸阳光晃动不已。

"合乃，对不起。"我一面掏出钥匙开门，一面向他道歉，"我们到康立基大渔场去了，忘了告诉你呢！"

"不要紧。"他说，眼里、嘴里、声音里，满满都蕴含着饱饱的笑意，"我今天是特地来向您道别的，明天我回曼谷度假，两个星期后才回来。"

"哦？你已做满一年了？"

"是呀！"他兴高采烈地应道，"我想知道，您喜欢什么土产，我从曼谷给您捎来。"

"不必了，我喜欢吃的东西是不能乘搭飞机的！"

我半开玩笑地说。

"啊，那到底是什么东西呢？"他好奇追问。

"榴梿呀！"我刻意露出了悲伤的表情，"有一回，我梦到有人从新加坡给我捎来一个大大的榴梿，千辛万苦地撬开来，正想大快朵颐时，却看到里面爬满了一只只白白的虫，我大喊一声，就惊醒了，真是噩梦啊！"

他习惯性地挠头，挠呀挠的，搔了老半天，却找不到适当的话来安慰我，只是"嘿嘿""嘿嘿"地咧嘴而笑，样子既颠顸，又憨厚。

合乃走了以后，我才察觉他的重要性。在40多摄氏度的气温下晾晒衣服，真有一种自焚的痛苦。

两周过后，当合乃那富于节奏感的叩门声重新响起时，我立刻如释重负地赶去开门。

一进门，他便递给我一个沉甸甸的塑料袋，我打开一看，哎呀，里面居然躺着六大条香浓的榴梿糕！

"榴梿不能坐飞机，榴梿糕可以。"他幽默地说，"这是我太太亲手做的，请您尝尝。"顿了顿，又说："我保证它们不会变成您的噩梦!"

　　我们相视而笑,他周全而又细腻的心意,很深地感动了我,我连声道谢。问他回家的感受,他喜不自抑地表示,一年不见,孩子都长高了,也较前懂事许多。唯令他感到歉疚的是,妻子一个人照顾四个孩子,遇到困难,就只能独自承担;碰上委屈,也只能独自吞咽。

　　"阴霾的雨天过后,往往就是阳光普照的晴天呀!"我安慰他,"等储够了钱,一家人不就能够欢欢喜喜地团聚了吗?"他说:"是呀,是呀,等我在吉达多工作几年,储足了钱,便回乡去,盖一所新房子,每个孩子可以独自住一个房间。"我微笑地说:"很好哇,这就叫作'衣锦荣归'啊!"顿了顿,他又说:"我想要在我的新房子里装一个抽水马桶,我的老婆还没有用过这样新颖、这样先进的东西呢!"说这话时,他的脸,就像是小孩子憧憬着糖果一样,发着光、发着亮。

　　接着,他喜滋滋地从口袋里掏出一张照片给我看。

　　他妻子的个子很小、很瘦,一袭宽大的衣服松垮垮地挂在身上,像农田里的一个稻草人。尖尖的脸庞,浮着肥肥的笑意。啊,明明是一张疲倦而比实龄苍老的脸,然而,脸上那抹璀璨的笑意,却又让人觉得她很幸福、很满足。挨在她身旁的几个孩子,看起来都很壮实、很可爱。显而易见的,她辛辛苦苦地省下来的钱,全都转化成了他们的营养。他的长子,和他长得不太相像,眸子大,波光潋滟,清澈的眼神里,透着早熟的睿智,装着好奇的探索与好学的思索;如果能够以貌相人的话,他肯定是可造之才。把我的感觉告诉合乃,他咧嘴而笑。回返故乡温习了亲情的合乃,干涸的心河注入了潺潺的水,整个人,除了快乐,啥都没了。

　　和泥泥戏耍的时候,合乃的目光柔和得像是融化了的蜡。他教泥泥折纸,一张四四方方的纸,不旋踵,便被他灵活的手势变成了小猫、小狗、小鸟、青蛙、牛、羊等;接着,合乃会以惟妙惟肖的叫声让它们一一活起来,"喵喵、汪汪、吱吱、蝈蝈,哞哞、咩咩"等等叫声,在屋子里此起彼落,热闹得仿佛置身于动物园。泥泥快活极了,不时发出咯咯咯的笑声。

他也教泥泥唱泰国童谣,当他唱起童谣时,他的脸、他的声音,都非常地甜蜜,好似一大团棉花糖忽然发出了声音。这个时候,我知道,他温柔的眸子看着的,是泥泥,也不是泥泥。

4

沙漠的冬天,阒无声息地来了。初冬像是亲娘,以一盆凉凉的水为孩儿擦身,遍体舒爽,极为受用;尤其是在火球的热浆里浸了几个月,这一份凉意也就使人倍感舒适了。然而,隆冬却像后娘,一味的冷,人啊,冻得连柔软的头发都变得僵硬了。沙漠不降霜、不下雪,然而,那种深入骨髓的寒意,使天上原本不畏风寒的星星也不由得哆嗦起来。

我足不出户,寂寞的泥泥,当然也就更殷切地盼望合乃的到来了。

合乃依然一周来三次,然而,不知怎的,自从入冬以后,他便好似变了另外一个人,眼里没了笑意,多了焦躁;眼睛底下,老是挂着两个浮浮肿肿的眼袋,好似睡眠不足的样子。我想,他眼袋内满满地盛着的,该是家愁、乡愁吧?我本身不也曾在许多个无眠的夜晚里让泪水把眼球浸得红丝满布吗?

由于情绪欠佳,合乃全然提不起劲来逗泥泥玩,泥泥和他说话,他也不瞅不睬的。泥泥碰了几个钉子后,嘟嘟囔囔地向我投诉:"叔叔不乖耶!"我顾念他心情不好,他来的时候,便刻意把泥泥引开,让他免受干扰。

然而,我发现,他连分内的工作也做不好。每回他离开后,屋子这里那里总留下一摊摊的水;而有些地方呢,却依然蒙尘带垢。更糟的是,有一次启动了洗衣机后,竟然忘记了放洗衣粉;另有一次,把整桶洗好的衣服拿到户外去,没有晾晒,就走掉了。

念及大家"同在异乡为异客",我一忍再忍。然而,我的容忍,却变成了对他的姑息。他一味地、一再地犯错,我终于忍不住开口批评了他:"合乃,你这样的工作态度,哪行呀!瞧,你把地板弄得湿漉漉的,泥泥差点儿摔跤呢!"他搓着手,诚惶诚恐地再三道歉,那样子,就好似他犯了难以饶恕的过错,倒弄得我不好意思再讲什么了。

看他如此失魂落魄,一天,我忍不住开门见山地问他:"合乃,是不是你的家人碰到棘手的麻烦事?告诉我,我也许可以帮助你。"他摇摇头,语调铿锵地说:"没事呀,他们都很好!"我看他的脸色、他的语气,都不像在撒谎,心中的石头也就落了地。就我认为,只要家人安好,其他的事,都是不足为虑的。

让我百思不得其解的是,处于情绪低潮的合乃,有时却又亢奋得难以自抑,一边晾晒衣服,一边语调温柔地哼唱泰国歌曲;而看到泥泥时,又主动地逗他说话、逗他玩。有一次,他还给泥泥带来了一盒巧克力,我一看那精美的包装,就知道价格昂贵,我正色地对他说道:"合乃,赚钱不容易,你应该把每一分钱都储存起来,寄回家去。任何不必要的花费,都是不当的奢侈!"他挠挠头,不以为忤,嘻嘻地笑,心情很好的样子。

凭直觉,我知道合乃不对劲。但是,问题究竟出在哪里呢?

有一晚,忍不住将合乃最近情绪反复无常一事告诉了日胜。

日胜叹了一口气,说道:"唉,最近工人都很喜欢赌博,他一定也参与了。"

"赌博?"我惊讶地反问,"吉达哪来的赌馆啊?"

沙特阿拉伯是个政教合一的国家,吉达连戏院都没有一家,遑论赌馆了。

"赌窟,就在工地啊!"日胜说。

他接着透露,工地宿舍最近兴起的赌风,令公司管理层大为头痛。夏天酷热,工人都不愿意待在局促的宿舍里,常常三五成群地到市区去逛;然而,到了冬天,天气酷寒,大家都不想外出,挤在狭隘的宿舍里,面对四壁,自然而然便想找一些解闷的玩意儿了。

"如果他们只把赌博当作消遣,问题倒也不大。"日胜缓缓地说道,"令人担忧的是,一场牌局的输赢可能高达千元,赢的一方得意忘形,输的一方沮丧颓唐,大家都变得无心工作!"顿了顿,他继续说道:"最糟的是,有些工人把钱输个精光,没法将家用寄回去,便骗家人说公司没发薪水。最近,公司频频接到工人家属兴师问罪的信!"

"那公司为什么不采取行动禁止他们赌博呢?"

"我们每晚都派人到宿舍去巡视,然而,收效不大,因为'道高一尺,魔高一丈'呀!他们派人把守看风,稽查员一来,他们便偃旗息鼓;稽查员一走,他们便又照赌不误了!"

这时,有人到访,我们的谈话便中断了。

次日,合乃来为我打扫屋子时,我试探地问他:"合乃,听说最近工人宿舍赌风很盛啊?"

他警戒地看了看我,说:"大家只是随意玩玩而已。"

"抱着玩玩的心态消磨时间是无所谓的,但是,如果把一个月辛辛苦苦赚来的钱全部输掉,那就未免太傻了!"我盯着他说。

他木无表情地转动着手上的拖把,没有搭腔。我看他反应冷淡,只好咽下了许多原本想说的话。赌博如罂粟,深陷毒海的人,犹如溺水的人,随时会没顶,但是,对于别人丢给他的救生圈却视若无睹。

接下来的几天,也许担心我会继续与他谈有关赌博的事,他竟避着我,匆匆地来,草草地把工作做完,又匆匆地走;和他说话,他也不太搭腔。见他这样,我不免心灰意冷,便任由他去了。

这一天下午,他照常来到小白屋,装了一大桶水,提到厅里去;我也一如既往地,坐在厨房里喝咖啡。良久、良久,厅里一点动静也没有,我忍不住探头出去看,这一看可把我大大地吓了一跳。长长的拖把好像喝醉了酒,无知无觉地躺在地上,他呢,愣愣地蹲着,双手触地、双目茫然,好像灵魂已经晃悠悠地飘离了身躯。

我忍不住走出去,唤他:"合乃!"

没有想到,这轻轻一喊,居然使他全身震了震。他仓皇地站了起来,满是胡子茬的脸涨得通红。

"合乃,"我温和地对他说,"如果你不舒服,就回去休息吧!"

"我,呃——我没什么呀!"

"或者,喝杯咖啡,再继续做,好吗?"

他犹豫了一下,才勉强点了点头。

在厨房里,捧着咖啡,他无神的目光定定地粘在地上,半晌,突然没头没脑地说道:"夫人,您说得对。"

"嗯?"

"我的确不应该在赌桌上输掉辛辛苦苦赚来的钱!"

看到他紧绷的脸色,我急忙问道:"你——输了很多钱吗?"

"很多。"他神情苦涩地应道,"我已经一个月没寄钱回家了。"

立刻，我眼前浮现了他儿子那张清秀的脸，还有，他想当医生的心愿……

"合乃——"

"夫人，"他摇摇手，打断了我的话，"以前看别人赌博，总觉得他们没出息、不长进；可现在我自己却变成了最没出息、最不长进的一个人！"

"合乃，你快别这么说！"我劝道，"回头是岸啊，你现在戒赌，不就没事了吗？"

"我还欠了其他工友一些赌债，只要赢回一笔钱，清还赌债，我就不再赌了！"他语调沉重地说。

十赌九输，合乃想以赌赢钱来清还赌债，真是痴人说梦啊！

"合乃，别再赌了。"我委婉地说，"如果你想预支下个月的薪水来清还债务，我可以帮你忙。"

"不，不，不！"他坚决而固执地拒绝了，"您别担心，我自己的事，自己解决。"

我忍不住提醒他："合乃，别忘记，你想储钱给你老婆盖新房子的。"

他骤然像一尾被冲上岸的鱼，微微张开了口，无语，满脸痛苦。我想，我的话是戳到他的痛处了。

晚上，和日胜提起白天与合乃的对话，日胜表示，合乃最近工作态度和精神都很差，许多属于他分内的工作，他都没做，有时甚至还在工作时间内公然打盹！

"厨房里的督工已经警告过他好几次了，如果他再不改过，公司可能会扣他薪水，作为惩罚！"

真是作孽啊，原本那么一个勤勤勉勉、快快乐乐的人，现在却被赌博这魔鬼扭曲成一个魂不附体的人，我的心，重如秤砣。

5

两周过后的一个晚上,正当我趴在地上和泥泥玩拼图游戏时,突然响起了疾风骤雨般的敲门声,宛如一个个声嘶力竭的叫喊声;这种声音,响在沙漠寂静而深沉的夜里,有惊心动魄的感觉。

门外站着的,是公司的督工,他气急败坏地对日胜说道:"工人宿舍里有人打架,请您过去看看!"

日胜匆匆披衣外出,我按捺着狂跳的心,陪着泥泥在昏黄的灯下东一块西一块地继续玩拼图游戏。泥泥见我老是拼错,忍不住将我胡乱拼凑的纸样挑出来,丢在地上,嘟着嘴,嚷着说:"妈妈,你乱乱拼的,我不要跟你玩了!"

我趁机打发他去睡觉。

这是一个异常阴冷的夜晚,无风,但却寒气袭人。我独自坐在屋外的石阶上,整个沙漠,静得可以清楚地听到寂静的声音;这种寂静压在心上,让人心房隐隐作痛。望着远处那一座座黑咕隆咚一如魑魅魍魉的山,心生悲凉。

日胜回来时,已近子夜。

"怎么啦?"我急切地问道。

"解决了!"一脸倦容的日胜,连话语都吝啬了起来。

"解决了什么?"我锲而不舍。

"开除了合乃。"

"什么!"我猛地抓住了他的胳膊,惊异地喊道,"为什么要开除他?"

"打架。他把一个泰国工人的眼珠几乎抠了出来!"他说,语气里有着遏制不了的愤怒。

我难以置信地睁大双眸："他，他怎么会这么狠？"

"还不是为了赌博！"日胜在沙发重重地坐了下来，感叹地说，"他说另一个泰国工人是老千，出术骗他的钱！"

赌博有如姜太公钓鱼，愿者上钩；合乃是鱼，他要吃饵，却恨那鱼饵有毒！

"他好像疯了一样，差一点把对方活活打死！"

"没人劝架吗？"

"怎么没有！他的蛮劲一使出来，像头疯牛，几条大汉也拉不住！"

合乃，在我眼中，原是一头温驯的绵羊啊！

"现在，那个受伤的人在哪儿？"

"已经送到医院去了，他左眼伤势很重，可能会失明。"

"失明！"我觉得非常难过，"他真的是老千吗？"

"谁知道呢！"日胜脸色沉重地答道，"合乃指责他是老千，却又拿不出证据。退一万步来说，就算他真的在牌局上做了手脚，合乃也不该下手这么重啊！"

是的，是的，先动手的人，纵然有天大的理由，也依然是错的！

"合乃非常幸运的是，对方已经表明不要追究，不要报警。我已经订了机票，明天一早，他便得回返曼谷了。"日胜神情凝重地说，"刚才我单独和他对谈时，他很后悔，不断地哀求我给他一个机会；他说，他还有尚未完成的心愿……"

"是啊，他说他要为家人盖一所新房子！"我插口说道。

"哦？他倒没有提及新房子的事。"日胜说，"他说他想送孩子到新加坡求学，需要钱。我猜想他参与赌博，目的也就是想要赚些快钱吧！"

饮鸩止渴，不啻引火自焚啊！

"你能让他留下来继续工作吗?"

"唉!"日胜重重地叹了一口气,"他犯了这样的大错,我又怎能不采取纪律行动!以后,凡在宿舍里聚赌的,一被逮着,立刻遣送回国!"顿了顿,又说:"刚才合乃知道无法再留下来,居然号啕大哭,哭得满脸是泪……"

啊,身上每个细胞时时刻刻都在笑的合乃,现在居然流泪了!

此刻,不知怎的,我突然无厘头地想到,他的下巴那么、那么的长,眼泪流到下巴时,恐怕要蠕蠕地爬行很久很久,才会跌落到衣襟去。这样想着时,我竟无声地笑了起来,可是,笑着、笑着,惊觉脸上冰凉一片。啊,濡湿的泪水,早已蠕蠕地爬到下巴去了……

夜,阴冷如故;风呢,在山头,凝结了。

彩　蝶

1

在沙漠里居住，心绪常常会不由自主地陷入低潮。从窗口望出去，前前后后都是一望无尽的沙丘。永无变化的阳光，跋扈而专横地趴在沙丘上，细细碎碎的沙砾，袅袅地冒着烦人的热气。

在这种单调而寂寞的生活里，远方亲友的来信，便成了精神生活最好的调剂品。每天给我送信来的，不是邮差，而是公司里负责福利工作的职员陈亚东。

在吉达市，所有的屋子都没有门牌；就算是街道吧，也只是主要的大街设有街名，其他的许多横街小巷，都是没有名字的，因此，所有的函件都必须寄到邮政总局去。每天傍晚，陈亚东便得去那儿把公司两百余名员工的信件取回来分派。

这天，我焦急地等到傍晚七点多，陈亚东还是踪影全无。这种情形，已经持续好几天了，我的心，好像掉进了无底洞里，虚虚晃晃的。

日胜八点多回来后，我忍不住发了牢骚："这些日子，老接不到信，不知道是不是邮政服务出了问题啊！"

日胜一听，立刻抱歉地拍了拍额头，应道："真对不起，你有好些信被我搁在办事处，忘了取回来。"

"怎么不让陈亚东送来呢?"

"哦,公司辞退他了。"日胜解释道,"他和大部分泰国工人合不来,闹得很不愉快。早在几个月前,公司便想解雇他了;但是,一时又找不到合适的人,只好一拖再拖。"

"公司泰籍工人那么多,你们应该找一个泰国人来管福利嘛!"

"唔,即将上任的,便是个泰国人,是职业介绍所推荐的。"

见到这个泰国人沙旺多,是两天过后的傍晚,他送信来。

很年轻,圆圆的脸庞上长着一双大而无辜的眼睛,好似在一夜之间猛然长大的洋娃娃。

他礼貌地向我欠了欠身子,双手把信捧给我。我接过了信,说:"进来喝杯水吧?"

"谢谢您,夫人。"孩子气的脸绽放出大朵笑花。

给他倒了一杯橙汁,他一边喝,一边揩汗,叹气说道:"好热哟!曼谷即使在最热的时候,温度也没有这么高!"

"的确很热!"我点头同意,"我初来时,一连头痛了好多天呢!你要小心照顾自己。"

"不碍事!"他笑笑说道,"我适应力很强。"

把杯子搁在桌上,他礼貌地告退,临走时,说道:"以后,我每天都会到市区办事,如果有什么我可代劳的,请您尽管吩咐。"

沙旺多和陈亚东,是完全不同的类型。陈亚东沉默,很被动,不推他,他便不走;即使推了他,他也只小小地迈半步;工人们有事找他,他推三阻四,硬要他做,他便怨天怨地。据说华籍工人给他取了一个绰号,叫他"怨妇"。每回见到我,他也总是有神没气的,好似百病缠身。由这人掌管工人福利,自然会招惹不满了。现在,来了这个活力充沛的沙旺多,也许会给精神生活极端苦闷的工人带来沙漠里的春天吧?

2

沙旺多来了以后，为我建了一道通向外界的信息桥梁。

他很喜欢说话，和陈亚东那种"问一句答一句"的性格着实有天渊之别。每回送信来时，他总会进屋来小坐一阵子，絮絮不休地告诉我许多有关工人的小故事。这些故事，有快乐的，也有悲伤的；有的惹人发噱，有的令人深思。

这天，沙旺多一来，便表情凝重地对我说道："夫人，最近这几天，如果没事，您最好别出门。"

"怎么啦？"我惊诧地问道。

"外边发生了一件惊天动地的大事！"他语调沉重地说，"有个韩国人，杀掉了他的巴基斯坦朋友，肢解了他的尸体，一块一块地煮来吃掉了。"

我汗毛直竖，只想尖声叫嚷，这么残忍、这么恶心的事！

"今天早上消息传开后，有些韩国工人到市区去办事，都遭受到侮辱与戏弄。巴基斯坦人一看到他们，便挥拳咆哮；阿拉伯人看到他们，却又涎着脸说：喂，要吃我的肉吗？"沙旺多绘声绘影地叙述道，"有些肤色白皙的马来西亚工人被误认为是韩国人，也遭受到同样的侮弄。为了避免麻烦，我看您最近还是不要出门去！"

沙旺多走后，我心绪不定，老觉得屋子内这里那里藏着随时都会现形的阴魂，真可说是"杯弓蛇影，草木皆兵"啊！

日胜回来以后，带给我更多的消息。

原来那名吃人的韩国人和那个被吃掉的巴基斯坦人有情感纠纷。韩国人厌倦了这段关系，便有意接受家里为他安排的婚事。巴基斯坦人倒是很爽快地接受了分手的要求，不过，向他索取了一大笔"分手费"。这件事至此原已告一段落了,可叹的是,巴基斯坦人贪得无厌,把韩国人当作是一座予取予求的大金矿。韩国人一再容忍、一再付款,到了后来,他狮子大开口,韩国人被他逼得无路可退,发起狠来,杀死了他。尸体无处放置,他一不做二不休,把无法处理的尸体斩成一大块一大块,放在冰箱里,一天吃一块。据说警察到他家搜查时,冰箱里还有一条尚未吃完的人腿哩!

这件耸人听闻的事情发生后,沙旺多每天送信来给我的时间挪后了两个多小时,他一脸抱歉地向我解释道:"我实在不愿意看到我们的韩国工友在外边平白无故地受到伤害,所以,毛遂自荐,载送他们到市区去办事或购物。忙来忙去的,现在才能觑个空给您送信来。"

"工人的安全当然比我个人的信件来得重要。"我说,"如果抽不出时间,你可以把信件交给日胜捎回来给我。"

此后几天,也许真的太忙了,信件都是日胜晚上回来才转交给我的。

谈起了沙旺多,日胜也不由得跷起拇指加以称赞:"他善解人意而又敏捷勤快,不但泰国工人喜欢他,来自其他各国的工人对他也很敬重哩!"

我想起了送饭那个小厮敏奴夫。自从华籍员工亚良辞职后,送饭给我的杂务,便由敏奴夫取代了。这敏奴夫,便十分喜欢沙旺多。

敏奴夫常常在送饭来时和泥泥在门前的石地上踢石取乐。他今年十九岁了,个子矮小,肤色黧黑,是个心无城府的人,成日欢天喜地地露着他那一排染着污垢的牙齿,嘻嘻地笑着。

他告诉我,家里穷得没有隔宿之粮,他是老大,下面还有九个弟弟妹妹,个个都因为营养不良而骨瘦如柴。

敏奴夫的父亲为了付给中介那一笔在穷苦人家眼中宛若天文数字的介绍费,狠心把刚出世不久的小女儿卖掉了;然而,所得的款项还是不足够,到处借贷,东凑西拼,才勉强凑足了。敏奴夫和公司签了两年合同,只要债务一清,一家人的生活,便可以得到改善了。

敏奴夫最大的苦恼是目不识丁,无法写信回家。有时候看到我在教泥泥认识词汇时,他总以羡慕的目光看着撒满一桌的儿童书籍。

这天,他把饭格子送来给我时,神色里有着掩藏不住的兴奋。不待我发问,他便主动地告诉我说:"来沙特阿拉伯整整半年了,今天我才第一次给家里寄了信哩!"

"寄信?"我狐疑地看着他,问,"你什么时候学会写字了?"

他吸了吸气,顽皮地笑道:"我只是寄而已,没有写。"

"怎么说?"

"是沙旺多代我执笔的。我口述,他笔录。"

沙旺多连送饭的小厮也照顾到了,真难得啊!

"沙旺多真是个大好人。"敏奴夫满脸的崇敬和感激,"他从来不摆架子,既热心又和气,像父亲,也像兄长,自从他来了以后,我们的宿舍,便好像有了一部会走动的字典、有了个有求必应的聚宝盆哪!"

陈亚东是冰,沙旺多是火。前者冷冰冰的,像座拒人于千里之外的冰山;后者暖呼呼的,像个贴心贴肺的小火炉,给工人带来了温情、欢欣与希望。

3

在热得连墙壁都会流汗的夏天里,成日成夜困在屋子内的我,变成了一只刺猬,动辄发怒,而一发起脾气来,背上的刺,根根竖起,刺得日胜呼痛。

有一天,他放工回来,把两张明信片交给我说:"想不想去度假?"

我迫不及待地接过来看,其中一张明信片,展示了绵延无尽的沙滩和浩瀚无边的海洋;另外一张则展示了染满沧桑的历史废墟,虽是断壁残垣,却依然留存着罗马帝国时代那种磅礴的气势。

"是北非的突尼斯吧?"我双眸发亮地问。

"没错。"日胜微笑地说,"下星期二动身。"

哇,我眉开眼笑,背上的"刺",一根一根快速地掉落下来。

第二天,沙旺多前来向我讨取照片办理签证,我刚好想外出买些东西,便乘搭他的顺风车。

"夫人,我真羡慕您。"沙旺多边说边发动引擎,"老是有机会外出旅行。"

"咦,你到异乡来工作,不也等于云游海外吗?"我笑道。

"工作和旅游,怎么可以相提并论!"他叹气,"像我们这种劳碌命,一辈子只能做牛做马地为三餐奔波!"

第一次看到了性格开朗的他露出了抑郁的一面。

"你成家了吗?"我换了个话题。

他摇头,淡淡地笑:"我不想太早用绳子捆住自己的手脚,我的理想是先建立事业,再论婚事。"顿了顿,又说:"我希望能储集一笔资金,自己当老板做生意。"

啊,是个不甘平凡的人。他办事能力强,又肯苦干,成功是指日可待的。

4

到突尼斯旅行的一切手续都办好了,班机是在下午四点起飞的。

星期二早上,日胜照常去上班,然而,就在那天中午,发生了一件意想不到的事情,使我们不得不遗憾地取消了行程。

日胜原本答应我中午十二点多回来共用午膳,然后才到飞机场去的。但是,我呆呆地等到下午一点多,他还是踪影全无。那时候,家里又还没有装上电话,我探问无门,只能坐在那儿干着急。

一点五十分,送饭的小厮敏奴夫来了,满头满脸都是汗。

"夫人,对不起,来迟了。"他一边揩汗,一边喘着气,说道,"今天工地里发生了一宗了不得的大事!"

"什么事?"想起迟迟不归的日胜,我心跳加速了。

"两百多个工人,全罢工啦!"敏奴夫语调急促地应道,"他们嫌伙食不好,在食堂里气势汹汹把陶瓷碗碟全都摔得粉碎,哎呀,我从来没有看过工人们这种凶神恶煞的样子,吓死我了!"

冰冻三尺,非一日之寒,工人们嫌伙食不好,我久有所闻了。

我将敏奴夫搁在桌子上的饭格子掀开来,第一个格子放的是卤鸡肝,第二个格子是鸡丁炒苦瓜,第三个格子是蛋花汤。虽然有菜有肉也有汤,但是,前天才刚刚吃过鸡肝,今天又是鸡肝,老是重复地吃着这些"制服化"的食物,任谁都会倒胃口的!离家万里来此荒瘠大漠工作,生活里缺乏了可供松懈身心的娱乐,注意力便不可避免地集中到饮食来;偏偏沙特阿拉伯又是一个禁食猪肉的国家，食谱里少了猪肉，便少了许多变化。阿拉伯人不喜欢吃鸡肝，厨师们便从菜市搬回大包价贱如土的鸡肝，隔一天便用同样的方法去烹煮，叫人连看一眼都会腻得汗毛直竖。

"他们把盘里的鸡肝全都倒在地上，用脚践踏，整个食堂，一摊摊泥褐色的东西，糜烂的，好像粪便一样，超级恶心呀！"

"那——"我蹙着双眉问道，"公司怎样安抚他们？"

"公司现在正在召开紧急会议。"敏奴夫一板一眼地向我报告，"听说工人们准备连续罢工好几天，直到膳食改善为止！"

要罢工好几天？真要命！我颓然跌坐在椅子上。这样一搞，公司将会蒙受多大的损失啊！再说，星星之火，足以燎原呢！

日胜深夜才回来，一张脸，仿佛老了十几年。

"工人们还在罢工吗？"

"是的，态度很强硬，不易对付。"他说，"我接见了工人代表，提出了一些改善的条件，让他们回去考虑。我还对他们说，我并没有开小灶，他们吃什么，我和家人也吃什么，大家都是同一条藤上的瓜啊！"

说罢，进了房间，也不洗澡，倒头便睡。

一宿无话。

第二天，一大早又匆匆赶到公司去了。

傍晚回来时，居然脸带笑意。

"解决啦？"

"唔！"高兴地点着头，"多亏沙旺多。"

原来沙旺多通宵没睡，到工人宿舍去，来回游说，动之以情，晓之以义；工人们冷静下来，仔细考虑过后，觉得日胜白天提出的改善条件也很不错，也就让了步，今天一早便开工了。

沙旺多，谢谢你！我在心里默默地说。

日胜担心罢工浪潮卷土重来,取消了突尼斯之行。

为了进一步安抚工人的情绪,公司在两天过后的一个晚上,举办了一场别开生面的烤肉会,全体工人都应邀出席了。

那晚所准备的食物,丰盛而又多样化,看得出厨师是挖空心思准备的,连平时难得一见的鱼和虾,都在大盘里堆得好像小丘一样。

沙旺多穿了一件泰式绸质衬衫,很悦目的蓝色;他宛如澄蓝天空里的鸟、蔚蓝海洋中的鱼,游刃自如地在工人群中兜来转去,所到之处,笑声如阳光如喜雨,洒落一地。我觉得他就像是一只五彩斑斓的蝴蝶,翩翩飞舞于各处,把爱的花粉散播开来。

沙旺多,着实是公司的"福星"呀!

5

夏去冬来,又是半年的时光过去了。

我打算回返新加坡欢度农历新年,天天往皇阿都阿兹街和百麦加这些购物中心跑,为亲友搜购纪念品和土产。这天,买完东西回返家门,已是傍晚时分了。在门口,碰上来送信的沙旺多,我惊讶地问道:"今天怎么这样迟才送信来啊?"

他轻轻地叹了一口气,说道:"刚刚陪一名工友去看心理医生。这几个晚上,他在梦中老是惊喊出声,醒来时又泪流满面,我深入了解,才知道他家里出了事情……"

"出了什么事?"我追问。

"他母亲在泰国不幸遇上车祸,死了。他是在单亲家庭长大的,父亲是建筑工人,在搭高架时,不慎掉落下来,当场丧命。那一年,他才六岁。母亲一直没有再嫁,辛辛苦苦地将他拉扯成人,母子感情很好。他远到大漠来工作，就是希望多赚一点钱，让母亲安享天年。他万万没有想到，母亲才年过半百，福没有享到，命却没了。他非常自责，认为自己没在家乡把母亲照顾好，母亲才命丧马路的。这样的想法，一点逻辑性也没有，偏偏他就被这种毫无逻辑性的想法折腾得痛苦不堪，如果不及时治疗，恐怕会陷入重度抑郁症里而难以自拔，最后，也许会步上黄泉路哪！刚才，医生开了一些镇静剂给他，我让他服了，看他睡了，才赶来这儿送信给您。"

脸色凝重的沙旺多，接着又告诉我另一个沉重的例子。

"还有一名泰国工人南昆瓦，最近也碰上倒霉的事儿。他三十八岁了，妻子好不容易才怀上了第一胎，他高兴得简直发疯了。为了让孩子出世后能过上较好的生活，他毅然离开身怀六甲的妻子，前来大漠工作。可是，上周消息传来，他的妻子流产了。南昆瓦那撕心裂肺的哭声啊，震动了整座宿舍。"沙旺多蹙着双眉，说道，"你知道吗，男人号啕大哭，是能够把旁人的心腐蚀掉的！心病还需心药医，最好的解决方法是让他尽快飞返家乡去安抚他的妻子。他平素人缘极好，我在宿舍发动捐款，他的同乡纷纷慷慨解囊，你出一点、我凑一点，为他凑足了买机票的钱，让他回家去和妻子聚几天。"

家家有本难念的经，而大漠，就像是一个"藏经阁"，藏满了难念的经书。

难得的是，沙旺多在管理这座"藏经阁"时，总以爱心和耐心翻开每一部"经书"，反复地、仔细地阅读，一旦发现问题，便想方设法伸出援手。脑子灵活而心细如发的他，因事制宜，使每一名工人的问题都能迎刃而解，内心也都得到了安抚和慰藉。

我注意到，沙旺多最近略显消瘦；想到他离家也有八九个月了，我忍不住关心地问道："沙旺多，你打算什么时候回返泰国省亲呀?"

"在最近这两年内,我没有回国度假的打算。"他说,"把买来回飞机票的钱省下来,用途可多着呢!"接着,他转而问我:"您呢,准备回国待多久呀?"

"至少会待上两个星期。"我说,"在这儿,我快要闷坏了。"

"是呀是呀,这儿缺乏娱乐场所,电视播映的,又只有宗教节目。您记得多买点书回来读呀!"他说。

"这也是我回去的目的之一啊!"我说,"上一回带来的书,早已读完了。"

这时,浓浓的暮色悄无声息地涌进屋内;屋外古树那空秃秃的枝丫阴森森地伸展着,像是摊开于天幕的魔掌。我捻亮了电灯,沙旺多也起身告辞了。看着他踽踽地消失于黑暗中的背影,有一股暖流从心中源源淌出。

当时和沙旺多融洽地交谈着的我,无论如何也没有想到,这竟是我和他最后一次晤面了!

6

重返国门、重晤双亲。在快乐地承欢膝下时,恨不得时光能够静止不动。

在这两个星期里,除了上书局,我哪儿都没去,成天就惬意地窝在家里,和父母谈天说地。我恨不能将发生于大漠的故事一桩一桩从脑子的褶皱里翻出来,满足父母的好奇心;而父母呢,又恨不得将发生于亲朋好友间点点滴滴的大小事情从脑子的缝隙悉数挖掘出来,填满我记忆之库的空白。叽叽喳喳的说话声,化成了一群快乐活泼的小麻雀,在屋子里飞来飞去。

两周一晃而过，万般不舍地飞回大漠。这时，一场因沙旺多而引起的大风暴，已蓄势待发了。

日胜告诉我，沙旺多在我们回去新加坡后的第三天，便以"家有急事"为理由，请假一周。然而，现在，已经超越他请假的期限好几天了，仍然不见他回来上班。

"也许家有要事，无法抽身吧！"我臆测。

"我已经给他家里拍了电报，也许不久后就有消息了。"日胜说。

第二天，消息来了，然而，却是一则使人愕然的消息。电报，是沙旺多的弟弟发来的，上面清清楚楚地写着："沙旺多并未返家。"

沙旺多为什么走得那么仓促而又告诉人事部说"家有急事"呢？

对于沙旺多的动向，我没有丝毫的怀疑；有的，只是莫名的担忧，担心他的安全。一直到直肚直肠的敏奴夫向我倾诉了他心中的疑虑，我才突然意识到事态并不简单。

这一天，敏奴夫送饭来时，蹙着眉头，好似心事重重的样子。

我取出一包从新加坡捎回来的咸脆花生送给他，顺口问道："怎么啦？不舒服啊？"

他接过了花生，笑，露出了白白的大牙齿，天真里透着疲惫。

"您这次回家去，一定玩得很畅快吧？"他问我。

"我回去的目的是探亲，所以，哪儿都没去，就待在家里。"我微笑地应。

"啊，亲人。"他的脸色很快地黯淡下来了，"我真想回家去。"

"你不是已经做满了两年了吗？"我问，"为什么不回去度假呢？"

"我当然想回去，但是，我必须等沙旺多回来才能走，因为我有整整半年的薪水在他手上。"

"咦，你怎么会把辛苦赚来的钱交给他保管呢？"我狐疑地问道。

"哦，他发起了一个银会，利息很高啊！很多工人都受邀加入了。"

我心跳加速了，赶紧问道："公司的管理层知道吗？"

"他要我们严守秘密。"

"这银会，成立有多久了？"我急急追问。

"发起已经有六七个月了，每个月的利息，我们都一分不差地拿到；和银行相比，利润高得多了。"

"难道说，你这六个月都不曾寄钱回家吗？"

"有啊，我寄利息呀！"

"利息多少？"

"相当于存款的30%！"

这些傻瓜！我叹息。世界上哪有这样的便宜让你捡！

敏奴夫苦着脸，说："沙旺多回国这么久还没有回来，坦白说，我们都很担心。"

事情已昭然若揭了，我心情沉重，沉吟不语。少顷，敏奴夫又开口说道："我们都很担心他在外面遇上麻烦事，回不来。"

啊，这个纯朴的孩子！我的心像被针戳着般，感受到一波又一波的痛楚。沙旺多这披着人皮的狐狸，就是觑准了他们性格的淳朴善良而把他们一个一个当作傀儡来耍呀！

为免引起惊慌，我不动声色地打发了敏奴夫。

中午日胜回来吃饭，表示已风闻此事了，公司这几天正在进行彻查。

当天晚上，日胜带回来整箩的坏消息。参加银会的工人多达八十余名，由于人人守口如瓶，所以，消息点滴不漏。工人们大多目不识丁，对于看起来似乎满腹学问而又全然不摆架子的沙旺多，自然佩服得五体投地；加上沙旺多惯使小伎俩，这里那里地给他们尝些小甜头，他们对他更是唯命是从了。有些没有参加银会的工人，也把薪金悉数交给他，由他代办汇款回国的手续。

沙旺多的银会，是他独创的，所有的条规也都是他自己设立的。工人们把钱存放在他那儿，如果期限是一年，那么，年利是30%；存款半年者，年利15%。据说有些工人半途退出时，也能分文不缺地取回全部存款；其他工人见此，宛如服了"定心丸"，因而参加银会者与日俱增。

调查工作持续进行，内幕也挖得越多。工于心计的沙旺多，虽然卷走了工人总数高达好几十万的存款，但是，不曾留下任何足以让他身陷囹圄的犯罪证据，因此，尽管后来查出了沙旺多已逃往科威特，但却无法指控他。

沙旺多卷款潜逃的消息像一枚炸弹，震动了整个工人宿舍。

工人们反应各个不一，意志坚强的，虽然心痛如绞，毕竟还能面对现实，自叹倒霉；意志薄弱的，便茶饭不思、神思恍惚，处处一片愁云惨雾。

敏奴夫送饭来了，一双赤裸裸地纠缠着痛苦的眼睛，就像是两个小小的气泡，飘在半空中，虚虚浮浮地找不到一个落足处，看得我心生寒意。

"敏奴夫，"我艰涩地开口说道，"这回的事，你就权且当作是一场噩梦、一个教训吧！留得青山在，哪怕没柴烧，你快快忘掉被骗去的钱，重新努力工作吧！"

敏奴夫伸手揉眼，我以为他要哭，赶快从盒子里抽出了几张纸巾，然而，他却挤出了一个比哭还要难看的笑容，以喑哑的嗓子说道："夫人，那些钱，都是我辛辛苦苦工作，一分一毫地积攒的，我当然心痛；但是，叫我更为难过的是，我一向都把沙旺多当作是个大好人，他却这样不讲义气！"

看到敏奴夫脸上那份受伤的表情，我一时也难过得说不出话来。居心叵测的沙旺多，把虚假的爱心铸成完美的面具，戴着它，到处撒出骗人的大网；不曾设防的工人，纷纷陷落网中，那种感觉，就像是一个人在一个阳光明媚的日子里，走在风景绮丽的大道上，正满心欢喜地欣赏两旁让人心醉的风光时，却出其不意地摔了一大跤，摔得头破血流，心情自然十分不堪。

过了半晌，我才慢吞吞地开口说道："敏奴夫，下一回，当你看到一只美丽的蝴蝶时，一定要先弄清楚，它到底是不是一只披着彩衣的毒蜂；千万不要被它斑斓的外表吸引而忽略它尾部那根蜇人的毒刺！"

神经佬沙猜本

1

好久没有吃到鱼虾了，嘴皮儿馋得紧，所以，一大早便带着泥泥，跟随公司的厨子到位于红海畔的康立基大渔场去买海鲜。

大渔场腥味重、苍蝇多，邋里邋遢的，地面又泥泞不堪，泥泥一直在闹情绪，吵着要我抱。抱着胖嘟嘟的他，跟着厨子在渔场里兜转了几圈，买了些鱼和虾，再顶着炙人的烈阳回返山脊的小白屋时，母子俩都疲累不堪了。

用钥匙开了大门，冷不防一脚踩在靠近门口的那一大摊积水上，差点跌了个四脚朝天，幸好及时抓住了门柄，才没有把泥泥摔到地上去。

这愚蠢的沙猜本！我忍不住骂出声来。一丁点儿小事，教了又教，还是不能记好，做妥。看看屋里东一摊西一摊的积水，我心中的怒火，益发炽烈。

放下了泥泥，我朝后门走去。隔着落地玻璃门，我看到了沙猜本正踮着脚跟，将衣服挂到草绳上晾晒，衣服没有扭干，大滴大滴的水，犹如下雨般，滴滴答答地落得满地都是；他瘦削的脸，也淌着一行一行的汗水。

我突然觉得有点不忍，按捺着即将爆发的脾气，喊道："沙猜本!"

明明是平平常常的一声呼唤,他却全身震了震,待看见是我时,他急急地用手抹去了脸上的汗水,快步走了过来。

"沙猜本,"我吸了一口气,尽量把声音放得平和地说,"我告诉过你很多次了,请你在抹地板时,不要留下一摊摊的积水,为什么你总是不听呢?"

他不语,没有血色的嘴唇,紧紧地抿成一条短线;豆大的眼珠,死死地盯着地面,好像那儿有块亮澄澄的金子等着他去捡。

每次讲他,总是这个样子,也不知道他到底听进去了几成。过后一两天,稍有改进;不久之后,却又故态复萌,弄得人火冒三丈。每回发脾气时,我总是特别怀念合乃。

合乃和沙猜本一样,来自泰国。他为人乐观,做工勤快,在我家帮佣那一段日子,总自动自发地把一切打理得井井有条,不必我劳神费气,可惜后来染上赌瘾,在工地聚赌打架而被公司开除,遣送回国。

合乃走后,来了沙猜本。

他瘦得像个营养不良的小男人,明明不很老,偏偏额上眼尾尽是深深浅浅的皱纹。脸上的表情很冷、很硬,轻易不笑,笑时却像在哭。最叫人受不了的,是他金口难开。一天到晚,老是心事重重的样子,和他说话,他显得心不在焉,做起事来,一塌糊涂。

撇开清洗地板一事不谈,就单以晾晒衣服来说吧,他就老是不能做得令我满意。告诉他,湿漉漉的衣服搭在绳子上面以后,一定要用夹子夹好,衣服干了后,才不会虚飘飘地掉落在地上,沾沙沾尘。但是,说来叫人难以置信,这样一桩简简单单的事儿,他居然记不住。初时顾念他是男人,不谙家务,也不怪他,只是和颜悦色地向他解释,甚至示范给他看。他木无表情地听,木无表情地看,像个泥塑的人，一点反应也没有；我呢，老像是对着一堵墙在说话。

这样过了好几个星期，还是没有改进，我不免向日胜发了点牢骚，要他另换一个，他叹了口气，说："唉，大家都是离乡背井老远跑来大漠找口饭吃的人，将就点，算了啦！"

将就点？唉，将就点！

日子就在我"一只眼开，一只眼闭"的容忍中慢慢地流走了。

2

这一天，吃过晚饭，日胜一面喝着热茶，一面闲闲地说道："明天一早，我要到利雅得去。"

利雅得是沙特阿拉伯的首都，通常每隔一段时间，他便必须飞往那儿开会。

"去多久？"我问。

"五天。"

一听这话，寂寞便好像一个麻包袋，兜头将我罩住。是真的寂寞吗？也许不，是一颗心无处安放的那种空虚。

把碗碟放进厨房的水槽里，我把水喉扭开，水声哗啦啦地响，寂寞这只兽，就在心里慢慢地膨胀。

五天。

又有五个对影成双的日子。

平时，日胜下班回来后，一家三口常常外出兜风、用餐；有时，哪儿都不去，坐在院子里闲话家常，却也是生活的一大乐趣。他一走，日子仿佛变成了口香糖，越拉越长，越长越没有味道。要是旅居在别的国家，我还可以独自带泥泥四处散心，偏偏这里是风气闭塞的沙特阿拉伯,他一离家,我便寸步难移了。

次日一早,送了他出门后,我坐在桌边看书,泥泥兴致极高地玩着新买的玩具,那是一只可爱的塑料唐老鸭,有四只小轮子,系着一根彩色绳索。他拉着鸭子,边跑边喊,玩得正高兴时,冷不防脚下一滑,扑倒在矮几上,他号啕大哭,令人触目惊心的鲜血,汩汩汩汩地涌出。惊骇欲绝的我,飞快地冲过去,抱起他,发现他薄薄的嘴唇被尖锐的桌角割开了一个大裂口。我心慌意乱地拨电话,要求日胜公司里专司福利事宜的职员小赖立刻来载我们到医院去。

抱着血流不止的泥泥,我连心都在发抖。医院坐落于市中心,医生和护士,清一色全是外地人。来自埃及的那位中年医生,仔细地检验了泥泥的伤势以后,语气和缓地说道:"夫人,请放心,伤口不深,不必缝针,我给他敷药止血,便可以回去了。"

我那颗像坐过山车一般的心,立马稳稳地落了地。经过了这一番折腾,疲累不堪的泥泥,伏在我肩上,沉沉地睡去了。

走出医院时,看到小赖和迎面而来的两个人打招呼,我不经意地瞧了瞧,啊,竟是沙猜本!跟在他后面的,是公司福利组的另一名职员小陈。

沙猜本凹陷的双眸浑浑浊浊地布满了纠缠不清的红丝,目光涣散,整个人恍恍惚惚的,好似踏在云里雾里,我向他点头打招呼,他竟然视而不见。

"怎么啦?"小赖朝小陈问道。

小陈朝沙猜本努努嘴,说:"他呀,夜夜睡不着,几乎要崩溃了啊!"

"为什么不去看公司里的医生?"

"他申诉药方无效。"

"干脆叫他收拾包袱回家去算了!"小赖皱着双眉,以不客气的

195

语调说道。

"他肯倒好。"小陈苦笑着应。

大家都不约而同地叹了一口气。

上车后,我问小赖:"工人是否都普遍面对失眠的问题?"

小赖一边发动引擎,一边答道:"工人初到这儿,多半难以适应。气候、膳食、风俗的不同,加上娱乐设备的匮乏,都是造成他们极端思家的原因。所以,只要他们投诉,公司的医生便会给他们开安眠药。"

"长期依赖安眠药,恐怕会影响健康吧?"

"哦,工人们通常一两个月过后便能很好地适应了,安眠药只是在过渡期间帮助他们而已。"他说,"你想想,工作这么辛苦,身体这么疲累,回返宿舍后,真是站着也能睡啊!"

"那——沙猜本来了已有好长一段时间了,为什么还不能适应呢?"我问。

"沙猜本?唉,他是个令人头痛的人。"小赖的声音明显地掺入了不悦,"工作马虎得要命,一天到晚,老像在梦游。他原本是在工地工作的,有一回在搭架子时摔了下来,人事组才把他调到厨房当杂役——哦,我记起来了,他现在不就在你家帮佣吗?你觉得他如何?"

"的确不行。"

我据实以告,小赖一边听,一边摇头:"本来嘛,当杂役是最轻松不过的,但是,他连这样的小事也做不好。和他一起工作的人,都投诉他整天做白日梦。我们警告过他,甚至恫言要辞退他,但他这样一个整四十岁的男人,居然哭得像个小孩,说什么家里有五个小孩要养,妻子又跟人跑了,把他辞退,等于叫他去死……"

"这么说来,是家事影响了他啰?"我打岔地说。

听出了我语调里的宽容，小赖正色地应道："家事和公事，是不能混为一谈的。谁人无家？有家的又有谁没有烦恼？"

谈到这儿，车子已经转上了山坡，山脊上的小白屋遥遥在望。

泥泥醒了过来，舌头触及唇上的伤口，蓦地发出了尖锐的哭声，我细声哄他，但是，沙猜本那张没神没气的脸，却像附在脑子里的水蛭一样，挥之不去。家家有本难念的经，沙猜本家里的那本经，也许比哪家的经都难念哪！

3

成日成夜地关在冷气房子里，整个人变得好似一个罐头。这天傍晚，天气薄凉，我赶紧敞开大门，享受户外的新鲜空气。

大门以外，是一大片碎石地，泥泥最喜欢在这儿和常来的那头野狗抛石取乐。昨日撞裂的嘴唇还肿胀着，可他却完全忘记了痛楚，对着野狗噘唇嘟嘴做鬼脸。

正玩得高兴时，突然听到篱笆外有人喊泥泥，他高兴地回头看我："妈妈，叔叔送饭来啰！"

我的膳食，都是由公司的厨子煮好送过来的，送饭的小厮亚良，廿来岁，稚气未泯，很喜欢讲话。他说话不是一句一句的，而是一串一串的，只见嘴巴一张一合，一串串的话，便吧嗒吧嗒地掉下来了。

我站起来接过饭格子，顺口问道："今天吃什么呀？"

"炸鸡、苦瓜、萝卜汤。"他笑嘻嘻地答道，"夫人，你知道吗，我最喜欢吃炸鸡了，一口气可以吃三四个鸡腿呢！不过，我不喜欢苦瓜，我妈妈说，苦瓜吃得多，会变苦瓜脸呀……"

"哎，"我打断了他的话，"我现在最想吃的，是冬菜蒸猪

197

肉啊！"

他一听，立即"火上添油"地说："哎呀，夫人，我夜夜都梦见妈妈给我做卤猪肉呢，用黑酱油、蜜糖和酒一起卤，一层肥、一层瘦；每回大快朵颐地吃得正香时，却又醒了过来，真是悲得飙泪呀！"

我一方面被他的话弄得食欲汹涌澎湃，另一方面，却又被他那种垂涎欲滴的样子逗得忍俊不禁。走进屋子里，把饭格子搁在餐桌上，再走出屋外时，发现他还蹲在那儿和泥泥抛掷石子，玩得不亦乐乎。

"沙猜本这一两天怎样了？"我趁机打听，"还在闹失眠吗？"

"沙猜本？"他搔了搔头，想了一会儿，才恍然大悟地反问我，"你是说那个神经佬沙猜本啊？"

"神经佬？"我语带责备地说，"你怎么给他取个这样不雅的绰号！"

"宿舍里人人都是这样喊他的嘛！"他耸耸肩，无所谓地应道，"夫人，你知道吗，他老是睡不着，三更半夜在宿舍里走来走去，像个幽灵一样。有时睡得好好的，却又突然哭醒，醒了以后，还哭上老半天才收声。白天在厨房工作时，又无端端地自言自语。最近，我还看到他捆自己耳光、拉自己耳朵哩！你说，这不是发神经，是什么！"

"他也许是想家想出病来了。"我同情地说。

"坦白说，他也不是一来这儿就有病的。"亚良的声音，突然严肃起来了，"我觉得来自泰国的其他工人应该对他的病负一部分责任。"

"怎么说呢？"我狐疑地问道。

"他们——唔，他们知道沙猜本的妻子跟别的男人跑了，闲来无事，便整天拿这件事来开他的玩笑。有时，玩笑开得太过火，惹怒了沙猜本，他便和他们打架，但是，他那个木柴似的身子，三两下便被人打得趴在地上了。这时，他们更嚣张了，话也说得更过分了。渐渐地，沙猜本一句话也不讲了，但是，他们还是不放过他，老是把他当小丑来戏弄。"

本是同根生，相煎何太急！

我生气地问道："泰国这么多工人，难道没有一个人出面阻止这种无聊的玩笑吗？"

"这里生活这样苦闷，他们巴不得有个人让他们寻开心哪！"

谈着谈着，暮色已一点点地流进院子里了。沉落在山后的夕阳，在山坳处残留了一抹苍白无力的光，那黯淡的天幕，把广阔无垠的沙漠笼罩得更加昏黄灰暗了。

泥泥吵着要吃饭，把他牵进屋子里，掀开饭格子，炸鸡浓郁的香味扑鼻而来，泥泥说："妈妈，我要鸡腿！"我把炸得酥酥脆脆的鸡腿放进盘子里给他，自己夹了点苦瓜来吃，苦瓜的苦味在味蕾上兴风作浪，在这一刹那，我忽然间想到，沙猜本不知道是不是吃了太多苦瓜，生活才会变得这么苦涩的？这时，冷不防盘里的苦瓜忽然发出了声音："您别冤枉我！"嘿嘿！

4

沙猜本又好几天没有来了。

清晨起来，意兴阑珊地提着一大桶脏衣服，正想丢进洗衣机时，门铃却响起了。

站在门外的，是沙猜本。他低着头，以喑哑的嗓子说道："夫人，对不起，我生病，所以，没有来……"

"哦,没有关系。"我温和地说,"进来吧!"

几天没见,脸色蜡黄的他,变得更瘦削、更干瘪了,好像一个刚刚出土的标本,只剩一张薄薄的皮。

由于他性格木讷内向,我一向都很少和他聊天。现在,知道了他的真实情况,我也不愿意以怜悯来加深他的自卑,因此,一如既往地把泥泥抱进房间,让他静静地做工。

在洗衣机"扎扎"的响声里,夹杂着他咳嗽的声音;他不敢大声咳出来,拼命压抑,那种宛如蒙着一层纱的咳嗽声听起来特别的悲切。身在异乡为异客的他,手上洗的是别人的衣物,心里想着的却是自家的五个孩子。

前些日子,有人告诉我,他最小的孩子才两岁多,和泥泥年龄相仿。泥泥衣服很多,我挑了好几件,装在袋子里,准备在他离开时送给他。

他把洗好的衣服一一夹在绳子上晾晒,之后,取了拖把来抹地,头颅依然俯得低低的,像个讳莫如深的闷葫芦。被他洗过的地板,好似下了一场雨,湿漉漉的,有些地方,居然还泛着起起灭灭的泡沫,但是,我却不忍心斥责他了。

做完工后,他木无表情地说:"我走了。"我说:"等一等。"把刚才挑好的那袋衣服递给他,说:"这些衣服太小了,泥泥穿不下,送给你的孩子。"他抬头看看我,看看那袋衣服,又看看泥泥,没有伸手来接,然而,薄薄的嘴唇,突然剧烈地抖了起来;少顷,全身仿佛染了严重的风寒,由肩膀到足踝,都簌簌地发着抖。我吓了一跳,想起了他的绰号"神经佬",本能地后退了几步,以身体护着泥泥,下意识地想夺门而逃。这时,他喉咙里发出了一点含糊不清的声音,咕噜咕噜,像是浓痰淤塞的声音,又像是哽咽的声音,接着,无法控制的眼泪竟像泄洪般汹涌而下,在他的脸上冲出了千沟万壑。

啊,他一哭,原本想要拔足飞逃的我,反而镇定了。这个终日生活在他人的讥讽和嘲笑中的男子,这个自我尊严长期被人践踏在脚底的男子,偶尔感受到人世间一丁点儿的温情,居然便感动成这个样子!我松开了泥泥的手,尽量以平和的声音说道:"沙猜本,这些,全都是泥泥的旧衣服呢,如果你愿意接受,我很高兴呀!"

眼泪狂流不止的他,这时索性痛哭出声了。呵,我这一辈子,曾看过为了缘尽而抽泣的男人,也曾看过熬受不了病痛折磨而默默流泪的男人,但是,但是呵,为了这等小事而号啕大哭的男人,我却还是头一遭碰见。这个沙猜本,简直令人束手无策呵!

他捂着嘴哭,整张脸有如一团揉皱了的废纸。我尴尬而又难过地站着,看着他生生不息的眼泪掠过面颊,化成绵绵不绝的雨点,滴滴答答地落在地上。过了半晌,他才勉强地控制住了自己,原本松弛的眼睑,剧烈地跳动着,看起来滑稽而古怪。他用手背狠狠地擦掉了脸上残存的泪水,开口了:"我的孩子,那个小男孩,两岁,死了。上个星期,死了,病死了。"

语不成句,但是,每一个字,都好似被火烙得通红,他整张脸,都因为极端的痛楚而扭曲着。

我很震惊。如果说有十八层地狱,那么,丧子之痛,便是最最最底层火烧油淋那种痛不欲生的折磨啊!

在这一刻,我实在痛恨自己,实在恨。怎么没有事先打听清楚,便贸贸然地在别人溃烂的伤口上大把地撒盐呢?

我的心,化作了一团乱线,还没来得及做出任何反应之前,沙猜本却已双手合十,低着头,以喑哑的声音说道:"对不起。"

他的头俯得那么、那么低,尖尖的下巴几乎已经贴在瘦骨嶙峋的前胸了。说完这句话后,他便佝偻着腰,慢慢地转身离开了。我听见眼泪犹如惊涛骇浪在他胸臆间汹涌澎湃地撞击着,随时会把他薄薄的身子撞出许多个小窟窿……

他踽踽远去的背影,憔悴、忧伤、苍老。

5

这天,特别的热,太阳像是一张喷火的嘴巴,整个大地都在焚烧。尽管屋里六台冷气机同时开动着,可是,烈焰般的热气还是咄咄逼人地从扁扁的门缝里硬生生地挤了进来。

我汗流浃背,手执小说,有一行没一行地读着,心绪低落。

就在这时,门铃响了。我自沙发一跃而起,从猫眼看出去,啊,是春梅呢!当即欢天喜地地拉开了大门。

春梅来自台湾,来此当护士,我俩颇为投缘,时有往来。

"今天休假啊?"我高兴地问道。

"是呀!"她说,"医院病人那么多,忙得连头顶也冒出烟气呢!上司已经连续两周要我销假回去工作了。好不容易盼来了例常休假,想念你呀,就来看看你啰!"

说着,将她亲手烘焙的牛油蛋糕递了过来,我忍不住欢呼了一声。

春梅的牛油蛋糕,厚软、饱满、绵密、丰润,吃着时,就像初春一场出其不意的雪轻轻地融化在舌面,整个人,就酥酥软软地被幸福包围了。

我告诉春梅,上周在市中心一家蛋糕店为泥泥买了个牛油蛋糕,要价六十五元,味道远逊于她的呢!春梅眉开眼笑地叫嚷道:"我要改行啦!"

我取出轻易不露面的那罐铁观音,酽酽地泡上一壶,把蛋糕切开，那灿烂的金光立刻温柔地弥漫于室内。

春梅啜了一口茶，用手揉了揉脸，不意竟揉出了满脸的疲惫。她自我嘲讽地笑道："嘿，说来好笑，我轮值夜班时，疲倦得连脚指头都沉沉地睡着了，但是，还得硬生生地撑着沉甸甸的眼皮，听病人申诉他们如何被失眠症折磨得死去活来，你说，讽刺不讽刺啊？"

一听到失眠症，我的脑子立马闪过了沙猜本那张萎蔫的脸，我坐直了身子，急切地问道："在你任职的那所医院，医生如何诊治失眠症？"

"过去，一般上，都给病人开安眠药，毕竟这是立竿见影的治疗法；然而，现在，只要病人同意，我们都试用针灸来进行治疗；针灸没有副作用，疗效又不错。"

"针灸？要医治多久才能见效？"

"那些病情严重的，每天来针灸一次，连续三个月，便可以看到显著的疗效了。"

"针灸一次，收多少钱呢？"

"折合新币，每次大约五十元吧！"

我怅然若失，这么高的医疗费，沙猜本是绝对承担不了的。

把沙猜本的事情原原本本地告诉了春梅，春梅边听边叹气，滔滔不绝地给我分析失眠症的种种类型。

她指出，引发失眠的因素很多，第一种是短暂性的失眠，是由精神的压力导致的，比方说，考试啦，重大的工作计划啦，等等，一旦压力解除，他们便能高枕无忧了；或者，有时，临睡前喝了刺激性的饮料，旅行产生的时差，服了某种药物所带来的后遗症，等等，也都会影响睡眠，不过，这是轻微性的，通常都能不药而愈。第二种是短期性的失眠，这是由感情的创伤造成的，比方说失婚、失恋、丧偶、失业、投资失利等等，都会造成数周或数月的失眠现象；然而，只要想通了、看开了，自然便能痊愈。第三种长期性的失眠，是最为棘手的，患者无法承受外来的种种打击，患上了抑郁症，"外忧"转为"内患"，彻底地赔上了睡眠。

不幸的，沙猜本的失眠症正属于第三种。

"类似沙猜本这种情况，如果单单只让他服用安眠药，是治标不治本的。"春梅条分缕析地说，"心理治疗加上服用抗郁素，才是对症下药的做法。不过呢，最彻底的方法是让他换个环境，比如说，让他回返泰国和孩子们同住在一起，慢慢地，在亲情的滋润下，他也许便能淡忘曾有的创伤了。"

"回去？全无可能！"我摇头，"他必须靠这份薪水奉养双亲和抚养四个孩子啊！"

"既然全无退路，他就得自求多福了！"春梅叹了一口气，说道。

根据春梅忆述，她有个病患，是名工程师，由台湾只身前来吉达工作，妻子和独子与父母同住。那一回，父母与妻儿同时出门，不幸遇上车祸，双亲和妻子当场丧命，获救的独子颈椎严重受伤，颈部以下瘫痪。他几乎疯掉了，赶回去办了丧事，将独子交由妻姨照顾。回返大漠后，惨惨地罹患了失眠症，深切的痛苦化成了魍魅魉魉，将他的睡眠捅得支离破碎。他活得像个行尸走肉，两眼发红，嘴里发着异臭，迷离恍惚。夜里上天下地求梦，梦不来，白天他偏又虚虚晃晃的像个会走路的梦。服药、心理辅导全不管用。那一天，他服药过量，被送到了医院，春梅在他的身上闻到了恐怖的死亡气息。当他苏醒时，春梅刻意对他说道："你到鬼门关里转了一趟呢！如果你死了，孩子不就成了孤儿吗？"他把脸转向墙壁，春梅看到他因哭泣而耸动的肩膀，知道她的"狠话"产生了一定的效果。事后，他告诉春梅，"孤儿"这两个字，使他如遭雷殛，父母双亡而他痛苦如斯，他又怎能让劫后余生的独子承受同样的痛苦！他出院后，到沙漠扎帐篷，住了一晚，在那阒无一人的地方，他狂喊、狂哭，将盘踞于心中的魑魅魍魉驱赶出去。回家后，睡了几天几夜，醒来后，想通、想透，整个人便从牛角尖里钻出来了。

"一个人，如果没有自救的意识，就像是跌进了流沙里，会越陷越深，最后，惨遭没顶是必然的结果！"春梅说，"沙猜本是必须靠自己的力量站起来的。"

我同意。自救，许多时候，就是一帖最为灵验的药啊！但是，自救是需要智慧和勇气的，性子懦弱的沙猜本，是不是具备了自救的条件呢？

浑浊的暮色，渐渐地化成了一片苍茫，远处的山，只剩下了幢幢黑色的剪影。

六时整，阿良送来了晚餐。我留春梅吃饭，她答应了。可我掀开盖子一看，噫，正是我最讨厌的清炒黄瓜和酱油卤鸡；前者炒得稀烂，后者咸得涩口，这样的菜肴，自然不能用来招待客人啰！

"春梅，我们还是到餐馆去吃吧！"我说。

"哎，市区人那么多，我懒得去挤呀！"春梅说，"我看，就在家里随意吃吧！"

刚下班回来的日胜，听到我们的对话，建议我们一块儿到工地去参加烧烤会。公司里的泰国工人，为了调剂生活、联系感情，每隔一段时间，便会在宿舍前那一大块空旷的沙地上举行烧烤会。我们偶尔也会接受邀请，与他们同吃共乐。春梅一向喜欢烧烤食物，欣然同意。

沙漠的夜，通常是深沉而诡谲的，可是，这晚，月光异常强悍，把整个空旷的沙地照得白晃晃的；星星呢，肥硕而饱满，星光浩瀚，有着童话般的瑰丽。

远远地，烤肉的香味铺天盖地。烤架下的炭块，明明暗暗地闪烁着；烤架上的肉，烟气与香气缠绵缱绻。

建筑督工热切地招呼我们坐下，少顷，便捧来了几罐标明没有酒精的"啤酒"，春梅一拿在手上，便兀自笑了起来。我瞪着她："你怎么啦？"她边笑边说："这种啤酒，味道很怪，我第一次喝它时，觉得它像腐坏了的洗米水。"说着，拉开罐子，津津有味地喝了起来，看到我一脸愕然，她耸耸肩，说："喝多了，也就习惯这股霉味了。你没听过吗，久入鲍鱼之肆而不闻其臭呀！"啤酒没有了酒精，便像没有了灵魂；我宁缺毋滥，坚拒入口。然而，这种饮料，在禁酒的沙特阿拉伯，是极受劳动阶层欢迎的。泰国工人，人手一罐，大家都喝上瘾了。

接着，有人给我们端来了一大盘烧烤鸡翅膀。

饥肠辘辘的我们，风卷残云地吃得精光，泰国督工又给我们端来了一盘烧烤鸡腿。这时，不远处一阵突兀的笑声忽然像爆竹一样爆了开来，我和春梅同时回过头去看。

站在角落处的，是精神委顿的沙猜本，几名半蹲半坐的泰国人正笑得前俯后仰的，好不开心。再仔细一看，沙猜本前面，跪着一名泰国工人，他双手紧握在胸前，装出一脸痛苦的样子，尖着嗓子，说着一连串泰语。他愈说，众人就笑得愈厉害。沙猜本背脊微驼，两只瘦小的拳头攥得死紧。他眼中无泪，但是，有恨，像一只困在笼中的野兽，很想破笼而出，但又缺乏那种搏斗的勇气，因此，流露在脸上的那种恨，便带了令人心悸的绝望。

我问站在一旁的督工："他们在闹些什么呀？"

他朝那个角落睃了一眼，淡淡地说："没什么，开开玩笑啦！"

"开玩笑？开什么玩笑？"我毫不放松地追问。

"呃呃——"他嗫嚅半响,才说,"好像是在作弄沙猜本……"

"又是拿他太太私奔的事来嘲弄他吧?"我盯着他的脸问。

他微感诧异地看了我一眼,才点头承认道:"是的。"

"大伙儿把快乐建立在别人的痛苦上,你们不觉得很残忍吗?"我冷冷地说。

"他们在宿舍里常常这样玩,我也管不了他们……"他神色尴尬地应道。

这时,角落头又传来了疯狂的笑声,春梅突然扯了扯我的手肘,说:"走吧,我们回去吧!"

在回家的路上,我依然愤愤不平地说:"这些人,怎么没有半点同情心!"

"吹皱一池春水,干卿何事?"春梅语调冷淡地说,"你又生哪门子气呢?"

"春梅,你什么时候变得这么冷漠呢?"我微感不满地说道。

"唉,难道你没有发现,他们是周瑜打黄盖——一个愿打,一个愿挨吗?"

"哪里!我明明看到沙猜本满脸的愤怒与不甘!"

"他如果真的生气、真的不满,就应该反抗呀!"春梅提高了声量,"一个年纪不轻的大男人,把自己放在砧板上,任人鱼肉,值得同情吗?你口口声声说那些工人残忍,然而,正是沙猜本的懦弱纵容了他们的放肆啊!物必自腐而后虫生的道理,正好用在他身上!"

春梅说得慷慨激昂,我静下心来想想,却也不无道理。

沙猜本落入今日的困境,自己是要负一定的责任的。性格支配人生,心态影响生活,沙猜本的悲剧性格和负面心态,使他人生的旮旮旯旯铺满了砂石,他跌跌撞撞地走着,每分每秒都有摔跤的可能性。

6

埋藏在沙猜本心中的"地雷"终于爆炸了,把他自己炸得鲜血淋漓。

那天傍晚,当日胜把消息告诉我时,我正坐在地上喂小泥泥吃粥,闻言抬起头来,接触到日胜那双爬满了红丝的双眼,精神紧绷的我,神经兮兮地再问一遍:"什么?刚才你说什么?"

他以喑哑的嗓子重复说道:"沙猜本自杀了。"

我双手一抖,抓不紧那碗,碗摔在地上,惨白的粥,流满一地。泥泥受了惊吓,哇哇大哭。

啊,沙猜本自杀了。

这,应该是意料中的事啊,为什么我却像被人狠狠狠狠地打了一拳般,痛得如此难受呢?

日胜告诉我,由于沙猜本长期以来患着神经衰弱症,夜夜失眠,屡医无效;晚上,他在宿舍里四处走动,时而喃喃自语、时而无故哭泣,弄得宿舍里的工友也陪他失眠,怨声载道;白天呢,他却又恹恹欲睡,分心分神,无法好好工作,公司决定解雇他。

就在人事部把解雇信交给他的当天晚上,他便在夜半时分静悄悄地用刀片割脉,鲜红的血汩汩地流得满床都是,同室工友开灯上厕所时发现了,十万火急地将他送往医院,才在死亡边缘把他救了回来。

沙猜本出院后的第二天,便被遣返泰国了。

他以后将会面对什么样的命运,没有人知道,也没有人关心。

他走了以后一段很长的时间,每逢早上门铃响起,我总下意识地以为沙猜本来给我洗衣扫地了;然而,站在门外的,不是他,永永远远也不会是他。沙猜本就像是一股风,乍来乍逝,留下的,仅仅只是一股阴冷的寒意……

失　踪

1

　　我和玛格烈是在一种极为诡谲的情况下结识的。在日后的交往中，我们常常会不由自主地提起初识那一天的情形；而每回提起便忍俊不禁，然而，笑过以后回想，背脊却依然会发凉。

　　玛格烈来自英国，和我一样，她也是因为夫婿到沙特阿拉伯工作而旅居吉达的。

　　记得那天是星期四，我到百麦加去买椰枣泥。这是阿拉伯人嗜食的一种甜食，他们将熟透的椰枣捣成泥状，烘烤成甜品，香而不腻；放一块在嘴里，能让粗糙的舌头变得圆润柔滑，是一种极为美妙的享受。

　　百麦加是一条既阔又长的大街，许多小巷如蜘蛛网般分岔出去，大街小巷里密密麻麻的尽是大小商店和流动摊子，出售各种各样传统的阿拉伯食物、衣服、用品。不论白天或晚上，都挤满了不知从哪儿窜出来的人；人气、汗气、吵声、闹声，流满了整个空间。

　　天气热得惊人，走不一会儿，便汗流浃背了。

　　卖椰枣泥的摊子很多，好几十公斤的椰枣泥好似一个小丘般粘在一起，苍蝇麇集，看起来不太卫生，单看不吃，胃口已失。天气炎热，摊贩的汗水百川归海地掉进了椰枣泥里，最为可怕的是，买回家的椰枣泥，多出了一些不该有的咸味儿，嘿嘿！

我慢慢地走着，在街头转角处，看到有个年过七旬的摊贩，缠在头上的红布巾与穿在身上的白袍，全都是干干净净的。他拿着一方手帕，不时拭擦脸上淌着的汗。有一名金发碧眼的外籍妇女正站在摊子前，饶具兴味地将椰枣泥掰成一小团一小团的，放进透明的塑料袋子里。"就在这摊买吧！"我告诉自己。和那妇女并肩站着，取了一个塑料袋，伸手去掰椰枣泥。

就在这时，离此不远的清真寺悠悠地响起了诵经祈祷的声音，年迈的摊贩对着我们叽里呱啦地讲了一串阿拉伯话。我听不懂，因此，漫不经心地继续掰着椰枣泥。冷不防摊子后面忽然响起了杂沓的脚步声，我抬起头，说时迟，那时快，一道鞭影突然"咻咻"地迎面挥来，"啪"的一声，重重重重地落在年迈的摊贩身上，他骤然吃痛，皱纹像是吃惊的蜘蛛一样在脸上四处窜走，抓也抓不住。他哀哀地惨叫一声，猛然扑倒在地上。我张大了嘴，惊骇欲绝。天啊，究竟发生什么事了？旁边那位外籍妇女，显然也被吓呆了，拿着塑料袋的手，簌簌地抖着。

警察拿着鞭子，在空中不断地挥着、挥着，恶狠狠地看着我们，凶巴巴地说："祈祷时间到了，不准做买卖！"

话犹未毕，他的鞭子又大力挥向另一名没有及时收摊的小贩。被打者嚎叫扑地，而有些尚在做生意的摊主纷纷跪倒在地，朝麦加的方向膜拜祈祷，一时情况极为混乱。

这时，那名外籍妇女突然以冰冷的手拉着呆若木鸡的我，说："跑，快跑！"

我随着她穿越了百味麇集的小巷，好不容易才跑到车辆川流不息的大街上，我们停驻了脚步，互相对看，两个人的脸，都变成了青白色的玻璃，又薄又脆，仿佛轻轻一碰，便会"喀啦喀啦"地碎掉。

我们这两个萍水相逢的人，还不知道对方的姓名，却莫名其妙地成了患难之交！

等祈祷时间过后，我们便相偕到离开百麦加大街不远处一家很有个性的咖啡屋去。这家咖啡屋，从世界各国进口咖啡豆，研磨成粉，有多种口味。各种咖啡的香气就像烟花，热热烈烈地在空气里绽放着，每一寸的空间都镶嵌着香气。我和日胜曾来过几次，很喜欢那种在重重叠叠的咖啡香里品尝咖啡的感觉。唯一不习惯的是，咖啡屋不设座位，顾客必须站着啜饮咖啡，根据店东的解释，唯有这样，顾客才能全情投入地品尝出咖啡的精华。

我要了一杯土耳其咖啡，初喝时，那种浓到极致的苦味不由得让我联想起黑暗的死亡，可是，喝完之后，峰回路转，苦味变成一种隽永的甘味，韵味悠长。她呢，要了一杯香甜浓腻的意大利咖啡。

捧着烟气袅袅的咖啡，我们都有着一种刚从噩梦中醒来的感觉。

我们简单地进行了自我介绍，她名字唤作玛格烈，来自英国伯明翰，丈夫是机械工程师，受雇于一家炼油公司，签了两年的合同，他们来此才短短半年而已。

沙特阿拉伯是个政教合一的国家，报纸上每天都在瞩目的版位详细刊载五次祈祷的时间，我知道他们必须每天按时祈祷五次；但我不知道在祈祷时间内一切活动必须停止；而我更不晓得，当地警察是以鞭子来对付那些来不及或忘记在祈祷时间跪地膜拜的人！

刚才那一幕，真是惊心动魄啊！万一那不长眼睛的鞭子挥到我们身上来，后果就不堪设想了！

玛格烈看着我，微微地叹着气，说："看来我们还有许多事情是必须慢慢适应、慢慢学习的!"

我默默地点头,鸡皮疙瘩还在身上生生不息地冒着、冒着……

喝完咖啡,我们交换了联系方式,便挥手道别了。

我必须赶回家去服食"惊风散"呢!

2

沙漠的家居生活,就像是织布机上的白布,日出日落,一成不变。偶尔认识了有趣的新朋友,宛如白线里掺入了其他颜色的丝线,生活的构图,立马变得瑰丽起来了。

蓄着短发的玛格烈,有着一张像鹅卵石般光滑的脸,不施粉黛,可双颊却是白里透红的,好似涂上了以彩霞研磨而成的胭脂。她不常笑,每回笑的时候,脸上的酒窝便活泼地旋转着,使她原本安静的脸变得清朗生动。

她的丈夫达力,双唇常年紧闭着,好像誓死在保护一个锁在嘴里的秘密。过分的沉默,使他看起来有点阴沉,即连唇上的两撇八字须,也是奄奄一息的。每回看到他,总觉得他像一个上了镣铐的影子,活得非常沉重。

玛格烈和达力结婚十年,五岁的独子留在伯明翰没有带来。

他们的公寓坐落于吉达市的一个幽静的住宅区内,高尚而典雅。玛格烈常邀我去喝下午茶,在谈话中,她屡屡申诉旅居保守国度的极端苦闷。

"在伯明翰,我常常驾着车子到处逛,要做啥,便做啥,多惬意啊!来到这儿后,女性不许驾车[①]、不许工作;这样不能、那样

[①] 2018年6月24日,沙特正式开放女性驾车。

不能,事事受限制,整天无所事事地关在屋子里,和囚犯又有什么两样!"

旅居沙漠,虽然我也有心情抑郁的时候,但是,沙特阿拉伯对我来说,是一个全新的世界,我有许多想探索、该探索而又乐于探索的;每天尝试去翻阅这部陌生的书,每天都能找到新鲜的冲击。

"唉,我不像你,我觉得一点乐趣也没有。"玛格烈蹙着双眉,说道,"这样的地方,如果不是为了清还屋债,我是绝对不会来的!"

"是英国的屋债吗?"我问。

"是的。我们在伯明翰买了一幢独立式的洋房,你知道啦,英国课税很重,我们计算过,如果靠达力在英国那份薪水,二十多年才能还清!"

"二十年!"我惊叹,"屋债还完时,你们也退休了!"

"正是!"她说,"我和达力都不愿意一辈子当屋奴,所以,来这儿受苦两年,希望能清还大部分屋债!"

达力背上沉沉地压着一栋房子,远来沙漠生活,不适应,又不喜欢,难怪总是愁眉不展,金口难开。

我呢,是乐观主义的信徒,沙漠的生活即使再苦、再闷,我也不愿意终日困锁于愁城内。既来之,则安之嘛!

为了开解玛格烈,我亦庄亦谐地说道:"玛格烈,你且看看蜗牛,它们活得比你们辛苦千百倍,你们只要倾尽全力工作一个短时期,便能把身上的负担移开了,可怜的蜗牛,终生得把整栋房子驮在身上,然而,它们依然活得有滋有味的,一寸一寸地爬来爬去,把世界看得个透透彻彻。这种'蜗牛精神',我们都得好好地学习呀!"

我的"蜗牛论"把玛格烈逗得很乐,她笑,酒窝荡来荡去。我又说："玛格烈，当我们没有其他更好的选择时，就得在唯一的选择里寻找乐子啊！"她耸耸肩，不置可否。

圣诞的跫音渐渐近了，玛格烈的脸，像一株亮了灯的圣诞树，闪闪烁烁的，全都是喜悦的亮光。有一天喝下午茶时，她喜不自抑地告诉我，她和达力要回去英国欢度圣诞节了。心里有了盼头，即使不笑的时候，肥肥的酒窝也欢欢喜喜地在脸上徜徉。她三天两头地往百货公司跑，给家里的老老少少选购圣诞礼物。然而，距离圣诞节还有两个星期，玛格烈却突然告诉我，有了突发情况，她和达力决定留在吉达过圣诞；接着，她以拳拳之忱邀我和一些朋友圣诞前夕上她家去共庆佳节，我一口便答应了。

玛格烈喜欢炊事，时常烘烤牛油蛋糕和制作芒果布丁分赠朋友。现在，为了欢庆一年一度的圣诞节，她郑重其事地把菜单拟好，开始大事准备了。

任谁都没有想到，圣诞节过后两天，居然会发生那么一件使人痛心的事，而玛格烈也万万没有料及，这件事竟然改变了他们留居沙特阿拉伯的计划！

圣诞前夕，我们依约上她的家。一进门，我便觉得自己堕入了一个童话般的世界里。圣诞歌声，夹带着风和雪，夹杂着圣诞老人的笑声和驯鹿的铃声，热闹而又柔软地流满一屋，音符里，有一种陌生而又熟悉的感觉，在人的心尖里揉来揉去。魁梧的圣诞树，挂满了五彩饰物，远看好像四季常青的松树突然不听使唤地结出了一大朵一大朵璀璨的花儿，寓妩媚于阳刚，充满了梦幻的色彩。

大厅中央的长桌上，摆满了食物，蔬菜沙拉、蛋黄酱拌马铃薯、烧烤牛肉、比萨、蒜泥面包、杂果布丁等等。当然，主角就是桌子中央烤得金光灿烂的火鸡啦，看起来至少有六公斤重，丰腴艳丽、踌躇满志。

玛格烈请了五对夫妻，当客人都到齐了以后，玛格烈以那首脍炙人口的圣诞歌曲《平安夜》为这晚的欢庆掀开序幕。

玛格烈领唱，她的歌声，轻柔似风，但不知怎的，我却从那柔软得像天鹅绒一般的声音里听到了寂寞与空虚、惆怅与沧桑；后来，当客人也跟着唱时，竟然也感染了这样的情愫。

达力在这个原该尽情欢笑的夜晚，显得比往常更为抑郁。他闷声不吭地吃火鸡，吃得很慢；吃完了，又再切割一片；不停、不停地吃，火鸡的油腻化成了他唇上一圈圈寂寞的亮光。为了避免场面冷落，身为女主人的玛格烈的话说得比谁都多，也笑得比谁都大声，但是，笑里无欢，那样的笑声听起来非常的空洞，双颊上的酒窝，例行公事地旋转着，看上去倒像是两个泪的窟窿。

我有食不下咽的感觉。

餐毕，我觑了个空，问玛格烈："达力怎么啦？好像心事重重似的。"

"发闷气啰！"

"你们——呃，你们吵架了吗？"

"吵架？才不是呢！今年的圣诞节，我们原本计划回去伯明翰和孩子一起欢度的，但是，公司一名高级职员和上司发生了冲突，二十四小时内递上了辞呈，我们被迫取消休假的计划。达力现在患的是严重的思乡病啊！"顿了顿，又说，"其实，我办这圣诞宴会，就是为了舒缓他的思乡病，但是，他病入膏肓，治不了！"

病入膏肓的，岂止是达力而已！我长长地叹了一口气，不再说话了。

圣诞节过后的两天，达力便出了事。

3

那天早上,日胜上班还不到一个小时,便又匆匆地折返小白屋。

我正坐在沙发上看书,不待发问,他便以焦灼的声音告诉我:

"达力失踪了!"

"失踪了?"我霍地坐了起来,双目圆睁地问道,"你是说,达力失踪了?"

"是的。"他的声音里透着苦涩的同情,"玛格烈早上拨电话给我,说他整夜没有回家。她与达力的同事联络,竟然没有一个人知道他的下落!"

想起在吉达种种可怕的传闻,我声音颤抖地问道:

"他,他会不会是出事死了?"

"没有人知道究竟出了什么事!"日胜微蹙着眉,说,"玛格烈精神状况很不稳定,现在,我载你去她家陪陪她吧!"

匆匆赶到玛格烈的寓所,来应门的,是她的好友珍妮,她悄声对我说道:"玛格烈整夜都没有合眼,刚刚服了镇静剂,在休息。"

看到玛格烈,我着实吓了一大跳。伍子胥一夜白头,原来不是子虚乌有的故事;眼前的玛格烈,原本那一头金光闪烁的头发,被深沉的忧虑腐蚀得转变了颜色,看起来白惨惨的。一夜未睡的疲惫,化成了眼眶子的一团乌黑,蜡黄脸上的那双眼睛,像死鱼般瞪着前方。这样的脸、这样的神情,叫人只看一眼便痛苦得受不了。

我蹲在她身旁,握住她冰冷的手,尽量把声音放柔放软,说:"玛格烈,达力不会有事的,你要有信心!"犹豫了一下,又说:"如果你想哭,就尽情哭吧,不要憋在心里。"

她抽回了被我握着的手,将整张脸埋在掌心里,没有说话。良久良久,才以一种疲倦得好像是跋涉了几千里路的声调说道:"烟,给我一根烟。"

我从桌上的烟盒里取了一根烟,为她点上火,递给她。

她抽,猛猛地抽,一截截惨白的烟气从她嘴里爬出来,好像一条条细细的、短短的、狰狞的蛇。她一边抽,一边喃喃地说:"只要他回来,好好地回来,我什么都不要了……"

就在这时,电话的铃声刺耳地响了,她整个人跳了起来,想要扑过去,珍妮做了个手势,代她拿起了电话;我呢,按着她的肩膀,说:"玛格烈,镇定点!"她死死地盯着珍妮,珍妮谈了一会儿,神色凝重地搁下了电话筒,欲言又止,半响,终于说道:"玛格烈,是英国大使馆拨来的电话,他们查不到任何关于达力的消息,但是,他们会继续努力的……"

玛格烈拿着香烟的手突然剧烈地抖了起来,烟灰撒得一身都是。珍妮趋前,取去了玛格烈夹在指间的香烟,以手臂圈住她的肩膀,温言细语地劝慰她。好一会儿,玛格烈才灰白着脸,站了起来,颤巍巍地向房间走去。她倒在床上,脸朝墙壁。

我和珍妮坐在厅里,谁都不愿意开口,生怕那些不吉利的话会受不住管制,冲口而出。

中午,我和珍妮弄了些三明治,泡了牛奶,劝玛格烈进食,但牛奶逐渐冷却而三明治变得干硬,玛格烈岿然不动地面壁躺着。时间一点一滴地溜走,我和珍妮都束手无策。

到了下午,珍妮表示家里有事,必须回去处理,我独自留下陪她。她一直没有起床,我就一直呆呆地坐着,什么都不能做,什么都做不了。此刻的玛格烈,就像是一个等待爱人被判刑的人。判刑的日子遥遥无期,她最后等来的,可能是死刑,也可能是无罪释放。这样的等待,着实是一种残酷的煎熬。哗啦哗啦的山雨是不可怕的,最可怕的是山雨来临前狂风呼啸地灌满楼房的情况,在恐惧的幻觉里,岌岌可危的楼房随时随地都会倒塌下来,可是,欲逃无门呀!

傍晚,日胜来接我,她听到声音,自床上一跃而起,赤着脚跑出来,凄凄惶惶地问道:"怎样,有消息吗?"

"没有。"日胜心情沉重地答道,"不过,大家都在努力……"

"你们一定要帮我,一定要!"她的声音又干涩又沙哑,原本布满于双颊的红润,这时,全都爬到眼白去了。

"一定的,请你放心!"日胜恳切地说。

我趁机进厨房倒了一大杯鲜奶,硬硬地塞在她手里,说:"玛格烈,多少喝一些,不要这样折磨自己!"

她一口一口机械化地喝着,目光涣散。这时,其他朋友陆续来了,我也就和日胜一起告辞回家了。

第二天,达力依然音讯杳然。

玛格烈一大早便到英国大使馆去,但等了整个早上,还是没有消息。那么一个活生生的人,像是突然从地平线上消失了——消失得那么突然而又那么彻底!

下午,玛格烈回到家里,精神已接近崩溃的边缘了。我和珍妮去看她时,她竟然对着我们大喊大叫:"走,你们走,不要管我!"

我们自然不肯走,不旋踵,她又以饱含眼泪的声音哀求着说:"求求你们,回去吧!我不会做傻事的,我只是要独自静一静而已!"

我和珍妮交换了一个眼色,相偕走了出去。从来没有一次,我心情沉重如斯。玛格烈那张白得惊人的脸,脸上那份近乎绝望的表情,化作了一张黑色的网,罩住了我,令我觉得连呼吸都困难了起来。

达力,你在哪里?我喃喃自语。还有一句话,我硬生生地把它压在舌根底下。达力,你究竟还活着吗?

4

达力是"失踪"后的第三天早上回来的。

当日胜傍晚把这消息带回来给我时,不知怎的,我竟然觉得很茫然。这两天两夜,我的神经,分分秒秒都紧绷着,现在,一旦松弛了,心里反而有着一种无所适从的感觉。

吃过晚饭来到玛格烈的家时,一屋子都是闹哄哄的人声。

达力坐在大厅中央,清癯的脸,瘦了一圈,下巴尖削如刀。他脸上的表情,阴郁深沉,没有半点儿"劫后余生"的喜悦。玛格烈呢,刚好相反;她眼白的红色,重又爬到双颊来;湛蓝的眼珠,被笑意装点得亮晶晶。她紧紧地挨着达力,双手圈着他瘦瘦的胳臂,似乎担心他在转眼间又消失掉。

不待我们发问,众人便七嘴八舌地向我们报告了达力"失踪"的经过和缘由。

那天,达力下班回家时,驾车超速,误闯红灯,被当地的交通警察逮个正着。达力不谙阿拉伯语而警察又不通英语,该名狐假虎威的交通警察,不由分说地把他关进牢狱里。他再三要求拨电话通知玛格烈,或者联系英国大使馆,可是,他们置若罔闻。他和其他囚犯挤在一间狭小的囚室里,吃不下、睡不着,历尽煎熬地度过了漫长的两天后,才又莫名其妙地被释放了。

对于这一件事,众人一致的反应是愤怒,我几乎可以看到袅袅的烟气从大家的头顶上一蓬一蓬地冒出来。倒是玛格烈,担忧过度的虚弱和突如其来的狂喜,使她不知如何表达心中的感觉,她以一种风平浪静的恬和语调说道:"我许了愿的,只要人回来,什么都好了,我什么都不要计较了!"

两周过后,玛格烈告诉我,她和达力已决定与任职公司提前解约,回返英国了。

对于他们的决定,我不感意外,只觉惆怅。

他们离开的时候,我们到机场去送行。

尽管肩上还沉沉地压着无形的屋债,可是,他俩挽着手消失于闸门的步履,轻快而又稳定。我默默地想,他们可能需要很长的一段时间来清还屋债,但是,那又有什么关系呢?他们来沙漠时是两个人,走的时候,依然是完完整整的两个人呀!

相濡以沫的亲情,是比金子更加珍贵的。

此刻,他们逐渐远去的背影,暖暖地散发着一团金色的光辉。

哭泣的豆子

1

风,在沙漠的夏天里,是凝结不动的,任你百般扇动,依然搅不起一丝凉意;然而,这天的情况却有点特别。早上,当我把洗好的衣服送到屋外晾晒时,前后左右居然都是风——夹带着热气、夹带着沙砾的风。我当时不以为意,事后才知道,这是沙浪来袭的"前奏曲"。

下午,泥泥午睡未醒,我蜷缩在沙发里看书。

读着读着,原本光线充足的大厅倏地暗了下来,暗得那么迅速、那么突兀,我忍不住放下书本,扑到窗前去看。这一看,可把我给看呆了:细细碎碎的沙,像着了魔似的,狂烈地在空中飞舞;强劲的风,把天地刮得一片苍茫。罩着纱网的木窗,被强风震得格格作响,似乎随时会脱框而出。最叫人惊心的是,许多微尘似的沙,不可思议地从门缝和窗隙硬生生地挤了进来,整个大厅霎时弥满了一股恶臭的泥腥味。

泥泥被惊醒了,号啕大哭,我进房去哄他,心里惶惶然地有着一份无助的彷徨。来势汹汹的沙浪,有时会把偌大的一所屋子连根拔起,也能将沉甸甸的车辆卷到半空去。此刻,与两岁的稚子置身于山脊这所小白屋里,我全身神经如拉满的弓,绷得紧紧的,随时准备着突发情况，每分每秒的等待都惊心动魄，而心也已经跳到嗓子眼儿了。

很幸运地，在草草地用过了晚餐后，屋外的风势便渐渐地、慢慢地弱了下来。

日胜在办事处逗留到很晚才回来，听到他车子转上山坡的声音，我焦灼的心才安定了下来。将门轻轻拉开，他闪身进来，看到他被风沙"染白"了的头发和胡子，想起了"青山原不老，为雪白头"这两句话，再看看他的狼狈相，我忍不住苦中作乐地笑了起来。然而，眼前这个把疲倦明明白白地用红丝写在双眸里的人，却连一句话也懒得说，匆匆洗过澡，便钻进被窝里呼呼大睡了。

次日，是星期五，也是日胜的休息日。朝窗外望去，阳光亮得扎眼，虽然空气还是有点混浊，但是，很显然的，那骇人的沙浪，已隐退了。

我大大地松了一口气。

午膳过后，驱车出门，打算到水塔市场去买新上市的柿子。在车上，日胜说："软柿甜，硬柿脆，我看，我们就各买一箱，软硬兼吃吧？"好个软硬兼吃！我忍俊不禁，嘿，他要谈的，到底是柿子，还是人生哲学啊？正谈笑间，忽然听到泥泥在车子后座惊叫起来："妈妈，你看，你看！那些屋子，全都倒了！"

车子行经的，是一片空旷的地方。这片空地，原本是紧紧密密地搭着许多褴褛破落的小帐篷。住在帐篷内的，多半是巴基斯坦人。他们为了能到高薪的沙特阿拉伯工作，或卖牛鬻羊、或押掉家里祖传的田地、或典当妻子的嫁妆，筹集款项，缴付给中介。然而，千里迢迢飞赴这儿后，却发现工作没有着落，而那笔巨额的工作介绍费呢，却给狼心狗肺的工作经纪吞吃了。这些流落异乡的可怜虫，盘川用罄后，只好四处哀求别人施舍一份工作给他们。有些雇主便趁火打劫，以低薪雇用他们，不供膳宿。他们人地生疏，求助无门，只好搭个帐篷，苟且过活了。啊，我实在难以想象，住在一无所有的帐篷里，他们究竟是如何熬过酷热的夏天和严寒的冬天的！

昨晚来袭的沙浪，将所有的帐篷吹得东塌西倒，处处狼藉一片。此刻，许多面目愁苦的巴基斯坦人，正蹲在狷獗的阳光下，默默地清理残局。呈现在眼前的，是一片愁云惨雾。

日胜放慢了车子的速度，一面朝外看，一面摇头，语调沉重地说："看看这些被剥削的一群，过的是什么样的生活！"

车子驶经那片空地，他继续说道："昨天中午，有个巴基斯坦人苏里曼来见我，要求我雇用他。他也是工作介绍所的受骗者之一，来了这里两个多星期，没有住所、没有工作，天天露宿街头……"

"那你雇用了他吗？"我急急插口问道。

他点了点头。

这是我第一次听到有关苏里曼的事，然而，见到他本人，却是在一个月以后。

2

泥泥自小患有哮喘病，来到沙飞尘扬的吉达居住后，哮喘病更是频频发作，我因此三天两头携他往医院跑。有时，病情不重，我便会带他到公司附设的医务所去，向值班的男护士讨一些药。

这天，泥泥受了点风寒，微微发烧，食欲不振，所以，一吃过午饭，我便赶快抱他到医务所去。

医务室里有人，门紧紧地关着。我和泥泥坐在长条板凳上等。

等了好一阵子，有人拉门走出来。我不经意地抬头看了看，不禁吓了一大跳。那是一个皮肤黑得像夜的人，在那张"伸手不见五指"的脸上，长了一双又圆又大的眸子，眸子里赤裸裸地射出两道凶悍的光，使人不由得联想起在黑暗里扑噬猎物的豹子。此刻，这头"豹子"受了伤，半边头颅包扎着一条微染血迹的绷带，手里拿着一包药，木无表情地踏出医务所。

我推开了医务室的门，男护士正在整理桌上的诊病记录卡，抬头看到我们，他微笑地打招呼："嗳，泥泥又打败仗了？"

"是啰，感冒，老毛病。"我说，"上回那些药相当有效，服几次就好了，我看您就配同样的药给他吧！"

他打开药箱取药，我随口搭讪："近来忙吗？风沙不时来袭，病人恐怕会增加不少吧？"

"嗯，倒不是很忙，但是，最近这一段日子，实在是个多事之秋。"

"怎么说呢？"我好奇问道。

"上个星期，有一个工人被机器压伤了手，送到医院去了。昨天，又有另外一个工人从高处摔下来，跌伤了头，幸好是外伤，否则后果不堪设想！"

"摔伤？"我心念动了动，问道，"是不是刚刚从你这儿走出去的？"

"是的，就是他，他回来复诊。"他应，叹了一口气，"唉，这些从巴基斯坦来的工人，真是要钱不要命！"

"从巴基斯坦来的？莫非他就是苏里曼？"

他点头证实了我的想法，继续说道："这个苏里曼，刚来时，天天上我这儿来讨安眠药，说是睡不着觉，等到睡眠没有问题了，又拼命争取加班的机会，每次别的工人有事不能做，他便顶替别人,好像要在一两年内赚够一辈子花用的钱似的。好啦,现在,操劳过度,从高处摔下来,还不是咎由自取!"

我静静地听,没有插嘴,然而,心里却强烈地感觉,以这样的口气批评苏里曼,未免有失厚道。快乐的歌,只有一种内容;悲哀的歌,却有着千万种不同的唱法啊!

晚上把这事和日胜说了,他叹着气表示,苏里曼的确有着一股像牛般的干劲,他好像忘了自己是血肉之躯,不畏烈日、不惧狂风,不休不懈地做。工余之暇,其他工友成群结队地到市区去逛,他呢,蜷缩在床上,一床破被盖住了头,就这样默默地睡到天亮。他的内心世界,别人走不进去,他也不允许别人逾越雷池一步。他,就纯粹活在自己的世界里。

想到他那双有若豹子一样的眼睛,我忍不住说道:"我觉得他神情很古怪,两只眼睛好像要喷出火来,是不是工地有人和他结了怨仇⋯⋯"

"哎呀!你不要老是胡思乱想啦!"日胜咧嘴笑道,"什么怨呀仇的,又不是武侠小说里的情节!孤身只影离乡背井来这里工作的人,谁又快乐得起来!尤其是这些巴基斯坦人,通过中介寻找工作时,吃过大亏上过当,便在心里上了一道锁,对谁也不肯敞开心扉!"

"他当时给了中介多少钱呢?"我好奇地问道。

"折合新币大约五千元吧!"

"哎呀!"我惊呼,"这么大笔钱,他怎么筹得出来的?"

"说起来造孽呀!"日胜紧蹙眉头说道,"他是把家里最小的一个孩子卖掉了,才筹够这笔钱的。"

我倒抽一口冷气,凝神地听他继续叙述:"他听信了经纪的话,一心以为来这里工作两三年,便可以储集一大笔钱,让一家大小从此过上衣食无忧的舒适生活。万万想不到,来到这里后,差点连饭碗都没有着落!"

这是沙漠里无数悲歌中的一阕。

根据劳工市场不成文的规定,苏里曼目前每个月可以赚取的月薪折合新币大约八百元,这和经纪告诉他的三千元月薪,实有天渊之别!然而,话说回来,和那些目前仍住在帐篷里忍受烈日煎熬和狂风吹刮的巴基斯坦人相比,住在宿舍里的苏里曼,还算是"幸运"的!

3

年终的时候,公司为全体员工举办了一场别开生面的烤肉会,地点就在宿舍外面的空地上。

烤肉的网状铁架大张旗鼓地一一支好了,切成薄片的牛肉和羊肉、鸡腿和鸡翅膀,也一盆一盆地端出来了。食物惊人地丰盛,虽无酒池,堪称肉林。

到处都是晃动的人影,到处都是快乐的喧哗;沙漠的夜,原是无边无际的、虚无缥缈的、高不可攀的;然而,这晚,那一份高旷深远的黑,却被无所不在的笑声剪成了碎片,整个世界,变得缤纷活泼;而夜色啊,也就妩媚得近乎妖娆了。

一向缺乏玩伴的泥泥,这晚夹杂在众多逗弄他的成人当中,情绪亢奋,他奔来跑去、跳上跃下,身体好像装了弹簧,一秒钟也静不下来。我坐一旁,含笑看他,无意间转头,感觉到一种无声的灼热,原来有两道如炬的目光,熠熠生辉地粘在泥泥身上。

啊,是苏里曼呢!

此刻,他眼中豹子般的凶光隐没了,取而代之的,是绵羊般的温柔。这样干净的眼神，使我不由得联想起阳光明媚的蓝天，充满了温暖、宽厚和爱。少顷，他的目光，忽然没有了焦距，愣愣地落在半空中。

我明确地知道，在这一刻，他是跨越了时空，看到了自己的孩子，那个已经卖掉了的孩子！

我站了起来，轻轻地走了过去，喊他："苏里曼！"

神游物外的他，猛然吓了一跳。抬头见是我，立刻站了起来，双手像麻花糖般扭在一起，神情局促不安。

"苏里曼，上回我在医务所见过你，你摔伤了头，去复诊，记得吗？"

他双眼看着地上，像啄木鸟般，机械化地点了一下头。

"现在，伤势全好啦？"

他又点了点头。

"你来自巴基斯坦哪一个城市啊？"

他说："卡拉奇。"

"哦，卡拉奇，我曾去过，是个很热闹的大城呀！"

他抬起头来看了我一眼，飞快地说："人口很多，生活困难。"

我点头，表示理解。的确，人口稠密的卡拉奇，失业率也相应地高。走在街上，处处都是人，简直就像是活在人墙里面！

我换了个话题："嗳，你打算什么时候回去探望家人呢？"

"嗯，就快了。"

他说着，神情不安地把手放到背后去，以上排牙齿咬住下唇皮，有点不知所措的样子。我看他实在拘束得难受，便趁泥泥喊我的当儿，走开了。

那晚过后，苏里曼的身影，便像是掺入了水分的颜料般，在我记忆里慢慢地淡化了……

谁能想到，表面安安静静的苏里曼，竟是一座熔岩滚滚的活火山呢？

4

烤肉会举办过后，一晃，又是两个月过去了。

有一天晚上，家里来了两位阿拉伯客人，他们刚从埃及旅行回来，旅行的见闻和趣事，通过他们眉飞色舞的叙述，化成了一场一场的喜雨，纷纷扬扬地落在屋子里。

正当大家谈得兴高采烈时，门铃响了。

非常意外的，站在门外的，竟是苏里曼。

看到日胜，他毕恭毕敬地欠了欠身子，说："我明天一早就回去卡拉奇了，谢谢您的关照！"说着，把手里的一包沉甸甸的东西递了过来："我买了一点阿拉伯豆子，请收下。"

我们邀他进屋坐坐，他不肯；由于当时家有客人，我们也不强留他。

苏里曼送来的豆子，是沙特阿拉伯的土产，壳极硬，每一颗都裂开一道口子，像个小孩子张口在哭，我因此戏称它们为"哭泣的豆子"。豆子硬脆，味道咸中带香，非常可口。

刚才，我们的客人还半开玩笑地埋怨我们没有准备零食招待他们，现在，看到这两公斤"哭泣的豆子"，立马眉开眼笑，抓在手里，吃得津津有味，硬硬的壳，丢得满地都是。边吃边谈，时间过得特别快。豆子吃完时，已近子夜，他们也告辞回家了。

我拿出扫把，清扫地上的空壳，空壳碰碰撞撞地发出了"沙沙沙"的声音。

沙沙沙、沙沙沙、沙沙沙……

在阒静的夜里，这声音，听起来特别的刺耳。

哎呀，这豆子，果真哭出声来啦！就在豆子的哭泣声中，苏里曼的脸出其不意地闪了出来，和眼前悲恸哭泣的豆子奇异地重叠在一起。唉！他送"哭泣的豆子"给我们吃，实际上，他本身不就是一颗"哭泣的豆子"吗？狠着心，卖了亲生的孩子，期望能改善全家人的生活，却惨惨地堕进了经纪人卑鄙的骗局里，孩子没有了，全家人依然生活在水深火热中。也许，他会为此而哭上长长的一辈子啊！

我深深地叹了一口气。

5

苏里曼走后的两个星期，一个炸弹似的消息突然传到吉达来。

"一名巴基斯坦人从吉达回国后，发狠地用刀子将一个工作经纪连续不断地捅了十多刀，刀刀都刺中要害，血流成河，当场身亡。据悉这个经纪曾经收了他巨额的中介费，但却没有履行诺言为他安排工作……"

在听到这项消息时，我整颗心都颤抖了，我想起了一个人，但我也同时默默地、热切地希望我的直觉是错误的。然而，接下来的几天，从四方八面传来的消息，都证实了这个人正是双目发出豹子亮光的苏里曼！

《沙地新闻报》在"国外消息"这一栏刊载了这则惨绝人寰的新闻，还刊出了苏里曼的照片。我的睡眠，顿时被这则新闻捅出了许多个窟窿。整所屋子，都响着苏里曼悲切的哭声：

沙沙沙、沙沙沙；沙沙沙、沙沙沙……

暗香盈处原是梦

1

第一次在工地看到他,我便感受到了一定的震撼。

晌午,大地滚烫得仿佛是熔化一地的铅。

他就跪在那龟裂处处的泥地上,脸朝麦加的方向,双眼紧闭,心无旁骛地祷告着。他那张棕黑色的脸庞微微上仰,如叶脉般细细地铺陈于整张脸的皱纹镶嵌着许多不为人知的故事;身上那袭原该是白色的阿拉伯及地长袍,被尘垢染成了邋里邋遢的泥褐色。

使我心弦震动的,是他那种高度专注的虔诚。天和地都在焚烧,汗水如蚯蚓般恣意在他额头和脸上蠕动着,他却宛若一尊石像,纹风不动。

沙特阿拉伯的伊斯兰教教徒每天必须祈祷五次,现在,正是祈祷的时间,一切活动都必须暂时停止。日胜把车子停在路边,耐心地等候。泥地上这个祈祷的老者,名字唤作鸭都拉,是公司雇用的司阍,负责开启与关闭由大路通向工地的那道木闸。司阍工作时间长,工作性质像复印式的刻板。当地人宁可摆设地摊做些小买卖,也不愿待在这儿,忍受骄阳的炙烤而领取那不算丰厚的薪金。

鸭都拉是两年前受雇的,月薪是两千里亚尔(折合新币一千两百余元)。这样的薪水,在买一粒包菜也得付出新币十多元的沙特阿拉伯生活，可说是捉襟见肘的。

"他的孩子，应该都很大了吧？"我说，"孩子应该可以帮忙卸下他肩上的担子了呀！"

"孩子？"日胜摇摇头，应道，"他是单身汉呢！"

沙特阿拉伯的婚姻依然还得靠媒妁之言，而在说媒的过程中，男方聘金的多寡，往往就决定了那桩"婚姻交易"的成败。一般上，越年轻的女子，所能得到的聘金也越多。女子上了廿岁而仍然嫁杏无期，便会归入标梅已过的一群了。就算女方的条件和年龄都不理想，最起码的聘金还是要的。

"他没有办法筹足聘金，一年拖一年的，拖到这把年纪，也许已经打消成家的念头了。"日胜淡淡地说。

"他有几岁啦？"我好奇地问，心里想，即使没有七十岁，至少也该有六十五了吧？

哪里知道，日胜的回答却大大出乎我意料："他前年告诉我他五十三岁，依此推算，他今年该是五十五岁了。"

天呀！五十五岁的人居然苍老如斯！生活的折磨，的的确确是容颜衰老的催化剂。

谈到这儿，鸭都拉已祈祷完毕，站了起来，看到我们停在闸门外的汽车，歉意骤然在那张龟裂得不成样子的脸上泛滥开来。他手脚麻利地把闸门打开，当我们的汽车经过他身旁时，他神情谦卑地站在那儿，双手下垂，不断地鞠躬、鞠躬……

2

没来沙特阿拉伯生活以前，我总错误地以为阿拉伯人都是"有金可挥"而又"挥金如土"的。

来了，住下了，才晓得，这儿贫富悬殊，富者的穷奢极侈固然使人惊叹不已，贫者的穷困潦倒也让人慨叹连连。

这一天，我们到水塔市场去逛。

这是一个兼做水果批发与零售生意的大市场，来自世界各地的新鲜水果常年源源不绝地供应，种类繁多，价格又廉宜，我百去不厌。唯一让我感觉不舒服的是，许多过熟糜烂的水果丢得满地都是，苍蝇飞绕、蚂蚁麇集，很不卫生。

日胜买了一大箱艳红的樱桃，托在肩上，走向停车场。我注意到有一个身形伛偻的老头儿，蹲在一大堆糜烂的果子前，以颤抖的手，一粒一粒地抓了，丢进身旁的竹箩里。经过他身边时，无意间和他打了一个照面，啊，是鸭都拉呢！

看见了我们，他慌忙站了起来，双手合十，频频鞠躬，泰然自若的脸上，全无自惭形秽的样子。

那晚回去以后，想起年过五旬的他还得蹲在地上捡拾烂果子，我便感到难过。打从那回起，每次日胜到工地去巡视，我便会嘱日胜把一些食物送去给他吃。

有一回，朋友送了一大袋在红海深处捕获的生蚝给我们，这些硕大肥美的生蚝，不论配搭柠檬生吃，或用以煎蛋、煮汤，都鲜美异常；在干瘠的沙漠区里，是难得一见的珍品。数量太多了，实在吃不完，留到明天又不新鲜了，我向日胜建议："我煎个蚝蛋，你送去给鸭都拉吃，好吗？"日胜同意了，我把鸡蛋煎得金光灿烂，里面裹着鼓鼓囊囊的鲜蚝，香气扑鼻。送到他手上时，他竟感激得眼泛泪光，频频说："啊，太感谢了，真的谢谢你们，谢谢你们啊！"

沙特阿拉伯是个政教合一的国家，我们居住在濒临红海的小城吉达，没有任何娱乐设施，生活好像寺院里定时敲响的钟声一样，刻板而严肃。家里有电视，可是，节目沉闷得使人看不到几分钟便哈欠连连。

白天，日胜去上班，我和年方两岁的泥泥留在屋内，每分、每秒，都长得好像一个年头、一个世纪。要想开门出去透透气，在门外迎候的，不是和煦的春风，而是猖獗的烈日。偶尔有风来了，扑在脸上，一脸是沙；缠在身上，一身是汗。要想找个人来谈天吗？左邻右舍，除了山，还是山；正是："我见泥山多讨厌，泥山见我应如是！"

有时，日胜出差到两千多公里以外的首都利雅得，短则五天，长则十天，在这期间，我和泥泥日夜关在火柴盒般的屋子里，而屋子又装满了寂寞，母子俩像是被塞在玻璃管子内的人，几乎要活活地憋死了。

有一个时期，我患上了严重的失眠症，晚上躺在床上愣愣地望着墙上的黑影等天亮；而白天又恹恹地坐在椅子等天黑。尽管精神是这么的疲乏，但脑筋却不是一片空白的。在想东想西的当儿，鸭都拉的影子偶尔会浮上心头，而每回想到他时，总惭愧于自己的"身在福中不知福"。

整天悲叹寂寞的我、慨叹无聊的我，算是无病呻吟吗？

3

日子在死水般的平淡苦闷中慢慢流走了。

有一天，用过晚膳后，我们决定到百麦加大街去逛逛。

百麦加是吉达市一条精神抖擞的大街，许多小摊子热热闹闹地摆设在大街两旁，吃的、用的、穿的，应有尽有；声音与色彩，汇成河流，鲜活地流来流去。人，宛如喷泉，从四方八面源源不绝地喷洒出来。

牵着泥泥的手，一家三口慢慢地逛着、看着，忽然，不远处一个熟悉的影子攫住了我的目光——是鸭都拉；此刻，他竟然站在一个小摊子旁选购香水！我站在不远处看他，发现他专挑大瓶装的，凑近鼻端，嗅了又嗅，满意了，便放在一边；总共挑选了五大瓶香水，摊主说："四百里亚尔。"他伸手入怀，掏出了一个小小的布袋，从布袋里抓出了一把皱巴巴的钞票，一张一张地数，来来回回地数了好几次，才舍得把钞票交给摊主。四百里亚尔，相当于他薪水的五分之一呢！摊主把香水放进塑料袋里，交给他，他紧紧地揣在怀里。

一转身，看到了我们，不知怎的，他居然好像扒手遇到警察一样，神色畏缩地朝相反的方向急急走掉了，连个招呼也不打。那个样子、那种表情，和第一次我们在水果市场碰到他捡拾烂瓜烂果的泰然自若，简直有天渊之别！

我和日胜面面相觑，不明所以。

回返家门后，我对日胜说道："鸭都拉一口气买那么多瓶香水，又是大瓶装的，也许是交上桃花运了！"

"哈！"他笑了一声，摇头应道，"如果真的交上女友，是好事呀，怎么他看起来竟是慌里慌张的呢？"

我也觉得他刚才的样子很诡异，他经济能力不好，却舍得如此挥霍，一定有特殊的原因。

"可能他在做些香水的小买卖，借以赚取一点蝇头小利吧？"我又猜测，"或者，金屋藏娇？"

日胜耸耸肩，笑道："你不如去开家侦探社吧！"

谜底，在两个月后，才悲惨地揭开了！

4

这天傍晚，夹杂着沙砾的狂风哗啦啦地吹着，把整个山头刮得一片迷蒙、一片苍茫。

沙特阿拉伯的电视每天有半个小时播映卡通片，我在大厅里，陪泥泥观赏。这时，公司里一名员工突然上门通知我，日胜今晚有要事处理，不回家吃晚餐了。

"是有紧急会议吗？"我随口问道。

"不是的。"他答，犹豫了好一会儿，才说，"我看到好些警察到林先生的办事处去。"

"警察？"我的心一下子跳到喉头，连说话都变得结结巴巴的，"这、这、这到底是怎么回事？"

"我也不晓得。"他说。

他走了以后，我整颗心一忽儿像被烧水烫着般，热得难受，一忽儿又像被严霜冻着似的，冷得发抖。沙特阿拉伯是政教合一的国家，许多人都因为不熟悉当地法律而身陷囹圄。难道说，一向行事谨慎的日胜，会因一时的疏忽而触犯法律条规？

屋外，不怀好意的风发出了狼嚎般的声响，门被吹得嘭嘭作响，好似有一只发了疯的巨掌在擂门。我心绪不宁地将泥泥打发上床，虚悬的心，化成了一把冷飕飕的匕首，在我体内游走。

好不容易熬到晚上十一时许，日胜才回来。脸色沉甸甸的像块铁，疲惫的脸爬满了心事。一进门，不待我问，他便以沉重的语调说道："鸭都拉死了！"

"死了？"一股寒意好像病毒一样快速地窜进了我的血液里，我不由得惊喊起来，"好端端的，怎么忽然间死了？"

"喝香水中毒死的。"

啊，喝香水自杀？

我的脑子，立刻浮起了他抱着一大袋香水鬼鬼祟祟地遁走的样子，呵，原来那时他已萌生死意了！

"不是自杀。"日胜摇头应道，脸上的疲惫凝结成块了，他揉了揉脸，说，"让我休息一下再告诉你吧！"

等他洗了澡，我为他泡了一壶龙井茶，在袅袅的烟气里，他才缓缓地将事情的始末原原本本地告诉了我。

鸭都拉在事发前已有两天没有上工了，大家原本以为他生病，不以为意。到了今天，还见不到他的踪影，福利组的职员上门找他，才发现他已倒毙在地上了。

日胜随警察到鸭都拉的居处去，那是一所简陋已极的石砌屋子，屋内的木架上，东歪西倒，全都是大大小小的香水瓶子，瓶内多半是空的，馥郁的香味，浓得化不开，鸭都拉就倒毙在地上，身子像虾米一样蜷缩着，青筋蜿蜒的手还抓着一瓶尚未喝完的香水。

沙特阿拉伯严禁售酒、喝酒，而一般的香水是掺有酒精的，警方推测，鸭都拉是以香水代酒，借着香水中的酒精来麻醉自己，最惨的是，他不知道，不是每种香水都可以入口的，有些香水含有毒素，他因此而白白地葬送了宝贵的性命。

暗香盈处原是梦。

常年被寂寞蚕食的鸭都拉，企图在香气缭绕的幻境中寻找短暂的快乐，然而，这种虚幻的快乐，最后惨惨地将他带上了万劫不复的黄泉路！

窗外一阵比一阵紧的风，泼辣地飞卷来去，把沙漠的夜搅成了碎片……

风筝在云里笑

风筝在云里笑

1

约克一家人搬来的那天下午，我正站在屋外，挥动着大剪刀，修剪那茂茂密密地长得杂乱无章的九重葛。

阳光猖獗，淋漓的臭汗一把一把地流，模糊了我的视线。当我听到车声而抬起头来时，篱笆外面已经停了两辆车。最先从车内出来的，是个大胖子，我还没来得及打量他，车厢后面的门，也紧接着打开了。一个小孩跳了出来，然后，另一个，再来，又一个。最后从车厢里出来的，是个竹竿型的女人，她的怀里，还抱着一个胖胖的小孩儿。

后面的那辆车呢，载满了行李，一名个子高高的男人，正把大皮箱小皮箱一只一只地从车里拎出来。

孩子们那刺耳的叫嚷声、喧嚣的笑闹声，在下午燥热的空气里，鲁鲁莽莽地碰撞在一起，我的耳膜几乎被震破了。

我愣愣地看着孩子们一窝蜂地冲进毗邻的屋子里，半晌，才猛然想起，他们是我的新邻居哪！

哇，这户新邻居有四个孩子！

我过去的邻居，是一对来自荷兰的夫妇。年近五十，非常和气，一见到人，便义务地为牙膏打广告。他们留在阿姆斯特丹的孩子,都已成家立业了。夫妻俩异常恩爱,丈夫每天准时上班,准时下班;妻子居家,织织毛衣读读书、听听音乐看看电视,绝少东家长西家短地串门子。在与他们毗邻而居那两年,我的日子,像一道风来也不起涟漪的小溪,清静、安恬,非常惬意。

前两个月,他们在新加坡的工作合约期满,迁返荷兰。

屋子空置了一阵子,现在,终于来了新邻居。

我一连串的噩梦,正式掀开了序幕。

2

我常常旅行,结交了许多异国朋友,靠着鱼雁往返维系友情。每回展读来函,便好似与远方的朋友进行无声的茶叙,心里的快乐,蓬蓬勃勃。

我的信箱,是我自个儿设计的。长方形,髹上悦目的奶油色,钉牢在铁门上,方便邮差递送邮件。

这天,下班回返家门,一开启信箱,我便大大地吓了一跳。信箱里的信全被拆开了,留下了粗暴的齿状撕痕,信封上的邮票呢,全被撕掉了!把那一堆乱七八糟的信件拿进屋内,我变成了一枚点燃了的爆竹,硝烟从我头顶"滋滋滋"地冒出。

我们这个住宅区,治安一向很好,我搬来已有六七年了,邮件失窃或被破坏的事前所未闻;今天,究竟是哪个缺德鬼如此"蹂躏"我的信件呢?

我逐封逐封地检查,信封里的信笺还在,而其中一封附着支票的,也安然无恙。

没有丝毫损失而去报警,未免小题大做。置之不理吗?倘若明天又再发生同样的事情,该怎么办?

正苦苦思量之际，门铃响了。

门外，站了一名陌生的女人，茶色的头发，干巴巴的，毫无韵致地垂散着，额头有些微脱发的痕迹，露出了两峰尖削的颧骨。眼睛很大，好像两枚滚圆的铜币，然而，这铜币不是晶亮的，它们好像蒙着一层薄薄的灰尘，眼神显得异常空洞；但在空洞当中，却又像深沉地蕴藏了些什么。

她穿着一件宽松的棉质便服，一只手扳着门，另一只手则不安地攥成拳头状，脸上浅浅地露着一个很有礼貌，同时又显得很疲惫的笑容。

不待我开口，她便自我介绍："我是茱莉亚，住在你隔壁，昨天刚刚搬来。"

啊，她就是我昨天看到的那个瘦削的女人。

哎哟！这么快便来睦邻了？真不错呀！我赶快把门拉开，说："进来，请进来坐！"

"不必客气。"她站在原地，摇头说道，"我是来向你道歉的。"

说着，在我面前摊开了紧攥着的拳头，掌心里，有着好几枚花花绿绿的邮票。她吞了一口唾液，神情腼腆地说道："我家老二，刚才在你的信箱胡搞，把你信封上的邮票全都撕了下来。我一直在屋里做家务，没注意。后来，在他的床边发现了这些邮票，质问他，他才说出来。对不起，实在对不起！"

原本被团团烟雾笼罩着的"悬案"，没有想到这么快便水落石出了，而且，案子破得全然不费功夫。我心无芥蒂地握着她的手，说："你家孩子既然喜欢邮票，就送给他吧！请告诉他，我以后会把邮票留给他的。"

我的弦外之音是：请他不要再"不问自取"了。不知道她有没有听出这一层意思，不过，脸色显然开朗了些，她不惮其烦地重复着她的歉意:"对不起,对不起啊!"

我转了个话题:"你们是从哪儿搬来的呀?"

"莫纳亨。"她说。

啊,莫纳亨!莫纳亨是爱尔兰东北部一个诗情画意的城市,我曾在旅游杂志读过一篇有关的报道,知道莫纳亨是个宜动宜静的城市,城里有个车库剧院,常年都有精彩的戏剧与芭蕾舞演出;它也是垂钓、骑自行车、骑马等户外活动的理想城市,此外,它还有个遐迩闻名的野生动物中心,充满了野趣和奇趣。

我简单地说了我对莫纳亨的认识,茱莉亚显得很高兴,她说:"我有一本莫纳亨的旅游画册,里面有很多精彩的图片,你如果有兴趣,我可以借给你看。"

"好哇!"我说,"你们准备在新加坡住多久呢?"

"两年。约克受聘到这儿来担任地铁工程顾问,任期两年。"她答道,"呃,约克是我先生。"

谈到这儿,她朝自己的屋子望了望,心神不定地说:"我必须回去了,四个孩子都在屋里,淘气得很呢!"

我们挥手,互道再见。

这是我和新芳邻交往的第一个回合。

3

第二天,下班后,到超级市场买了好些日用品,才驾车回家。车子由大路转入小巷,冷不防一辆脚踏车以超快的速度朝我的车直直地飞蹿过来;我立刻来了个紧急刹车,车轮与地面摩擦,发出了尖锐的响声,我胸腔里的心,发出了十面锣鼓的声响。探头出去,看到骑在脚踏车上的,是一个金发小孩,约莫七八岁,样子很陌生。正想训斥他时,他却毫无礼貌地向我扮了一个鬼脸,将脚踏车调转了个方向,轻轻松松地骑走了。

"浑小子!"

我嘀嘀咕咕地骂,重新发动了车子;然而,没有想到,叫我更为生气的事,还在后头。

把车子停在屋外的铁门旁,我站在车厢后面提取刚才买的食油和白米,一支冰凉的水泉猝不及防地射向我的背脊,还喷进了行李厢内。背脊全湿的我,吃惊地转身去看,殊不料那来历不明的水居然直直地喷向我的脸。我狼狈地闪避,但是,那支水泉并没有放过我,它不依不饶地追着我。我好像一只丧家之犬,左闪右避,好不容易逃开了它的纠缠,定睛一看,不远处站着一个小孩,手里握着一根长长软软的水管,"咯咯咯"地笑,乐不可支。

变成落汤鸡的我,气得浑身发抖,一个箭步窜过去,劈手夺过了他手中的水管。他没有料到我这一着,吓了一跳,转身便往屋里跑。我丢下了水管,也跟着他跑进屋里去。

"妈咪!"他气急败坏地喊,"妈咪呀,有坏人进屋来了!"

他跑进厨房,我也跟进厨房。

他的母亲茱莉亚,正在厨房里烹煮东西。回头,看到我这个"坏人",有点错愕。

浑身湿漉漉的我,气得簌簌发抖,一时竟说不出话来;寂静中,只听到一滴滴水珠从我头发和衣服往下淌的声音。

茱莉亚瞄了一眼躲到她身后的小孩,一下子便明白了。

"对不起,对不起,汤米这孩子,太淘气了。"

她将手往围裙不断地来回擦着,手足无措。

"他何止是淘气,简直是……简直是太没礼貌了!"我气呼呼地说,硬生生地把"太没教养"这四个字咽了下去。

"对不起,对不起!"她还是一个劲儿地道歉。

熄了炉火,她顺手拿起了桌上的布,便想来拭擦我手臂上的水。我轻轻地推开了她,由于余怒未消,口气也是硬邦邦的:

"麻烦你管管他,我不希望同样的事情以后再发生!"说完,头也不回地走出她的家门。

这是两家交往的第二个回合。

4

我们的房屋坐落于小巷里,离开大路很远,白天和晚上,都很安静,静得可以听到寂静的声音,不论读书或写作,都没有任何不必要的干扰。然而,自从约克一家人搬来以后,这一份宁静便宣告死亡了。

约克的四个孩子,年龄依次为八岁、六岁、五岁和九个月。最小的是女儿,其余的都是男孩。

一天到晚,不是这个叫、便是那个喊;最叫人受不了的是,他们各自拥有怪异的嗜好。

老大爱骑脚踏车,又特爱飙车。别人骑着脚踏车时,前轮和后轮,都看得一清二楚;他呢,骑得太快太快了,模糊中,只看到一团光影。他的怪癖是,边骑边喊,把一整条街都唤醒了;更为可怕的是,他对迎面而来的车子视若无睹,每回都是驾车者在千钧一发间闪避开去,险状百出。我在屋子里,不时会听到紧急刹车的刺耳声音;每回听到,神经便绷得死紧。

老二呢,不晓得从哪儿收集了大大小小许多石块,高高地堆在自家庭院的一个角落里。一有空嘛,便以石当箭、以墙当靶,将石头一块一块大力地丢向墙壁,一下、又一下、再一下;沉甸甸地发出了"砰、砰、砰"的声响,我被吵得快要发疯了。可是,令我百思不得其解的是,茱莉亚竟然置若罔闻,任由他去!

老三与水有仇,一天到晚玩水、戏水、浪费水。花园里的水喉,不管任何时候,都哗啦哗啦地流着水;水喉的开关,形同虚设。想到晶亮清澈的水就如此平白无故地流走,我便心痛不已。

老四呢,是名副其实的爱哭猫。饿时哭,饱时也哭,使性子时,哭得声音尖尖的;脾气好时,便哭得声音细细的。白天哭,晚上哭得更厉害。她花样百出地将哭的艺术发挥得淋漓尽致,着实令我叹为观止。

茱莉亚每天除了应付这四个淘气鬼,还要打理那些无论如何也做不完的家务,整个人累得好像一个幽灵,见到人时,连寒暄的气力都没有了。

约克呢,总是早出晚归。他们一家子搬来已有整整两个星期了,但是,我却还没有机会和约克正式打过一次招呼;倒是他的声音,我熟悉得像听录音机。他的脾气,惊人地暴躁,每天一到家,骂人的声音便迫不及待地传了出来。骂妻子、骂孩子、骂一切看不顺眼的大事和小事,有时,简直就是为骂而骂了。他粗粗重重的声音里藏着一块块岩石,把我的听觉砸出一个个窟窿;夜里听到他的咆哮,宛如动物的吼叫。在感觉上,我就好似住在一个猛兽出没的丛林里。有时,我还得用耳塞来阻遏泛滥的噪音呢!日子,过得实在粗糙。

我虽然连他长成什么样子都不知道,但是,对他的感觉,实在不好,尤其发生了那一件事之后,我对他的印象简直糟透了。

那一晚,我在家里宴请十多位睽违已久的朋友,酒酣耳热,谈得兴起,不免纵声大笑,正当大伙儿乐不可支之际,极为突然的,隔壁传来了一个惊人的吼叫声:"喂,你们这些自私的家伙,可知道现在几点了吗?"

我家的客人们,全部愣住了。这时,他的咆哮又响起来了:"你们是否要我买个挂钟给你们挂在墙上?"大家面面相觑,然后,一个个赧然地站了起来,告辞而去;令我难堪的是,当他们一个个鱼贯地走出我的家门时,脸上都露出一种做错了事的神情。

当时呀,长短两针尚未交叠,认真说起来,实在不算很迟。况且,退一步来说,约克每回深夜骂人的声量,也绝对不逊于此呀!

这约克,真是一个不可理喻的人!

我很生气,一夜辗转难眠。不是气他破坏了我的聚会,而是气他丝毫不尊重邻居的这种行径!

次晚,日胜有应酬,我简简单单地弄了一锅肉酱面条,将孩子们喂饱后,偕同他们到附近去散步,就在一条巷子里,我遇到了茱莉亚。

她推着一辆婴孩车,老四就坐在里面,没有哭,但却眉头紧蹙地看着我,真不晓得那么一丁点的小人儿,究竟为了什么而终日发愁!老二和老三,蹦蹦跳跳地跟在后面。老大呢,在前面把脚踏车骑得像一股东南西北乱刮的怪风。

茱莉亚朝我淡淡地露了个笑脸,她鼻子的双翼到嘴角之间,有一条相当深的条纹,好像一道细细的泪泉长年长日地在脸上无声地奔流。正因为这样,她即使在笑着时,给人的印象也是苦涩多于快乐的。

我们并肩慢慢地走着。

"昨天晚上,对不起。"茱莉亚细声细气地说。

天啊,又是对不起!这个女人,好像只懂得道歉,一天到晚,为丈夫的无理、为孩子的无礼而道歉、道歉、道歉。难道说,事发以前,她对丈夫没有一点影响力,对孩子没有一点约束力吗?

见我不出声，她声调略为急促地解释道："约克昨晚喝多了酒，控制不了自己……"

我耸耸肩，打断她的话，说："都已经过去了，别再提了。"

可能听出了我的口气里的不悦，她神情不安地说道："自从我们一家子搬进来以后，着实给你添了不少麻烦，我真的很过意不去。"

我看了看她，目光触及她脸上那两条拭也拭不去的"泪痕"，心便突然软化了，我语气和缓地说："能够成为邻居，也是一种缘分，你别再说客气话了。"顿了顿，又说："以后有什么我可以帮得上忙的，你尽管来找我好了。"

她点点头。

这时，我们来到了一个交叉路口，我问她："附近有个小公园，幽静美丽，空气新鲜，你想去逛逛吗？"

她默默地点了点头。

茱莉亚非常喜欢这个地方，无神的眸子，绽放出一种罕见的光彩。我们坐在翠绿的草地上，孩子们呢，好似脱缰野马，快活地跑来跑去。

风在林梢轻轻地回旋，婴孩推车里那个忧愁的小人儿，舒舒服服地睡去了。

也许是心情愉快，茱莉亚的话，蓦然多了起来："我们在莫纳亨的屋子，有六个房间。屋前有个大草地，我们养了几匹马，孩子们常常骑马作乐。"

难怪。难怪她家老大骑脚踏车快如闪电，我想，他是把脚踏车当马骑了。

"每年春天来临时，遍地长满了丁香花，好像是大自然以它神奇的大手精心绣织而成的百锦图。野生的蒲公英和玫瑰花也爱凑热闹，这里那里为大地增添色彩。孩子们最喜欢玫瑰花，常常一大把一大把地采回来，央求我做玫瑰饼给他们吃。"

哇，玫瑰饼，单听那名字，便够诱人、醉人了！

"我养了两头牛。天天挤新鲜的牛奶给孩子们喝，人人都以为只有猫和狗是通谙人性的，实际上，我养的那两头牛，才通人性呢！我和它们说话，它们会应；我哼歌吹口哨时，它们的奶汁便特别多。我们到新加坡来时，忍痛把它们卖掉了。在和它们道别时，它们都好似在流泪呢！"

在薄薄的暮色里，茱莉亚的眼睛，有一层薄薄的亮光，初看以为是夕阳的余晖不小心掉落在她眸子里，再看时，却又好像是泪光。

"茱莉亚，"我拙口笨舌地安慰她，"你在新加坡不能养马养牛，但是，你可以养猫养狗呀！"

"不养了，我什么也不想养了。养了又不能带着它们回去，徒惹伤感而已。"

说得也是，无情不似多情苦啊！

暮色，愈来愈浓了，孩子们却还玩得不亦乐乎。

"我们搬来新加坡两三个星期了，他们还是第一次玩得这么尽兴呢！"茱莉亚心情舒畅地说，"我们现在的屋子太小了，周遭又没有什么地方可以让他们跑动，他们都憋得快要枯萎了！"

好个"枯萎"！我忍不住微笑了。

"这个公园，是二十四小时免费开放的，你可以随时带他们来玩啊！"我说。

"我们结伴一起来，好吗？"她说。

"不行耶，我必须留在家里做饭。"我解释，"今天我先生有应酬，没有回家吃饭，我才有时间带孩子出来溜达。"

"你先生常常在家里用膳吗？"

我点头，说："是呀，我们都喜欢和孩子们在家共餐的感觉。"

她露出了羡慕的表情，说："约克一个月至多在家里用膳一两次，他工作忙，下班迟；晚上应酬多，他又喜欢喝酒，常常在外面吃饱喝足才回家。"

奇怪的是，茱莉亚在提及这种"怪现象"时，一点也没有责怪他的意思，倒好像这是一种很正常、很自然的家庭关系似的。

天色愈来愈暗了，我们循着原路慢慢走回去。

经过这一次交谈后，我和茱莉亚的距离无形中拉近了不少。最重要的是，了解和同情，使我对于日后发生的许多不愉快的琐事，无形中便有了更多忍受的能耐。

5

几天过后，某个下午，我在厨房切鸡丁和火腿丝，准备炒饭当晚膳。从厨房的窗口望出去，我看到茱莉亚站在庭院里晾晒衣服。老三赤裸着上身，蹲在那儿玩水，他把水由小桶舀进大桶，又将大桶推倒在草地上，一桶桶宝贵的水，便这样地"报销"了。看着看着，我觉得实在心痛，但是，茱莉亚不出声制止，我也很难开口。好几个念头同时在脑海里翻涌着，突然，心生一计。我快步走进孩子的游戏室，从一大堆玩具当中找出了那把水枪，走到两屋相连的篱笆处，和他们母子打招呼。然后，把水枪递给那个"与水结仇"的小子，说："喏，送你。你可以把水装进去，当子弹发射。"

他老实不客气地接了过去，立刻便打开枪托，灌满水，对准他母亲的脸，直直地射过去。我没有想到这个小子会出此一招，气又不是，骂又不妥；一头一脸都是水的茱莉亚，是个全然没有脾气的母亲,她用手把脸上的水抹掉,细声细气地说:"宝贝,去,去前面玩。"

她的宝贝将水枪指向我,我把双眸化成"枪弹",恶狠狠地瞪着他;他不敢造次,扮了个鬼脸,便跑到屋外去寻找其他"猎物"了。

我看着茱莉亚那双看起来显得异常粗糙的手,忍不住对她说道:"你孩子多,家务繁重,为什么不请个用人帮帮你呢?"

她飞快地应道:"我做惯了,不需要帮手。"

"请个外籍帮佣,花费不很多嘛!"我说。

"我知道,但我实在不需要。在爱尔兰,我做的家务比现在更繁重哩,除了照顾孩子,我还得照料那两头牛!"

我突然觉得有点不好意思,我是个被都市舒适生活惯坏了的女子。

"你在煮晚餐吧?"她问我。

"是的,我今晚准备炒饭,孩子们喜欢吃。"

"炒饭?"她的眸子突然熠熠生辉,"在爱尔兰,我曾经在中国餐馆试过一种什么……唔,一种叫什么州饭的……"

"是扬州炒饭吗?"我问。

"对对对!扬州炒饭,实在美味得不得了。"

"我的炒饭,比扬州的更美味。"我大言不惭,"你要尝尝吗?"

"真的吗?我们真的可以尝你做的炒饭吗?"她露出了难以置信的表情。

"我待会儿把饭炒好,便送过去给你。"我爽快地说。

"啊,太好了!谢谢你,谢谢你呀!"这时,她的声音又像是抽中了大奖。

炒了一大锅饭,足够她一家子吃。鸡丁、虾仁和火腿丝是主料，萝卜丝、鸡蛋丝、冬菇丝和青豆是配料。我喜滋滋地把这锅色彩斑斓的炒饭送到隔壁去。

几个小孩，闻到香味，飞奔到桌边来。

茱莉亚把饭盛在盘子里，他们宛如蚕儿，风卷残云地吃着。

茱莉亚满脸溺爱地看着他们，向我讨教："我的孩子特别喜欢炒饭。这饭，怎么个炒法，你教教我，可以吗？"

我倾囊以授，茱莉亚很高兴，说："明天早上我去超级市场买齐用料，中午就照这食谱去炒。"

"你没有车，又拖着四个小孩，怎么去超市？"我惊讶地问道。

"坐计程车去呀！"她脸色平静地答道，倒好似我多此一问。

唉，我暗暗地叹了一口气，索性好人做到底，对她说道："我帮你买吧！"

"不必。"她婉拒，"我能应付得来。"顿了顿，又说："我早已习惯了呀！"

我没有坚持，再坐了一会儿，便告辞回家了。脑海里，老是闪现着一幅挥之不去的图画，图画里的那个女人，左右两只手提着大包小包的东西；后面呢，跟着四个小孩儿，拖拖拉拉、又哭又闹的，真让人头痛啊！

当天晚上，做了一个梦。画中的那个女人，不知怎的，居然变成了我。我买了许多东西，拖着、拉着、牵着、抱着四个小孩儿，站在路边等计程车，但是，没有一辆肯停下来。子夜过了，依然还在等。我累得坐倒在地上，几个孩子，一个接一个好像岩石般压在我身上，我惊喊一声，醒了过来，全身都浸在冷汗里……

6

与约克一家人为邻的日子，对我而言，像是一串连续不断的噩梦。

每天回家，我都提心吊胆；而叫我头痛的事儿，的的确确也层出不穷。比方说，玻璃窗被老大猛力踢过来的足球打成碎片；花盆被老三频频以水喉喷射过来的水弄得污泥四溅；我停在门口的汽车，也被石头刮出一道一道伤痕。

每回我兴师问罪时，茱莉亚总是低声下气地道歉，但对于犯下恶行的淘气鬼，却无一言半语的谴责。这种"姑息养奸"的教育方式，着实让人不敢恭维！尽管一颗心已被怒气捅出一个个窟窿，但是，看到她一脸的疲乏，还有，时时恳求宽恕的眼神，我也只好心不甘情不愿地息事宁人了。

慢慢地，原本脾气不太好的我，竟也练成了忍功。能忍则忍，不能忍也硬生生地忍，反正，每回投诉所换回来的，都是"毫无结果"的"结果"。

我到底还能忍多久呢？对于这一点，连我自己都不太清楚。有时，我觉得自己已变成一个处于危险边缘的地雷，只要轻轻一触，便大爆特爆了；有时呢，却又觉得自己化成了一块澄澄发亮的金块——百忍成金嘛！

这种苦恼兼无奈的日子，居然也过了一年多。

可笑的是，约克虽然与我们毗邻而居一年有余，但是，我们从来不曾正式交谈过一言半语。有几次出门时，刚好在大门口碰到他，他只是冷淡地牵了牵嘴角，便算是打过招呼了。坦白地说，我还从来不曾见过对笑容如许吝啬的人哩！他的五官，长得十分平凡,像路人甲路人乙,难以叫人留下较为深刻的印象,我只清清楚楚地记得他有个惊人的大肚子,像个即将临盆的妇人。肚腩下面,是一条两寸来宽的鳄鱼皮带。我有时不免戏谑地想道:如果把这条褐色的皮带抽掉了,他这个看起来不胜负荷的大肚子,会不会像山一样突然坍塌?

约克令我十分不满的一点是,他虽是高等知识分子,可是,说起话来,用词鄙俗,而晚上回家骂老婆孩子时,所用的语言,更是粗俗得叫人脸红。由于他声大如雷,字字句句都异常清晰地传送到我家来。

最令我震惊的是,他居然还打老婆哪!

第一次发生家暴时,我差点报警。

记得那是一个异常闷热的夜晚,我躺在床上看书,听到约克的车子回来的声音,也听到他开铁门进屋去的声音。也许孩子们都睡着了,所以,这晚没有听到他骂人的雷公声。

我浑然忘我地在书海里浮浮沉沉,就在这时,我听到了玻璃器皿碎落一地的刺耳声响;接着,是约克粗暴的咆哮声:"你是不是活得不耐烦了?老子在外头干什么,要你来管!"

茱莉亚的啜泣声断断续续地传了出来,这时,约克雷般的声音又响起了:"你说,你干吗要打电话去公司查问我的行踪?我看,你真的是嫌命太长了!"

茱莉亚刻意压低的声音模模糊糊的,听不清她在说些什么。

"电话不是你打的?我的秘书难道还会冤枉你不成!贱人,今天我非要好好地教训你不可!"

接着,是肉与肉相触所发出来的声响,啪、啪、啪,啪啪啪,一声一声,沉甸甸的,随即一个尖厉的喊声好像一把短短的匕首,隔着墙壁,飞了过来。那种喊声,非常恐怖,好像是从撕破了的喉咙窜出来的,夹杂着浓浓的血腥味,似乎要把心也一起拽出来!

我翻身坐了起来,冲向电话机。日胜一把抓住了我,问:"喂,你要干什么?"

"打电话报警!"

"你理智点好不好!"日胜冷静地说,"夫妻床头打架床尾和,你就少管这一码闲事吧!你如果真的报警,事情闹开、闹大了,你叫他们的面子往哪儿搁!"

茱莉亚哭喊的声音依然不断地传来。

"可是,可是……"

"我们再观望一会儿,才决定要不要报警吧!依我看,绝对不会有事的。"

日胜说得极对,他们继续闹了一阵子后,便沉寂下来了。

第二天,茱莉亚双眼红肿、手臂瘀黑,然而,脸上却是风平浪静的。

以后,同样的事情又发生了好几次。我对约克,益发厌恶,厌恶得看到他时忍不住转头他向。至于茱莉亚,我对她的感觉很是复杂——一方面,同情她处境的不堪;另一方面,又气她性格的过度软弱和懦弱。

西方妇女,这样忍气吞声的,倒还不多见。

有一回,读一篇短文,提及爱尔兰的婚姻状况,其中一段文字披露,爱尔兰目前成年男女的数目不成比例,阴盛阳衰,所以,最近这几年,每年都有一万多名女子到国外去寻求结婚的机会。

读着读着,茱莉亚和约克的脸,突然交叠着出现于字里行间。啊,约克的粗暴嚣张、茱莉亚的隐忍退让,和爱尔兰境内这种"供"与"求"不相平衡的现象,到底有没有关系呢?

7

说来不好意思,我天天都在计算他们租约期满的日子。七个月……六个月……五个月……四个月,我脸上的笑容,随着日子的飞逝,越来越灿烂。

这一天,放工回来,却又发生了一件叫我大发雷霆的事情。

我在后院靠近篱笆处种了一棵木瓜树,结出的木瓜,肥硕、结实、甜,而且,还有一股罕有的香味,尝过的人都赞不绝口。我已经答应了好些朋友,只要目前这一批木瓜成熟了,我就会摘下送给她们享用。昨天傍晚,用淘米水灌浇木瓜树时,看到一粒粒肥硕的木瓜已转成了淡淡的金黄色,我高兴地盘算着,再过几天,便可以采摘了。然而,我做梦也不曾意料到,这些胖嘟嘟的木瓜,今天居然被人全部打落在地上!全部!一粒也不剩!由于木瓜已经九成熟了,所以,被狠狠地打下来时,肥硕的瓜身全都裂开了。有些没有裂开的,则被人以竹竿戳出一个一个圆圆的窟窿,像鲜血淋漓的伤口。木瓜的汁液,溅满了草地,欢天喜地的蚂蚁,爬满一地。

两根沾着木瓜汁液的长木棍,靠在隔壁的篱笆上。

我听到血液冲上脑门的声音。

我冲去隔壁。

茱莉亚看到我脸色发青,知道她的孩子又闯祸了。我请她到后院去,指给她看。

她一看,又惯性地道歉了:"对不起,对不起。刚才我带女儿去看医生,几个男孩在家,我没有想到他们会搞得这样糟!待会儿我叫他们向你认错!"

认错认错认个屁!我这枚地雷,终于爆炸了,由于实在太生气了，我变得口不择言："茱莉亚，我从来没有看过比你家这几个更没有教养的孩子！你如果还不好好地管管他们，以后恐怕会成为社会的负担！"说完，头也不回地走了出去。

第二天下午，正在看书时，有人按门铃。

是礼篮公司，送来了一个很大的礼篮。奇怪，又不是过年过节，谁会送这样的厚礼呢？我狐疑地查看附在礼篮上的卡片，卡片上清楚地写着："约克和茱莉亚敬赠。"

签收以后，我立刻拨电话给茱莉亚，说："你的礼篮，我不能收，我现在送还给你。"

"你，你……你还在生气吗？"她嗫嚅地问道。

"不是的，你根本犯不着为了昨天的事而送我这个礼篮。说真的，昨天我也有错，我太冲动了，把话说得太重了，这一点还得请你多多包涵！"

两个女人，在电话里，你来我往的，彼此道歉。最后，在她的坚持下，我把礼篮收下了。

愈想愈不好意思，过了几天，我去买了一个会唱歌的洋娃娃，送去给她的小女儿。

大门敞开着，茱莉亚和几个孩子坐在地上，脸上都露着笑容。纸屑、竹片、彩笔、剪刀、糨糊、线团，散得满地都是。

他们在做风筝，三个风筝，都是蝴蝶形状的——七彩斑斓的蝴蝶、快活无边的蝴蝶、无羁无绊的蝴蝶。

"上个星期，有朋友带我们去东海岸公园，孩子们看到有人放风筝，非常高兴，回来之后，便一直缠着我给他们制作风筝。"茱莉亚说，脸上的神情，罕见地轻松。

我拿起了一只风筝来看，轻俏而又美丽的蝴蝶风筝已经露出了想要飞上蓝天的欲望。

"你准备什么时候让它起飞呀?"我微笑问道。

"朋友原本和我约好今天下午来载我们去公园的,但是,刚刚又拨电话来改期……"茱莉亚脸上的笑容渐渐隐没了。

我一时兴起,便说:"我可以载你们去,现在就走吧!"

雀跃的孩子呼啸着钻进了我的车子。

这天下午,老天作美,风很猛。茱莉亚兴致很高,她要试验她亲手制成的风筝。她抓着线的一头,我拿着风筝,猛地向上一扬,轻巧的风筝便飘呀飘的,飘到横无际涯的天幕去了。

风在吹,茱莉亚的头高高地仰着,嘴巴微微地张着,眼睛呢,快活地盯着愈飞愈高的风筝,茶色的头发在风里恣意飘飞着……

这只五彩的蝴蝶,在熏染着花香的风里复活了,它自由地飞翔、尽情地飞舞。它翻滚于堆堆如白雪的云絮里,撒娇、笑闹;而风儿呢,则老老实实地复印了它欢畅的笑声,捎到大地来。

啊,风筝在云里笑,在云里笑哪!

茱莉亚心里有梦,那梦,寄托给云里的风筝了。风筝在笑,她也在笑。我看着她那张被饱满笑意浸泡得幸福动人的脸,心里好似被人抽了一鞭似的,难受得紧。认识她将近两年了,但是,我从来就不曾看过她笑得如此酣畅淋漓。

她大约是把自己想象成是云里那只无拘无束的蝴蝶风筝吧?

当我从她的眼里读懂了她心里的这一层意思时,悲哀的感觉又深了几分。

四个月后,约克一家人离开新加坡,飞返爱尔兰。

他们回国之前,并没有向我们辞行。回去以后,也不曾来信联络。

从此以后,他们这一家人,便像枯竭的井水,永永远远地从我们的生活里消失了。

有时，子夜梦回，想起有如蜻蜓般在我生命之湖轻轻掠过的茱莉亚，我竟想不起她的样子，唯一在记忆里盘旋不去的，是那只含笑飞舞于空中的蝴蝶风筝……

织布匠

1

午餐时间到了,我和茵娣娜都不约而同地吁了一口气。

我用纸巾揩去了额上的汗,把桌上那一大沓文件交给接班的同事,逃也似的离开了人潮拥挤的柜台。

茵娣娜问我:"阿谭,你今天要带我上哪儿吃饭?"

我建议:"去瘦子那儿吃五香,如何?"

茵娣娜高兴地点头。

史丹福图书馆附近,有一条瘦瘦的巷子,小摊子栉比鳞次地并排着,我们的午餐多数是在那儿解决的。茵娣娜是印度人,可是,受我影响,爱吃中餐和各类中式小食;她常常调侃地说,我已在饮食文化上彻底将她同化了。

我们是五香摊子的熟客,每回坐下,只要朝那瘦削的摊主点点头,不待吩咐,他便会快手快脚地把我们爱吃的东西炸得香气扑鼻地端上来。

我夹了一块炸豆腐,慢慢咀嚼;茵娣娜在盘子里翻找腐皮虾卷,大大的眸子虽然盯着盘中的食物,但却不自觉地流出了一种梦样的光彩。

人逢喜事精神爽,我忍不住问道:"你们俩见过面了吗?"

"见过了。"她垂下眼睑,应道,"昨晚,他到我家里来了。"

"你们谈了些什么?"我好奇地问道。

"哪有机会谈天?"她抬头睇我一眼,笑笑应道。

"什么!"我惊讶地放下了筷子,追问,"一整个晚上,你们两个人就傻兮兮地坐在那儿,默默对看?"

茵娣娜的脸,涌出了两朵绯红的云,她以蘸着蜜糖的声音对我说道:"他是和双亲一起来的,我母亲在大厅里陪他们聊天,我送上茶水后,便退回房间去了。"

"为什么你不坐下来一起聊天呢?"

"我们的风俗不允许呀!"

天呀,在二十世纪的今日,茵娣娜居然还一成不变地恪守着"男女授受不亲"的古老风俗!我暗暗叹息。

一个星期前,茵娣娜忽然向我出示了一张照片,照片里的那个男人,蓄着两撇八字须,双目炯炯发亮,长相颇为英俊。她神情腼腆地告诉我,家里正在为她安排婚事。

他们俩素未谋面,然而,看了对方的照片之后,都很满意,于是,便有了昨晚的晤面。可我做梦也想不到,这两个想要共结连理的人,在初次的会晤里,居然连说一句话的机会也没有!

"你对他印象如何?"

茵娣娜微笑不语,我轻轻拍了拍她搁在桌上的手,真心诚意地说:"茵娣娜,祝你幸福。"

她脸上的笑容,像麦芽糖,浓腻甜蜜。

2

我和茵娣娜,一见如故。

她有着象牙色的皮肤，不论什么颜色的衣服穿在身上，都显得很标致；她又善于利用各式精致的饰物与服装相互配搭，常常让我惊艳了又再惊艳。今天，茵娣娜一如既往，穿了传统的印度纱丽来上班。紧身的短袖上衣、多褶的及地长裙，中央露出一截光滑如水的肚子。由肩上垂挂下来那长长的带子，飘飘欲飞。胸部丰满而腰肢纤细的茵娣娜，把印度纱丽兼具含蓄与奔放特质的美释放得淋漓尽致。

我以眸子发出热烈的赞叹，她高兴地微笑，问我："阿谭，你听过有关纱丽的传说吗？"

我摇头。

她以清脆悦耳的声音，为我叙述一则古老而动人的故事。

"印度古代一名多情的织布匠，爱上了一个绝色佳人。他千辛万苦地收集了美人的秀发和泪珠，以此为原料，用他自己的万缕柔情为动力，花了整整一年的工夫，为她编织了一袭举世无双的华丽衣裳，终于赢得了美人心。这袭华衣，便是纱丽的滥觞了！"

茵娣娜在讲述这则故事时，脸上的妩媚足以软化钢和铁，我忍不住打趣地说道："哎，你为什么还不快点找个织布匠来为你织一袭纱丽？"

"我们哪有你们那么幸运？"她一本正经地应道，"你们可以自由参加社交活动，自行挑选结婚的对象。我们嘛，一切都得遵循传统，由家里长辈为我们安排一切。"

"传统是可以改变的呀！"我说，"我们以前不也是靠媒妁之言来撮合婚姻吗？现在，这种做法已成历史了。要嫁人的是你自己啊，为什么不能自行决定呢？"

"你不明白，这是我们的风俗。"

唉，风俗风俗，多少人借你的名义来"狐假虎威"啊！

悖逆时代精神的陋习,是必须有人勇于革除的,如果像茵娣娜这种高等知识分子也不敢、不愿"揭竿而起",说点话、做点事,那么,不合时宜的风俗,便会永远持续下去了!

对于茵娣娜来说,风俗与传统,就像是榕树的根,是不可撼动的。现代的教育虽然给她灌输了许多新的观念,但是,保守的家庭教育,却像一根牢固的绳子,把她缚得紧紧的、死死的。尽管她向往、喜欢自由,但是,她没有勇气去争取。她是蚕,知道被丝束缚是很痛苦的,然而,她却把这种痛苦当作是她必须承受的。正因为这样,她的痛苦,并不很尖锐,只是有时在言谈之间,无意地流露出一丁点儿的无奈而已。

有一回,谈起了中国古代缠足的陋习,我举起了我那双必须穿八号鞋子的大脚,语重心长地对她说道:"茵娣娜,你看,我这双大脚,在以前,莫说一辈子嫁不了人,就算能活上三辈子,也绝对嫁不出去;但是,时代进步了,缠足这种惨无人道的陋俗,早已遭人唾弃了。由此可见,传统习俗,绝对不是一成不变的呀!"

茵娣娜大大的眸子忽闪忽闪的,调皮的笑意由眸子流到脸上去,她戏谑地说:"哼哼,你到现在都还嫁不出去,可能正是这双大脚拖累了你呀!"

我伸手打她,她笑倒在桌上。

那一年,二十六岁的我,已经找到了祸福与共的另一半,正积极地筹备婚礼。我的归宿,是我自选的,我清清楚楚地知道我以后的生活是怎么样的。当然,事实也可能和我的心愿背道而驰,但是,赌注是我自己押的,就算我输了,我也输得心甘情愿。

茵娣娜呢,在婚姻这一码事上,她也很想赌一赌,可是,下赌注的,不是她本人,而是她的母亲。在这种情况下,赌赢了固然皆大欢喜,万一赌输了,谁会流泪呢?是茵娣娜本人,还是她的母亲？

婚宴过后，我去度蜜月。归来不久，茵娣娜便告诉我，她的母亲为她安排了她生命里的第一次相亲。

男方，是一名医生。

3

茵娣娜相亲过后的那几天，我老是缠着她问："喂，怎样？有了结果没有？"

她呢，神秘兮兮的，不肯说。然而，脸庞像一枚裂开一条缝的蜜枣，时时刻刻都泌着甜甜的蜜汁。

这天，吃午餐时，她主动对我说道："阿谭，明天我申请一天年假。"

我飞快地问道：

"婚事有着落啦？"

"他和家人明天到我们家来用餐，讨论婚事的细节。"

"才晤面一次，便一锤定音了，如果稍后发现性格不合，怎么办？"

"唔，唔……"她沉吟半晌，才说，"婚姻，不是应该彼此迁就吗？"

表面上看起来，茵娣娜对婚姻有着很大的包容心，然而，深谈下去，才发现在她这种"乐观"的态度里，蕴藏着一种很深的恐惧。

根据印度人的传统，倘若男女在正式定亲后退婚，受苦的，永远是女方，因为她被玷辱了的名声将会化成一个黑色的污点，追随她一生；然而，男方却丝毫不受影响。茵娣娜的心，实际上是一直被沉甸甸的传统包袱重重地压着的。

告假一天后回来的茵娣娜,变了一个样子。

原本以为她会神采飞扬地告诉我有关筹办婚事的种种细节,然而,没有想到,她的脸色却黯淡一如即将下山的太阳,很显然的,她正走在一条幽暗多歧的小径上。我知趣地保持沉默,她午餐不肯去吃,我也不勉强她。如果事情触礁而她受伤了,那么,让她自个儿静静地舔伤,就是我对她最大的尊重了。单刀直入地问她,无异于把脚重重地踩在她溃烂的伤口上,她恐怕会受不了的。

这样的低气压,持续了好几天。

这天下午,我正专注地在撰写一份工作报告时,茵娣娜挨到我身边来。

"阿谭。"

报告要赶着交,我没有停笔,也没有看她,只轻轻地"嗯"了一声。

"阿谭。"她又喊我。

这回,我停笔,抬头睨她。

"我的婚事,谈不拢,告吹啦。"

"我知道,你的神色,早就告诉了我嘛!"我搁下了笔,说。

"唉。"她重重地叹了一口气,说,"我也不是悲伤,只是觉得有点儿生气。"

"生气?"我迷惑地问道,"气谁?"

"男方啰!他们提出的要求,实在太不合理了!你知道他们向我父母索取什么嫁妆吗?"

"金饰?钻石?"

茵娣娜摇摇头,说道:"现款,他们要我们为他开设一个银行户口,存入十万元!"

"哇！"我惊叹，"简直是狮子大开口啊！"

对于一个工薪阶级来说，要多久的时间才能储足十万元啊？我记得上回茵娣娜的表姐出嫁时，嫁妆只付了八千元呀！为什么茵娣娜却必须付十万元？

"我的表姐夫，只是个技术人员而已。"茵娣娜解释道，"现在来和我议亲的，是一名医生，嫁妆当然得丰厚得多了。然而，最让我不舒服的，是他们那种斩钉截铁、毫无商量余地的态度。"

教育资历愈高，价码也愈高。新娘子优良的品格、修养、教育、职业，他通通不放在眼里，只把自己吊得高高的，待价而沽，价高者得，这根本就是明明白白的婚姻买卖啊！

当然，我没有坦白心中的想法，我不能火上添油，我只能以无力的语言安慰她："茵娣娜，姻缘天定，你们俩欠缺缘分，是无法走在一块儿的。华人常说：'失之东隅，收之桑榆'；以后，肯定会有更为理想的对象的。"

茵娣娜没有出声，但是，从她抽搐着疼痛的目光里，我知道她的的确确是痛惜这桩失之交臂的"好姻缘"的。

那以后，有很长的一段时间，茵娣娜没有再提起婚姻的事。偶尔问起，她只是轻描淡写地说，母亲为她安排的几个对象她都看不顺眼，还没开始交往便画上句号了。

过了约莫半年，有一天，她忽然对我说道："阿谭，今天我请你吃上海菜。"

"哇，中了大彩啊？"我调侃地说。

"有点事和你谈，去冷气餐馆用餐，你头脑比较清醒，能为我提出一些好意见呀！"她说。

"嘿，你这不是摆明要贿赂我吗？"我笑嘻嘻地应道。

"正是，我正是要贿赂你啊！"她心情极好地笑道。

在餐馆里，我们点了小笼汤包、干煎锅贴、酱油卤肉、银丝卷、熏鱼，大快朵颐。东拉西扯了好一阵子，茵娣娜才进入正题："阿谭，你是否同意女人嫁给教育程度比她低的男人？"

我慢条斯理地夹起了一只小笼包，小笼包在我筷子尖晃荡晃荡地颤动着，薄薄的皮像美人吹弹可破的肌肤。我放进嘴里，在享受美味的同时，也在斟酌应该如何回答她的问题。半晌，我才开口说道："茵娣娜，一个人的思想水平，是绝对不能以他教育程度的高低来加以衡量的。两个人能不能结合，完全取决于彼此的生活观与价值观是否协调、是否一致。"

说毕，见她不语，我开门见山地问："你是不是遇到这一方面的困扰？"

她直认不讳："是啊，昨天有人来说亲，对方是个小学教员。"

"你对他的了解有多深？"

茵娣娜耸耸肩，说："一无所知啊！"

看到我诧异的目光，又补充道："我的家庭，十分保守，只有在亲事谈拢以后，我才有机会和他深谈。"

以"眼缘"来定终身，这样的凭借，是多么的不可靠呵！

"我的父母正在向周遭的亲朋好友打听他的为人。"她说，双眉微蹙，"我是家中老大，底下还有两个妹妹等待出阁。我的婚事一日没安排妥当，妹妹们的婚事全会因此而被耽搁啊！"

"婚姻又不是方便面，不能一蹴而就呀！"我毫不客气地说，"婚前选对象，应该像慢火熬肉粥，守着炭炉，慢慢扇风细细看，把对方的优点和缺点都看得一清二楚，才能做出取舍，绝对不能马虎苟且呀！"

"我们又何曾马虎苟且？每一次的相亲，都是诚诚恳恳、认认真真的啊！"茵娣娜的声音和脸色很明显地透着不悦，"我和你的传统习俗不同，并不意味着你就能时时刻刻以自己的尺度来衡量我；而我，也绝对不会要求你整天穿我的鞋子出门去呀！"

哎哟，再谈下去，可能会不欢而散了；我识趣地把一个锅贴夹到她的盘子上，以和缓的语气说道："茵娣娜，在婚姻上，我认为人品和性格是比一纸文凭来得重要的。你一定要嫁给一个在精神上比你富有的人，而不是去嫁一个经济上强过你的人。舒适生活所带来的快乐，是短暂的；唯有精神的快乐，才是一生幸福的保证。不过，话说回来，我们也不是不食人间烟火的神仙，当然不能一味唱高调，嫌钱腥。对方必须要有基本的养家能力才行。"

茵娣娜默默地点头，我这一番话，她是听进去了。

没有想到，过了短短几天，茵娣娜竟又意兴阑珊地告诉我，她的婚事又告吹了，原因是她父亲查出男方是个无可救药的赌徒。

这时，我忽然发现，印度人凭媒妁之言撮合婚姻，也不是全无好处的。至少男女双方可以在全然不动情的情况下，把对方看个一清二楚；满意嘛，便"货银两讫"——你情我愿地结为夫妇；不满意呢，交易拉倒，干脆利落，不必白费力气去做徒劳无功的发展。华人呢，就不同了，他们在婚姻上，常常先预支情感，而情感往往把理智蒙蔽了，等到两人用一纸婚书把彼此紧紧地拴住了以后，才悲哀地发现"货不对板"，但是，为时已晚啰！

4

相亲又相亲、折腾又折腾，一年多以后，茵娣娜终于找到了能令她快乐地点头的人。

当她把这个好消息告诉我时，不知怎的，我竟然怎么样也快乐不起来。

我再三再四地问她:"茵娣娜,你想清楚了吗?你真的决定接受他了吗?"

她点头,脸上神情坚毅得好似要赴沙场的战士。

虽然觉得自己像块老太婆的缠脚布,可是,滞留于心头那种难过的感觉,化成了喉咙里一块很大的疙瘩,不吐不快。

我一问再问:"茵娣娜,要嫁他,到底是你自个儿的意思,还是你家里硬要你接受的?"

好脾气的茵娣娜终于忍无可忍了,她生气地嚷道:"你这人,怎么啦?我还没有找到对象以前,你一再唠唠叨叨地缠着我问东问西,好像我再不嫁掉便要发霉似的。等我决定要结婚了,你又恨不得我悔婚!"

"是是是,我希望你早日找到好的归宿,可是,我从来不曾鼓励你嫁去印度啊!"我语调激动地应道。

她瞪着我,半晌,硬如石头的脸突然变成了软软的棉花糖,她站了起来,绕过了桌子,趋前搂住了我的肩膀,柔声说道:"阿谭,我知道你舍不得我;但是,我已经二十四岁了,再不嫁,真的要发霉了呀!"

我扑哧一声笑了起来,气氛缓和之后,我问她:"你以前有去过印度吗?"

"没有。"

"说来听听,你想象中的印度,是怎么样的?"

她用手托着下巴,黑而亮的瞳孔里面,层层叠叠的都是梦。半晌,才说:"仿佛很陌生,但又很熟悉;在印度的画册里,看到当地的风光,恍惚间觉得那就是我前世的故乡,我整个人被卷了进去,化成了画册的一部分。等我从画册走出来时,不知怎的,有一种连我自己也解释不出来的惆怅;那种感觉,就好像有人将我从一个原本属于我的地方硬生生地拖走一样。"

"唉,真是女大不中留啊!"我大声叹气,"茵娣娜,你人还留在这儿,心却已经飞走了!"

茵娣娜听不出我语调里的调侃,居然老老实实地应道:"是啊,我真想早日成为画中人啊!"

"茵娣娜,告诉我,你第一次看到他时,心里有什么感觉?"

一抹红晕,像墨染宣纸般从她象牙色的两颊慢慢地渗透出来,眼梢的妩媚,使她大大的眸子散发出一种致命的诱惑。

"我……我……"她欲说还休。

我托着腮,盯着她,静静地等。

这时,红晕已经扩散成她颊上两朵厚厚的红云了,她说:"嗳,我说了,你可不许笑我啊!"

"好,我会忍住不笑的,你快说!"

她以一种醉酒似的声调,缓缓说道:"那天,一看到他,我的心就变成了一块沃土,里面有许多蚯蚓钻来钻去,连呼吸都变得有点困难,而全身上下,包括发梢,都有着一种幸福的疼痛感……"

好个茵娣娜,竟然用了文学的语言,把"一见钟情"的感觉形容得如此活灵活现、如许淋漓尽致!

即将成为茵娣娜另一半的拉马赞丹,是个殷商,住在印度首都新德里。他三十八岁,比茵娣娜大了足足十四岁。他是茵娣娜一门远房亲戚的家庭好友,最近到新加坡来度假,拜访茵娣娜的父母,见到了令他倾心的茵娣娜,立马开口求亲。他不要茵娣娜任何嫁妆,还答应承担婚宴所有的开支。

茵娣娜的终身大事,便如此定下了。双方议定,婚事在三个月之内完成。

5

茵娣娜每天下班之后，便到实龙岗路的小印度去疯狂购物，手织纱丽，买了一袭又一袭；金银首饰，选了一件又一件。

"哎呀，茵娣娜，你满橱满柜都是衣服，还要买那么多，一辈子都穿不完啊！"我忍不住说道。

"根据印度人的风俗，婚前家里所有的衣服，在婚后都不许带到夫家去。不多买，怎么行？"她一丝不苟地应道。

一触及"传统与风俗"，不管合不合理，茵娣娜都不加置疑，全盘接受。

白天到处奔波，晚上又睡不安寝，茵娣娜整个人瘦了一圈。她的脸，原本是丰腴的鹅蛋形的，一瘦，成了瓜子形，反倒变得更好看了。

婚礼举行前的一个月，她提交辞呈。

那个隆重的大日子终于来了。

我压根儿没有想到，印度人的婚礼，竟有如此多繁文缛节。一场婚事，居然接连庆祝了五天！开首两天，庆祝仪式是在家里进行的，参与者都是亲戚。我以茵娣娜知心好友的特殊身份接受邀请，在婚事举行的第一天上她的家去，观赏其中一个仪式。

那天，我兴奋难抑地抵达时，屋子里早已密密麻麻地挤满了人——全都是女宾。茵娣娜坐在屋子中央，我一看，便吓了一大跳。茵娣娜的头发，胡乱地散在肩上，油淋淋、湿漉漉的，氤氲着一股古怪而又腐败的气味。她身上的纱丽，是我从来没有见过的，颜色很淡，好像被洗到褪色了；此刻的茵娣娜，整个人看起来邋里邋遢的，没有半点儿喜气。

我趁着向她恭贺的当儿，凑近她耳边，悄声问道："茵娣娜，你干吗打扮成这种讨饭的落魄相？"

"风俗呀！"她理直气壮地回答道，"进庙宇举行婚礼仪式的前一个星期，我每天都必须穿上最陈旧的衣服，参加各种仪式。如此这般，到了大婚之日，才能彻底地弃旧迎新啊！"

"那你的头发，怎么会发出那么一股馊味儿呢？"我仗着彼此交情深厚，直言不讳。

"哦，我阿姨刚刚用酸奶为我进行了按摩。头发吸收了充分的营养，才能在大婚时发出美丽的亮泽啊！"

我们还想继续谈下去时，突然有人大力击掌，要求大家安静。

静得细针落地有声时，有个中年妇女突然拉开嗓子唱歌了，用的是我听不懂的语言，唱了一会儿以后，茵娣娜的眼圈开始发红，眼泪在眼眶里转呀转的，便沿着脸颊流淌下来了，一串又一串，一脸的凄凄惨惨切切。周遭那些上了年纪的女人，也频频以手帕拭泪，显得十分悲伤。

唉，这明明是一个婚庆的聚会呀，怎么竟然搞得如此愁云惨雾呢？

事后，我才探悉，这是北印度人婚事的一种仪式——女方亲戚为新娘子主办"送嫁会"，在送嫁会上唱歌的，是茵娣娜的阿姨，歌词的内容，不外是抒发女方家人不舍得女儿远嫁的眷恋之情。按照习俗，不论歌词有没有打动新娘的心，她都必须落泪。泪下，才表示她对父母养育之恩心存感激。茵娣娜那天的眼泪，应该不是为了"习俗"而流的吧？婚后，就要远嫁印度、远离双亲了，她能不哭吗？

婚事的高潮，集中在最后两天，我都受邀出席了。

一天是在庙宇，另一天是在餐馆。

进入庙宇时，我遵嘱脱了鞋子，披上头巾。庙里的大殿，铺了花里胡哨的地毯，我坐在上面等。一对新人出现时，大殿里的宾客起了一阵无声的骚动。我伸长脖子看，看那位与我素未谋面的新郎。他身穿湖蓝色的西装，结着小领花。胸前挂了一大串以金色彩纸缀成的心形饰物。肤色不算黑，但是，和皮肤呈象牙色的茵娣娜站在一块儿，却被她映照得很黑。他有着一双很深沉的眸子，里面有着很丰富的内容，让人读不懂，却又很想去读，那是一双很"哲学"的眼睛。当他在看茵娣娜时，瞳孔化作了两口深不见底的井，茵娣娜"咚"的一声掉了进去，再也爬不出来了。

一对新人端坐在圣坛前，庙祝开始诵读冗长的经文了。这一念，足足念了长长长长的两个小时。经文念完后，新人绕着圣坛走四圈。有一个宾客向我解释：每走一圈，都有一层不同的意义。

走第一圈时，庙祝要一对新人清楚地认知，婚姻非同儿戏，一定要认真看待。

走第二圈，一对新人共同做出承诺：婚后一定要尊重家中长辈，与他们和睦共处。

走第三圈，一对新人彼此宣告，婚后会彼此迁让容忍，力求和谐。

走第四圈，一对新人祈求今日缔结的姻缘会天长地久。

透过这个意义深长的庄严仪式，我发现印度人和华人的婚姻观是颇为相似的。

礼成以后，新娘将身上里里外外的衣服以及她所佩戴的所有首饰全部脱下，换上崭新的；新的衣服和首饰，全都是男方购买的；这就意味着从今以后，茵娣娜百分之百地属于他啦！

这天前来道贺的宾客很多，我看着喜形于色的茵娣娜，心里的快乐也蓬蓬勃勃。

次日，出席晚宴。

茵娣娜一出现，我便有一种触电的感觉。啊，是茵娣娜吗？眼前这个美得不可思议的女子，真的是茵娣娜吗？

茵娣娜化了妆，不很浓，只是双眉描得比平时黑，双唇涂得比往常红而已。我出神地盯着她看，我不明白，实在不明白，为什么此刻的她，竟然美得如此惊世骇俗呢？

不旋踵，我便找到了答案。

她第一眼看到拉马赞丹时，一颗心就变成了一块沃土，里面有许多蚯蚓钻来钻去；现在，蚯蚓已经把泥土弄松了，泥土里，开出了非常大的一朵向日葵，灿烂的黄色，长成了一种追寻阳光的姿势。

是这样一种爱的姿势，使她散发出那种让人瞠目结舌的美。

这天晚上，她穿着一袭桃红色的纱丽，金银丝线纵横交错。那种娇丽的艳色，在大家的眸子里幻化成一种醉人的浪漫。

织布匠的故事突然在脑子里窜了出来，我眼眶全湿。

此刻，她的"织布匠"正专注地看着她，他的眸子里有个宇宙，宇宙里影影绰绰的，全都是茵娣娜、茵娣娜、茵娣娜。我注意到，他有两片柔润丰厚的嘴唇，按照华人的相命术，嘴唇偏厚的人，性格憨厚而感情充沛；果真如此的话，茵娣娜下半辈子的幸福，便有了保障啦！

婚宴过后的一个星期，茵娣娜便和她的织布匠双双飞往新德里了。

坦白地说，我很佩服她的勇气。她不但嫁给一个相知不深的人，也同时嫁给一个全然陌生的地方。在这一场赌博中，她是孤注一掷的。

输赢如何？没人知晓。

答案，操纵在"时间老人"的手中。

6

我们开始通信了。

茵娣娜的信写得好像日记，巨细靡遗地向我报告她在异域的生活。

她住在新德里一幢占地广袤的独立式洋楼，双层，八个房间。四个用人供她使唤，她要风，风不敢不来；她要雨，雨霎时"哗啦哗啦"地倾盆而至。快乐得浮在云端的她，只等梦熊有兆当妈妈了。

茵娣娜的生活，比童话更为美满。

现在回想，我真希望自己从来不曾到新德里去，那么，我便会百分之百相信茵娣娜所说的一切；那么，我便会永远为她的好福气好运气而庆幸而高兴。

然而，我去了新德里，我亲眼看到了那个令我震惊的真相。

我是在茵娣娜婚后的第七年到新德里去探望她的。

在这七年当中，我们的生活都有了变化，我生了一个孩子，她呢，一鼓作气，"咚咚咚咚咚"地连续生下五个孩子。

茵娣娜在信里写道："孩子，我还会继续再生，多子多孙多福气呀！拉马赞丹比较喜欢儿子，而现在，我们有四个女儿，才一个男孩。拉马赞丹希望我能为他多生七个男孩，凑成一打。坦白地说，我也非常喜欢孩子满屋乱窜、满室喧哗的那种感觉，他们让我有很大的满足感。阿谭，有时，我不免要自问，这样的幸福，是不是梦中才会有的？"

字里行间有掩抑不住的得意，可是，逐句逐行地读着的我，却冷汗涔涔。

十二个孩子！我的天啊，她居然要生一打孩子！单单想想，我都觉得头痛欲裂呢！人各有志，真是一点儿也不错啊！然而，让我不安的是，茵娣娜信里那一句"拉马赞丹希望我能为他多生七个男孩"，难道说，如果茵娣娜接下来生的是女孩，她便得为了取悦拉马赞丹而没完没了地生、生、生吗？茵娣娜的"幸福"，到底是以多少的妥协才换来的呢？

接到这封信时，我刚向图书馆提交辞呈，准备下个月到报馆去当"无冕皇帝"。我想在转换工作跑道之前，到印度走一趟，探望茵娣娜。动身前，我只字不提，主要是想给她一个惊喜。

7

新德里好像是烧红了的铁板，把我烙得"嗤嗤嗤"地直冒烟气，黏黏的汗水"咕噜咕噜"地从细细的毛孔络绎不绝地冒出来、冒出来……

我入住新城的印都旅舍，想到就要和阔别了好几年的茵娣娜见面了，我的心，像大熟的柿子，很甜，有着赤裸裸的欢喜；但与此同时，不知怎的，却又像拉紧的弓，有着莫名的紧张。

茵娣娜住在新德里"寸土尺金"的富人区拉芝大道，深宅大院，外面有一堵高高的围墙。幸福的茵娣娜，就住在这深似海的侯门里。

我按了按门铃，有人在通话机里问道："找谁？"我应："我是阿谭，从新加坡来探望茵娣娜。"回答我的，是一个突兀的句号。在静默里等了将近一个世纪，铁门才缓缓地打开了。一个穿着制服的女佣，木无表情地说："请进。"铁门以内，是欣欣向荣的绿草地，碗大的玫瑰花，红得像血，迤迤逦逦地一直延伸到屋子的石阶旁。

我仰头上望，石阶上，站着一个少妇，脸庞像发酵的大面团，眼睛被堆挤得只剩下一道细细的缝；三层下巴沉甸甸地压在脖子上，连分界线都看不到了。身上团团簇簇的肉，使她看起来像是一枚熟得快要爆裂的浆果。

这个胖妇，有着一张僵硬如墙的脸，脸上一点笑意也没有。我礼貌地说道："您好，我是茵娣娜的好朋友，特地从新加坡来探望她的。"

胖妇盯着我看，嘴唇微微地翕动着，半晌，才挤出了一个奇怪的声音："阿谭！"

我吓了一大跳，睁大双眼，看着这个喊我"阿谭"的超级大胖妇，看了又看，看了再看，还是不敢贸贸然地相认。

"阿谭！"她又喊道，"你来，为什么不先通知我？"

啊啊啊，眼前这个庞然大物，竟然、赫然是茵娣娜！

我好像看到陨石自天而降，想要闪避，却又闪避不了，整个样子，像个傻子。茵娣娜吃力地挪动她那像大山一样沉重的身体，一寸一寸地挪下石阶，笨拙地伸出双手来抱我。以前，在图书馆，当她这样做时，我只觉得亲昵，只觉得欢喜，但是，现在，我却有"泰山压顶"的感觉，很不舒服。

她步履蹒跚地把我带入屋内，宽敞的大厅，布置得非常讲究。水晶吊灯、手织地毯、桃木雕花桌椅，椅子上铺了斑纹的老虎皮。檀香的味道，静静氤氲。

我们面对面地坐在沙发上，茵娣娜穿着一袭米色的纱丽，领口、袖口和衣摆，细细地以金线绣着小朵的花卉，考究、细致、漂亮。只是，她腰际上面的那一大团赘肉，好像是套在她腹部一个肉色的轮胎。

大家都想讲话，但是，一时却都搜寻不到适当的话题，气氛显得有点僵。啊啊啊，我原本以为久别重逢时，我俩会像猴子一样勾着彼此的脖子，又喊又叫、又说又笑，互相打趣、互相调侃，把天都闹得塌下来，把地都掀得翻转过去的啊！然而，说真的，此刻，就算我想去勾她的脖子，也勾不动了，她太重了——她的身体，还有，她的脸色，对我而言，都太沉重了。

半晌，她开口了："阿谭，你来，为什么不预先通知我？"

我愣了愣。这是我见到她以后，她第二次问我同样的问题了。我忽然敏感地想道：难道我是个不受欢迎的客人？甩了甩头，把这个令人不快的念头甩掉，我故作轻松地说道："我故意想给你制造一个惊喜嘛，我千里寻友，难道你不感动吗？"

她没有接腔，我正感无趣，她却转换了一个话题："你的先生和孩子没有一起来吗？"

"没有啦，我要利用这一个星期，重温单身的快乐！"

"唉！"她突然没来由地叹了一口气，说，"你真自由。"

"自由，是自己争取的呀！"我飞快地应道，"记得吗，以前你曾经把我叫作'无翼鸟'？"

"无翼鸟？"她侧着头想了一下，反问我，"什么是无翼鸟？"

啊，她说过如此有趣的话，居然忘得一干二净！我有点惆怅地解释道："你曾不止一次说过，我是一只笼子关不住的鸟儿；你又说，别的鸟儿如果折翼了，便无法再飞，但是，我的双翼如果折断了，我还会想方设法用脚来飞……"

"哦，阿谭，我记得，我记得我说过这话！"她大声笑了起来，"是的，我叫你作无翼鸟！"

她笑得很开心，颊上的肉，抖啊抖的，抖得十分畅快；就在这时，一个女人阒无声息地走进了起坐间。

高挑细瘦，浓而黑的头发，自额上齐齐往后梳，在脑后挽成了一个油亮的髻。不算老，但是，因为生得白皙，眼尾细细的皱纹，像两把小小的扇子，让人看得一清二楚。当我的目光和她相碰时，冷不丁地打了一个寒战——她的眼珠，深沉幽黑，像两个无底的圆洞。

茵娣娜见我神色有异，转过头去，一看到她，笑声戛然而止，脸上的亮光也倏地被抽走了，她苍白的脸，与身后的墙壁打成了一片。几经挣扎，她才从沙发中站了起来，俯着头，态度谦卑而近乎怯弱地说道："姐，这是我从新加坡来的好友阿谭。"

那女人朝我点点头，牵了一下嘴角，露了个没有笑意的笑容，说："难得你有心，老远飞来探望她，待会儿留下来吃个晚餐吧！"

呆板的声音，像是由蜡像口里发出来的。

我向她道谢，她又机械化地点了点头，腰身扳得直直地走了出去，每一个脚步，都好像是经过斟酌后才迈出去的，一丝不苟。

我迫不及待地问茵娣娜："这女人，是谁？"

茵娣娜没有答我，我正等得不耐烦时，她才说道："阿谭，来，我们去外面庭院走走。"

这事，有蹊跷。我一声不响地跟着她，走出大门。才走那么短短的一段路，茵娣娜居然有点气喘。在庭院的凉亭里坐下来后，我们彼此对看，恍若隔世。

过了好一会儿，她终于开口了："阿谭，你想知道她是谁，是吗？"

我还未搭腔，她便又说道："刚才，你不是听到我喊她大姐吗？她是拉马赞丹的原配夫人。"

茵娣娜的声音，平静一如波澜不起的湖面；我呢，一颗心，像汹涌澎湃的海洋，微微张着嘴巴，却一点声音也发不出来。

茵娣娜垂下眼睑，淡淡续道："她是妻，我是妾。她和拉马赞丹结婚十多年，不能生育；所以，拉马赞丹到新加坡去把我娶回来。"

两女共事一夫，而且，居然还在同一屋檐下生活？

我双眸圆睁，质询她："当年结婚时，你是否已经知道自己是委身为妾的？"

她摇头。

"他这样对你，实在有欠公平啊！"我激动地说。

她耸了耸肩，说道："名分，对我是不重要的。快乐，才是实在的；幸福，才是我真正要追求的！"

"你快乐？你幸福？"我把目光化成解剖刀，尝试解剖她的内心世界，"你真的快乐吗？你真的幸福吗？"

"为什么不？"她看着我，语调忽然变得急切起来，"我想要什么，便能有什么；我要过什么样的日子，便能过上什么样的日子！"

"嘿，茵娣娜，你别自欺欺人了，那只不过是虚荣的物质享受而已……"

她打断了我的话："拉马赞丹对我很好，一直都很好……"

"好？你别掩耳盗铃了！他如果真的对你好，当年就不会瞒着有妻子的事实来娶你！如果他对你还有一丁点儿尊重，也不会让你委屈地和他的原配住在同一所屋子里……"

"阿谭！"她突然声色俱厉地叫了起来，"你这个人最大的毛病就是喜欢逼别人穿你的鞋子！我说我快乐，为什么你不相信？我说我幸福，为什么你也不肯相信？难道我非得说我很抑郁、我很痛苦、我活不下去了，你才满意、你才甘心吗？"

我呆住了。

是是是，子非鱼，焉知鱼之乐？她的山珍海味，是我的砒霜毒药。她既然吃得津津有味，为什么我要残忍地破坏她的胃口？

我垂下头，郁闷地说："茵娣娜，对不起！"

她没有作声，我抬起头来，发现她已泪流满脸。

等我们两人情绪都缓和下来以后，我们都知道了什么是该说的、什么是该避而不谈的；但是，正因为懂得了这一点，我有一种由骨髓透出来的悲伤。真正的知己，聊天时，是绝对不会、也不该有所顾忌的。我老远飞来新德里，难道只为了坐在那里，迎合我好友的心态，虚伪矫饰地拣些她爱听的话来说？

天色逐渐暗下来了，我和茵娣娜变成了凉亭里两个模糊的、灰色的、冰冷的剪影。这时，用人前来请我们入屋用餐。想到茵娣娜"大姐"那张仿佛戴了面具的脸孔，我胃口尽失。

餐桌上只摆了两个人的餐具，我讶异地问道："咦，你的家人不和我们一起用餐吗？"

茵娣娜神色自若地应道："拉马赞丹出差到孟买做生意，孩子们由用人照顾，早些时候已经吃饱了；大姐长期茹素，一向不与我同桌共餐的。"

这么说来，如果没有客人，就意味着茵娣娜必须对影成双啰？我看了她一眼，出现在她脸上的，竟然是一抹花好月圆的微笑，她老是告诉别人，她很幸福、很快乐，谎话说得多，也许连自己都相信了。

今晚的主菜是烤鸡，这是印度的名菜，以特制的香料把鸡腌过，用文火烧烤。嫩滑的鸡肉饱含汁液，香气蓬勃，十分美味。

茵娣娜食量奇大，一大盘十多块鸡肉，我只吃了两块，其余的居然被她一个人吃得精精光光。她吃东西时，全神贯注。啃啃啃、嚼嚼嚼、吞吞吞。不消片刻，面前便高高地叠着一堆鸡骨。

黄姜饭，她吃了一大碟，又再添，吃得十根手指油光闪闪；咖喱菜也是，总共吃了两大碗；那条干煎辣椒鱼，我动都不曾动，她三下五除二的，便吃剩了一副骨头了。

有些人，惯于把忧郁变成食欲。

看到她狼吞虎咽的样子，我空空的胃囊变成了重重的秤砣。

一直到我起身告辞时，茵娣娜才上楼去把她的孩子带来见我。老三、老四和老五都已经睡着了，下楼来的，就只有七岁的老大和六岁的老二，都是女孩，穿着质料极好的睡衣，头发一丝不苟地梳得整整齐齐，秀气的脸庞干干净净。茵娣娜对她们说道："谭阿姨是老远从新加坡来的。"老大乖巧地说："妈妈说了，新加坡也叫作狮子城，和印度一样，以前也是英国的殖民地。"这孩子，常识好丰富啊！我向她跷起拇指的同时，也赞许地看了茵娣娜一眼。这时，老二也开口说话了："妈妈说，我们只能待一下子。现在，是上床的时间，妈妈在房间等着要给我们讲故事。"听了这话，我才意识到不对劲，她们是茵娣娜的女儿，但是，她们口中的妈妈却不是茵娣娜。我把目光转向茵娣娜，然而，茵娣娜却刻意避开了，也许，她要避开的，是我目光里不自觉地露出的尖刺。她对她们说道："好啦，你们上楼去吧！"她们礼貌地对我说道："谭阿姨，晚安！"姐妹俩以一种缺乏童真的稳重，牵着手，上楼去了。

我单刀直入地问茵娣娜："她们唤她为妈妈，那么，她们怎么称呼你呢？"

"阿姨，她们叫我阿姨。"

看到我脸上的表情，她立刻自我捍卫地说："称呼，是改变不了事实的。"

这一回，我没有说话了。我站起来告辞，送我到门外时，茵娣娜问我："明天，你要上哪儿去呀？"意兴阑珊的我，淡淡地应：

"去逛旧城。"她沉吟了一下,竟说:"我陪你去。"啊,真是意料之外的惊喜呵!一整晚罩在我心上的乌云一下子飘走了。明天,离开了这幢阴沉得近乎阴森的豪宅,也许,我俩能够敞开心扉,好好地谈谈吧?

约好次日早上十点,她到我入住的印都旅舍来接我。

8

回返印都旅舍,我倒头便睡,然而,乱七八糟的梦,把我的睡眠切割得碎不成形。

次日早上被电话铃声吵醒,我恍恍惚惚地翻身坐起来,拿起了电话筒。茵娣娜在电话里问道:"阿谭,你准备好了吗?"我看看钟,哎哟,已是九时许了,我赶快道歉:"茵娣娜,对不起,我刚起身,你再给我半个小时梳洗准备,可以吗?"

"没问题。"她应道,然而,顿了顿,竟又吞吞吐吐地说道,"待会儿,我……我,嗯,我有点重要的事情必须紧急处理,恐怕不能陪你去逛旧城了,真对不起,对不起啊!我的车夫会到印都旅舍去接你……"

"不必,不必!"我忙不迭地婉拒了,"你不必费劲为我安排,我自个儿去逛。"

我没有追问她什么事如此紧急,我明确知道,她实际上是向她的"大姐"领不到"出门的准证"。

坐了计程车到旧城去,那是一个令人心悸的世界。

贫穷、落后、肮脏、凌乱。

茅舍木屋,密密地挤在弯曲狭窄的巷子内。屋子里暗暗黑黑,乌烟瘴气;远看近看,都好像是老人嘴巴里长年染着烟垢的牙齿。

凹凸不平的马路，沙多、尘多、人多。瘦骨嶙峋的牛，肆无忌惮地在马路上荡来荡去，留下一堆堆臭气熏天的粪便。

好似骷髅般的乞丐，瘦得只剩下一层薄薄的皮。当他们颤抖的手伸到我面前来讨钱时，我的心好像被钳子紧紧地夹住了，痛得紧。

无家、无钱、无工作、无希望的流浪汉，随地乱睡。满脸于思的老翁，伛偻着腰，捡拾地上一截截短得可怜的烟蒂。老妪干瘪的嘴，不绝地翕动着，好似在诅咒生活带给她的磨难。

香料浓浊的气味氤氲于空气里，各种各样的细菌滋生在空气中。

逛了老半天，回返印都旅舍时，疲倦得仿佛跋涉了千里路。

一跨进旅舍的大门，便看到柜台处盈盈立着一个背影俏丽的女人。橘红色的纱丽、象牙色的皮肤、浑圆的肩膀、纤细的腰。

我动容而又忘情地大声喊道："茵娣娜，茵娣娜！"

那女子回过头来，噫，是一张全然陌生的面孔。

啊，我忘了。

我忘了那个美丽迷人的茵娣娜已经一去不返了！

恍惚地、颓然地，我取了钥匙回房去。

坐在床沿，一直沉沉地坠在心中的硬块，突然化成了冰凉的眼泪，大把大把地流了下来……

我悲恸地哭倒在异乡陌生的客房里。

285

沙包与拳击手

1

卡米特是个很漂亮的男人。

用"漂亮"一词来形容他,实在是因为我找不到其他更为恰当的形容词。

一头微微卷曲的头发,怡然自得地垂在额头上。长了一双很无辜的眼睛,眼神干净而又明朗。每回要说话前,总先弯了嘴角笑,牵出一脸的温柔。

他和日胜当年在悉尼是大学同窗,感情甚笃。毕业后,各奔东西。如今,澳大利亚总公司派他到新加坡,担任分公司的行政经理,他立马便和我们联系上了。

公司在汤申路为他租了一栋双层的洋楼,我们到那儿接他,请他吃别具风味的娘惹餐。点了五香肉卷、辣酱牛肉、香茅虾、亚参茄子、椰浆鱼。我告诉他,娘惹菜是融合了中国菜系和马来菜系的特色而创造出来的一种南洋美食,用以烹调的香料,多达十余种,包括小葱头、蒜头、姜、南姜、山姜、香茅、香花菜、辣椒、薄荷叶、亚参膏、峇拉煎、肉桂、兰花、酸柑、班兰叶等等。

他一边大快朵颐,一边赞不绝口。吃毕,意兴勃勃地说:"等安妮抵达新加坡后,我一定要带她来尝尝。"

安妮是他的妻子，目前还在澳大利亚，等他安顿好一切，她才过来。

过了不久，他拨电话给我，开门见山地问："你可知道哪里有附设游泳池的洋楼出租？"

"是谁托你找呢？"我好奇地问道。

"啊，安妮喜欢附设泳池的屋子。"他解释。

"好，我代你留意。"我说，"租金方面……"

"租金多少没关系。"他打断了我的话，"安妮喜欢宽敞的空间和清幽的环境，希望能找到符合这两个条件的房子。"

安妮，这个被丈夫百般呵护的妻子，可真幸福啊！隔空拨来的一通电话，便让卡米特放弃了原本已经布置好的安乐窝。

翻报纸找、嘱朋友找，也托房屋经纪找。

终于在荷兰路找到了一幢独立式的大洋房，有六个房间，配有家具。屋外园林宽敞，斑斑驳驳的树影落在水色清澈的游泳池里，仿佛池中还有一个园林。

卡米特非常满意，他对屋主说道："我只租房子，家具全都不要。"

我很惊讶。六个房间，重新选购家具来布置，多费事呀！再说，他又不准备在新加坡长住，就算布置得称心如意，也是为他人作嫁衣裳而已啊！

卡米特读出了我的心声，忙不迭地解释道："安妮个性强，主见强；让她入住一幢布置得妥妥帖帖的屋子，她恐怕会有寄人篱下的感觉。"

日后认识了安妮，我发现卡米特对她的分析真是比电脑还要精准。

一个月后，安妮来了。

我们约了几个朋友在餐馆设宴欢迎她。

真是漂亮,和卡米特一样,她也有一双大眸子。卡米特的眸子深邃有神,隐隐然地透着笑意;她的眸子却湛湛生光,异常锐利,好似分分秒秒都在窥视你的灵魂。如果说卡米特像一杯温醇的葡萄酒,那么,安妮就是一瓶燃烧的烈酒了。

他俩的不同,也表现在说话的方式上。

卡米特是一贯的温和、一贯的慢条斯理,有时我不免恶作剧地想道,如果房子着火了,卡米特喊人来救火,恐怕喊到喉咙破了也没有人会相信他呢!安妮呢,可不同啰,说起话来,又急又快,你还来不及消化她的第一串话,她已经叽里呱啦地说到了第三串;所以,每回一串串话好像溃堤的水由她嘴里倾泻出来后,桌面上总有一阵子的安静,因为大家都在忙着咀嚼、忙着消化她撒满一地的话。

在餐桌上,安妮兴致极高地向我打听有关新加坡的一切,我知无不言,言无不尽,宾主尽欢。

散席时,她问我:"我听说新加坡有个跳蚤市场,专门卖些古古怪怪的东西,是吗?"

"跳蚤市场就在淡水河。"我应道,"以旧货居多,如果你想找些市面上比较少见的东西,那倒是个好去处。"

"你明天下午就载我去看看吧!"

她说这话的语气不是商量式的,而是命令式的。我不适应,也不喜欢,但是,看在卡米特的分上,便勉为其难地答应了。

2

安妮有两个女儿,长女伊莉莎白四岁,次女黛比两岁。两个女佣，一个负责做家务，另一个照顾孩子。

来到她家时，她正坐在大厅里啜饮鲜榨橙汁，我坐了下来，她心情极好地微笑道："嗳，住在新加坡，一切家务有人料理，简直就是天堂嘛！在澳大利亚，要雇个帮手，谈何容易！"

"新加坡许多女性婚后仍然工作，女佣是不可或缺的帮手。"我说。

"我婚后何尝不想继续工作？有工作，才能与社会保持一定的联系啊！但是，家务谁做？孩子谁看？"

她的声音骤然变得硬巴巴的，充分地显示了她心中的不乐。

"你是婚后才放弃工作的吧？"我问。

她点头，说："是啊，我婚前当秘书，有了孩子以后，不得已才辞职的。坦白告诉你吧，我是不大喜欢孩子的。有了孩子，便没了自己、没了自由，整个人都被捆死了，连思想都僵化了。偏偏卡米特喜欢小孩，有了一个，想要一双；好啦，现在，生了两个女的，他又想要一个儿子，真是没完没了。"

这时，那两个使她"没了自己、没了自由"的小孩儿，一摇一摆地走过来了。大的，比较像爸爸；小的呢，像妈妈多一点，都是漂亮的可人儿。她们投入妈妈的怀抱，吻妈妈的脸，奶声奶气地说："妈咪，午安。"她说："快去睡午觉，别淘气。"那是一种发号施令的语气，全然没有一般母亲特有的甜蜜与温柔。两个小娃被用人抱走了，我们也起身到跳蚤市场去了。

这天中午，猖獗的阳光落在瘦瘦的淡水河上，闪闪烁烁的，逼人的溽热好似潮水般，一波一波地涌来。

汗水在安妮裸露的背上蜿蜒蜒蜒，原以为她会口出怨言，而她竟没有，兴致极高地一个一个旧货摊慢慢地看。

问她要买什么，她说："看看吧，看看吧。"

这一看，便看了整个下午，最终买了一个旧式的秤砣、四个沉甸甸的老熨斗。问她为什么对这些老掉了牙的东西这么感兴趣，她露了一个神秘的笑脸，说："等我的屋子布置好了，你来看看便知道啦！"

3

那次见面后不久，我便听说安妮买了一辆崭新的车子。我打了好几次电话给她，用人都说她外出办事了，我想，她应该是为了布置屋子而忙吧！

有一天下午，我正躺在沙发上看书时，安妮上门来了，手上提着一个插满鲜花的小花篮，放在桌上，一脸嘚瑟地说："如何，美吧？"

婀娜多姿的百合花，在满天星的衬托之下，好似一个个撑着白色裙子从天冉冉而降的小仙女，娇丽柔婉而又高贵典雅。浓烈的香气氤氲于大厅，安妮娓娓说道："我去日本插花协会上课，每周学一次，真有趣哪！花和人一样，也是有个性、有情绪、有脾气的！"

花有个性，我相信。但是，哪来的情绪和脾气呀？

"真的啊，它们会闹情绪，也会发脾气。"安妮说，"你如果不顺着它的性子，硬去拗它，那么，插出来的花，非但没有灵气，而且，暮气沉沉，一点儿生命力也没有；更糟的是，你如果惹它生气了，左看右看，怎么也不像花！"

"花，不像花？"我忍俊不禁，"那么，像什么？"

"嘿嘿，乱七八糟一大团，什么都像，就是不像花！"

很久以后，当安妮与卡米特的婚姻起了变化时，我禁不住想道，安妮连花的性子都摸得如此通透，为什么偏偏摸不清枕边人的需求？

此刻，她斜斜地靠在沙发上，呷了一口冰冻柠檬茶，闭上眼睛，享受窗外徐来的清风，长而卷曲的睫毛在脸上投下了两道美丽的阴影。

"你最近忙着布置屋子，怎么还有时间去学插花呢？"

"哦——"她坐了起来，揉了揉眼睛，笑道，"差点忘了，这个周末晚上，我想请你和日胜到我家来吃饭。客人多是卡米特的同事，有些日胜也认识的。"

"需要我提早过去帮忙吗？"

"不必啦，我准备弄个简简单单的烧烤会，主要是让大家轻松地聚一聚。"

就在这个烧烤会上，我看到了安妮令我极端不喜欢的一面。

4

安妮以富于创意的巧妙构思，把荷兰路这幢洋楼原本隐藏着的个性带了出来。

在淡水河畔买的秤砣，被她用粗麻绳绑了，从天花板垂吊下来，上面放了螺形的蜡烛，在古雅中别有一股飘逸的美。四个熨斗呢，放置在屋子四个不同的角落，熨斗的底面镀了一层厚厚的蜡，再以色彩绘出了四张表情不同的脸。原本没人注意的角落，蓦然有了活泼的生命力。她的巧心慧思，的确令人叹服。

各式肉类和海鲜丰丰盛盛地摆满了长长的桌子，雇有专人烧烤。浩浩瀚瀚的香气化成了无数个蛮横跋扈的钩子，把宾客的食欲全都勾了出来。

两名穿着整齐制服的女佣，穿梭于宾客之间，提供各式美酒饮料。我取了餐酒"蓝色尼姑",走向大厅的桌子,那儿已经坐了六七名宾客,安妮坐在中间,滔滔不绝地说着话,我走近时,大家正笑得前俯后仰。我坐下后,艾媚丽转头对我说道:"安妮正告诉我们有关卡米特迷路的趣事哩!"

安妮意犹未尽,继续说道:"有一次,我们驾车从墨尔本到悉尼,原本只要十二个小时,但是,卡米特一再迷路,入夜之后,我们只好在一个陌生的乡村投宿。次日,抵达目的地后,没有时间玩,便又驾了车子回返墨尔本。"

这番话,破绽太多了,分明是刻意杜撰来损卡米特的,但是,有一定的娱乐成分,所以,众人又爆出一阵笑声,安妮更加得意了。接着,她又连续讲了有关卡米特的几桩糗事。有一则是说他将车子驾进大水沟里,身体足足臭了几天,好像一只死耗子;又说另一回他驾着车子时,一条轮胎忽然间投奔自由,而他懵然不知,还说:"怎么有条轮胎在路上裸跑啊?"其中最糟的,是说朋友约他们吃午餐,可卡米特竟然花了四个小时才找到朋友的家,结果,朋友宴请的午餐变成了晚餐!

这样的故事,当然是渲染的成分居多;然而,为了博取众人一粲而把自己的丈夫一再丑化,智者不为;再说,客人当中,有些还是卡米特的下属呢!幸好卡米特当时不在场,否则,可不知会多尴尬呢!

过了不久,卡米特从庭院里走过来,和我们坐在一起。这时,众人的话题已经转向了孩子的生育与教养问题。

安妮说:"我喜欢少而精,生一两个,好好教养,让他们成龙成凤;这总比生了一大堆而让他们粗生粗长好呀!"

有些客人礼貌地点头附和。

卡米特开腔了:"我觉得不能以功利的观点来看待孩子的养育,

我倒不在乎他们成不成龙、成不成凤;我只在乎,他们能不能做个堂堂正正的人。"

"啧啧啧,你们听,你们姑且听听,他多会唱高调呀!"安妮咄咄逼人地说道,"卡米特,你扪心问问自己吧,你究竟花了多少时间、多少功夫在孩子身上?即使他们能做堂堂正正的人,功劳也归我,与你无关!"

这安妮,词锋怎么如此锐利!我偷眼瞅卡米特,他正在喝啤酒,表情木然。也许,他已经习惯了妻子的当众奚落而有了百毒不侵的免疫能力吧?

安妮又开口了:"让我告诉你们吧,卡米特简直拿我当作是生孩子的机器了……"

笑话,只生了两个孩子,便说自己是"育儿机器",她对卡米特的"口头攻击",怎么没完没了呢?

我不愿意再听下去,站起来,走开去了。

5

居家享受生活的安妮,充分地利用了每一寸的闲暇。

她学瑜伽、烹饪、语文,此外,还常常在家里举办下午茶会和小型舞会。由于她家和我家相距不远,所以,她驾车经过我家时,经常进来小坐片刻。这倒不是显示了她有多喜欢我,只是我在她的心目中是个极好的听众,因此,她乐得与我分享她生活里的点点滴滴。坦白地说,我并不是个惜语如金的人,但是,安妮说起话来,又急又快,连珠炮式的一串接一串;而我,说得不够她快,话又不若她多,只好恪守本分地做个忠实的听众了。

这天,她又来了,脸上布满阴霾。一进门,便好似倒塌的山一样,陷落于沙发上。我知道即使我不问,她稍后也一定会叽里呱啦地说的,所以,静静地坐在一旁,等她开口。哪里知道,她闭上了眼睛,好像睡去了。我顺手拿起报纸来读,翻动报纸的声音惊动了她,她突然睁开双眼,用很郁闷的声音说道:"我又怀上孩子了。"

这是喜事啊,但是,她的声音、她的表情,都像是触了霉头般,我一时竟然不知道应该如何做出反应。半晌,才笨嘴拙舌地说道:"嗳,卡米特一定很高兴吧?"

她意兴阑珊地说道:"我刚从妇产专科诊疗所回来,还没告诉他。"

我说:"他如果知道了,不知道会高兴成什么样子呢!"

她瞪我一眼,冷冷地应道:"我要把胎儿打掉。"

我吓了一大跳。这女人,怎么啦!

"咦,你上回不是告诉过我,卡米特希望你给他生个男孩吗?"

"生生生!"她的脸色突然变得铁青,好像是我让她怀孕的,"生了下来谁照顾?难道说,真要我把岁月埋葬在尿布和奶瓶里吗?我有我自己的世界,我要享受自己的自由!"

我没有再出声。她脸色缓和了些,又问我:"在新加坡做堕胎手术,安全吧?"

"照我看嘛,安全与否,不是你目前首要考量的问题。"我风轻云淡地说。此刻,我心里想的是,卡米特的感受,才是最关键的啊!

她听懂了我的弦外之音,悻悻然地站起来,连"再见"也没说,便像一股风般飞卷而去。

看着她的背影,我觉得心中那一潭水被她抛进了一块石头,砸了一个大洞,涟漪一圈一圈地扩散开来……

6

那天过后,安妮也许是生气了,没有再与我联系;然而,一个月后,我居然在一个完全意想不到的地方碰到了她。

那是一个阴雨绵绵的下午,我到住家附近的俱乐部去做蒸汽浴。一迈入蒸汽室,立刻被那蒸腾的热气熏得睁不开眼,模糊中只看到一条纤细的人影靠墙而坐。我弯身从水桶里舀了一勺冷水,浇在滚烫的松木长凳上,坐了下来。

有人用手肘碰了碰我,与我打招呼:"嗨!"我转头一看,哎呀,是安妮呢!她穿了一袭三点式的泳衣,满头满脸满身都是水,一长串的话从她嘴里溜出来:"我下个月要去曼谷旅行,那儿是美食天堂呀,所以,我未雨绸缪,天天到蒸汽室来,把自己弄瘦了,到了曼谷,才能大快朵颐啊!"

我看了看她的肚子,她肚皮扁扁平平的,像一面锣鼓。不待我发问,冰雪聪明的她便主动说道:"我动了堕胎手术。"语气中并无惋惜,更无遗憾;好似消失了的,是和她全无关系的身外物。

想到卡米特,我一时竟难过得说不出话来。

"卡米特为了这事,和我怄气了好长一段时间呢!"她说,"男人嘛,总是自私的,只想到自己,不管太太的辛劳。你们多生一两个孩子,没啥关系,反正一切有用人代劳嘛!可我不同,生了一堆孩子,回去悉尼以后,谁来帮我?"

安妮说起话来,总是振振有词的;一向依她、惯她、宠她的卡米特,到底是在"接受"她呢,还是在"忍受"她?我不晓得。

从四面八方聚拢而来的热气使淋漓的汗水从我敞开的毛孔里争先恐后地淌了出来,我由顶至踵都湿透了;看看安妮,她额上的汗水流经鼻翼,沿颊而下,一串又一串、一串再一串,好像悲恸到了极点的眼泪。我忽然想道:这个我行我素的安妮,可曾、可会为任何事而哭得如此悲切?

7

圣诞节的跫音近了。

乌节路像被仙女的魔术棒点化了,变成一个璀璨瑰丽的童话世界,即使是漆黑的夜晚,也被五彩灯饰点缀得亮如白昼。圣诞老人和驯鹿、白雪公主和小矮人们,还有,笑口常开的米老鼠、珠圆玉润的猪姐姐、矫健活泼的大白兔,全都从童话里跳出来凑热闹了。此刻,快乐变得有声有色、可触可摸。

安妮邀我们一家子在圣诞前夕去她家共度佳节,我特地在乌节路的购物商场给安妮一家子买了圣诞礼物——给安妮的是镶玉的胸针,给卡米特的是领带夹子;两个孩子呢,各买了一个会随音乐旋转的小仙女。

圣诞前夕,抵达安妮居处时,整所屋子已膨胀着欢腾的气氛了。安妮穿了一袭露背的落地长裙,高雅的黑色把她白皙的肌肤衬托得熠熠发亮。我说:"圣诞快乐!"她在我颊上吻了吻,微笑地说:"欢迎你们呀!"

长长的桌子,铺了绣花桌布。上面整整齐齐地摆着十二副银质刀叉。桌子中央有一个豪华的大烛台,烛台是由十二个小天使铸成的,每一个小天使都以胖胖的小手握着彩色的蜡烛,可爱极了。另一张小圆桌,则摆着十来个轻巧美丽的卡通盘子,是专给小朋友准备的。客人坐下后,用人捻熄了厅里的水晶吊灯,小天使手上的蜡烛,一根一根慢慢地亮了起来,"平安夜"的曲调也如溪流潺潺地流满了大厅。

卡米特取了香槟酒,随着木塞"卜"的一声跳出来时,一道细细的喷泉倏地从瓶口飞窜出来,众人的喊声和笑声把佳节的欢乐气氛推向了高潮。

烤得油光滑亮、香气四溢的火鸡,是当然的主角;其他佳肴包括烤羊腿、蜜汁熏火腿、肉肠、香烤牛扒、肉碎拌马铃薯、蔬菜沙拉、意大利肉酱面等等。每回安妮在家宴客,总会出尽浑身解数,让丰盛的食物把大家的胃囊宠得幸福指数飙升。

众人边吃边谈,比较在澳大利亚和在新加坡过圣诞节的不同。

来自悉尼的玛丽说道:"说来惭愧,我对新加坡的认识太少了,当初约翰告诉我他被调派到这儿时,我还很不乐意呢!我怎么也没有想到,新加坡竟然如此繁华。瞧,圣诞节的乌节路,简直就是一座不夜城嘛!"

"购物尤其好。"安妮说,"要啥有啥,啥都便宜。在澳大利亚,每逢圣诞节,我便为了选购礼物而头痛;但是,在这儿,我不费吹灰之力,便把给亲戚朋友的礼物全都买齐了。"

茱丽来自澳大利亚的南部海岛,她怀念的是她故乡的圣诞节。

"我总觉得,新加坡什么都太现成了,大家都懒得动脑筋,过节的食品啦,送人的礼品啦,都是随手在商场上买的。在塔斯马尼亚,可不同了,礼品啦,食物啦,甜点啦,都是自己动手去做的。往往在过节前的一两个月便开始忙了,人虽然疲累,但是,精神却是满足而又愉快的。"

"我啊,倒是喜欢这一份现成的便利。"来自同一个海岛的爱贝儿说道,"以前逢年过节,大事小事都得操心,情绪很紧张;过完节后,人也累得萎蔫萎蔫的。现在呢,没有任何压力,过节的感觉特别好。"

"我们都很幸运,能够在异国体验一种截然不同的过节方式。"安妮说着,举起了手中的葡萄酒,"来来来,大家干杯!圣诞快乐!"

餐后,许多人另有节目,先行告退,我们和彼德夫妇在安妮的挽留下,继续留下。用人取出了咖啡、甜酒、巧克力、杏仁饼和奶酪,大家挪步到花香氤氲的庭院去聊天。

彼德夫妇前天刚从泰国普吉岛度假归来,安妮饶富兴味地追问他有关行程的种种细节,彼德眉飞色舞地描绘:"我们白天在海畔进行日光浴、滑浪戏水,晚上在月光下品尝龙虾和螃蟹;入夜呢,则享受泰式按摩,真是尽兴啊!"

"羡慕啊!"安妮惊叹,"卡米特,我们也去玩玩吧!"

"现在不行。"卡米特语调温和地说,"过一阵子再说吧!"

"上个月我要去巴厘岛,你说不行;现在我想去普吉岛,你又说不行!"安妮拉长了脸,声音越来越大,"我真不知道你在忙些什么!"

彼德见气氛转僵,赶紧打圆场:"我们公司在斯里兰卡刚刚标到一项工程,卡米特恐怕要忙上好一阵子呢!"

安妮一听便撇了撇嘴角,鄙夷地说:"依我看,这项工程倒没有什么了不起,卡米特根本不需要像一头牛那样日忙夜忙!最大的问题出在卡米特用人不当——他老是信赖麦克那只老狐狸,但麦克只是个窝囊废,只会干领薪而已……"

"够了,安妮,你闭嘴!"一向文质彬彬的卡米特忽然粗声粗气地喊了起来,"你这个蠢女人,我和你说过多少次了,我公司里的事不要你多嘴!"

卡米特整张脸青幽幽的,十分吓人;安妮在最初几秒内作声不得,然而,才一忽儿,她的脸就闪出了一种凶光,很显然,为了面子,她要反击。

眼看一场难以收拾的"大战"就要在眼前爆发了,我们面面相觑,束手无策。就在这时,卡米特站了起来,露出了一个比墙壁还要僵硬的笑脸,说:"对不起,我今晚恐怕是喝得太多了,需要早一点休息!"

我们几个人如获大赦,赶紧站起来,告辞,逃走。

安妮错误地把自己当作拳击手而又习惯性地把卡米特当成是沙包,不分场合、不看时辰,要出击便出击;她怎么也没有料到,一向受她摆弄的沙包,竟然也会有反击的时候!

安妮是否有从这次的事件里汲取到该有的教训呢?

我不知道。

8

这天傍晚,我带孩子到俱乐部游泳,碰到了卡米特。

他正陪着孩子在游泳池里戏水,长女站在一头,他抱着么女站在另一头,一粒塑料球,就在父女三人间飞来飞去;球击中水面时,水花四溅;球打中卡米特时,他脸上笑花飞溅。

我走到池畔,和他打招呼:"嗨!"卡米特转头看到是我,立刻露出了温柔的微笑:"嗨!"顿了顿,问:"日胜呢,没有来?"

"去印度开会。"我反问他,"安妮呢?"

"去普吉旅游。"

我们不约而同地笑了起来。

"把你的孩子交给我吧,让她们跟伊莉莎白和黛比一起玩!"

孩子呼啸一声,"咚咚"两声,跳下游泳池里,和她们一起戏水、戏球;我呢,去享受蒸汽浴。

一个小时过后,神清气爽的我走向游泳池,卡米特已经和孩子们坐在池畔的石椅上等着我了。

"卡米特,太谢谢你了……"

"别客气,"卡米特打断了我的话,说,"我们上楼吃点东西,好吗?"

楼上有家自助餐室,饥肠辘辘的孩子们跑去拿盘子取食物,卡米特双眸含笑地看着她们,半晌,才转过头来对我说道:"瞧,多可爱的小天使啊!"

想起了那个在安妮体内折翼的天使,我不敢接触他的目光。把三岁的女儿抱在怀里,我把鸡肉撕成条状,喂她吃。

卡米特一声不响地看着,好一会儿,突然说道:"有时,我真希望安妮能多花一点时间在孩子身上。"

我不想搭腔,但又不能装聋作哑,勉强应道:"呃,安妮能干、好动,朋友多,嗜好又多,时间难免分配不来啦!"

"作为一名已婚女性,难道你不认为家庭才是生活的重心和中心吗?"卡米特问。

卡米特的这个论点,我不很赞同,因而摇头说道:"不论已婚未婚,我认为女性都应该保有一个完整的自我;但是,已婚的女性,却有责任、也有必要牺牲一部分自由,来照顾家庭和孩子。"

"其实,我刚才就是这样的意思。"卡米特露出了他一贯温柔的笑容,"问题在于安妮连最起码的自由也不愿意牺牲。"

这一点,我当然是很清楚的,但是,别人的家务事,我不愿、也不该置喙。我刻意转换了一个话题:"安妮去普吉岛度假,几时回来呢?"

"行程两个星期,还有八天才回来。"

把公务繁忙的丈夫和稚龄的孩子丢下两个星期,自己去逍遥快活,倒也真不多见。

卡米特是在"忍受"她,不是在"接受"她吧?

我望向卡米特,他的脸,显得非常、非常地落寞。

9

安妮从泰国回来不久,便打电话来邀我周末上她的家去观赏幻灯片。我本来已经答应了,可是,当天早上,长子发烧,出水痘。我一方面担心照顾不好会在日后留下疤痕,另一方面又害怕他会传染给弟弟妹妹,心烦意乱。正因为这样,我把安妮的邀约忘得一干二净。

她打电话来时,我刚把粥熬好,正要喂孩子吃。抱歉地把失约的缘由告诉她,不善体恤他人的安妮,生气地说道:"你不能来,应该早点通知我呀!"

"对不起,我疏忽了,请原谅!"我一个劲儿道歉。

她悻悻然地收线,我有错在先,当然不能怪她无礼。

我家老大,本着"分享"的原则,"慷慷慨慨"地把水痘传给了老二,老二又有样学样地传给了老三。

孩子痊愈后,有亲戚从马来西亚出来玩,住在我们家里。叙旧、陪游,占据了我们工作以外所有的时间。

我忙得像一架旋转不休的风车。

这期间,安妮邀了我两次,一次是邀我去香格里拉喝下午茶,另外一次是邀我和她一起到乌节路购物。我在时间的夹缝里连气都喘不过来了,哪有可能接受她的邀约!她以为我找借口推搪,很是不乐。那以后,就不太来找我了。我打电话找她,她的语调也显得很冷淡。后来,在超级市场碰过几次面,彼此只是礼貌性地寒暄了几句，并无深谈。

我们就这样慢慢地疏远了。坦白地说，彼此疏于来往，我心里却也没有多大的遗憾。有些朋友，珍贵如古董，偶有擦痕，你便无限痛心；然而，另有些朋友，却是桌上的鲜花，可有可无——有了，生活多些点缀；没了，也无所谓。安妮对于我来说，属于后者。

10

在新加坡逗留了两年后，卡米特被调返澳大利亚，我们和一些朋友在一家海鲜馆设宴为他们夫妇饯行。

许久没有看到安妮，我发现她瘦了一点儿，眼睛比以前显得更大、更亮，也更锐。当她的目光落在我脸上时，我觉得好似有刀子在剜我，那种感觉，当然不是很舒服的。

卡米特呢，正好相反，他的眼神、他的脸、他的笑，都和往常一样温柔。

席间，说话最多的，仍然是安妮。

开始时，谈她在新加坡两年的生活，谈她在新加坡的种种活动，谈她的几次短程旅行，谈得眉飞色舞。有时客人适时地加入几句恭维的话，她更好像是舔到了蜜糖一样，笑得更为快活，也说得更为起劲。

卡米特带了半打葡萄酒和一瓶烈酒，请大家尽情享用。

酒过三巡后，有人说道："旅居一个国家，犹如异族通婚，第一年是适应期，第二年是磨合期，第三年是蜜月期。三年过后，对当地的环境和气候都适应了，结交了投缘的朋友，有了喜欢的活动，一切如鱼得水、如鸟投林，而你们，却在蜜月期离开，实在太可惜了。"

首先接话的，是卡米特，他说："其实，能在一个地方住上两年，于愿已足。你们华人有句谚语说得好：'梁园虽好，不是我家'；现在回去，正是时候。坦白说，我已开始患上思乡病了。"

安妮飞快睇了卡米特一眼，说："老实告诉大家吧，卡米特恨不得快一点把我押回澳大利亚呢！"

有人以为安妮在耍幽默，笑着问道："押回？哈哈哈，你到底犯了什么错，卡米特得把你押回去？"

安妮脸上无笑，语气干巴巴地说道："澳大利亚没有帮佣，他就可以顺理成章地利用孩子和家务把我囚禁在家里啰！"

卡米特风度极好，四两拨千斤地笑笑应道："你是越狱高手，试问，又有谁能禁锢得了你！"

安妮可不领情，她嘴里吐出的每一个字，都长了刀子："哼，如果我不懂得脱身之道，早就成了一具闷死在屋子里的骷髅了。"

"骷髅"这比喻，实在太难听了，这样说，对卡米特也是有欠公允的。

卡米特没有出声，安妮不晓得收敛，继续张牙舞爪："女人，必须为婚姻牺牲太多了。我的爱好、我的兴趣、我的活动、我的自由，都因为婚姻而不得不放弃。反观男人，却理所当然地享受着婚姻带给他的种种便利。"

气氛渐渐变僵了，有人刻意以诙谐的口气软化气氛，笑嘻嘻地说道："男人为婚姻所做的牺牲也不比女人少呀！比方说，有时兴之所至，想和女秘书出去吃个饭，还要一思二思三思。不幸吃饭时碰上熟人，回家时还得顺便买个耳罩！"

大家都笑了，唯独没笑的是安妮，她不依不饶地重拾刚才的话题，说道："男人都是自私的，就拿这一次的调动来说吧，我对卡米特说：我喜欢新加坡，暂时不想离开，我叫他去向上司活动活动，他硬是不肯……"

卡米特的额头跳出了几条青筋，看得出，他在拼命地控制自己。他掏出了一根烟，点火，然后，狠狠地抽了一口，烟头那一点猩红的亮光，无依无靠地浮在半空中。

安妮继续未完的战火："卡米特做事总是这样，优柔寡断、犹豫不决。该管的，他不去管，不该管的，他却婆婆妈妈地管……"

我的气管被卡米特大口大口地喷出来的烟气呛住了，呼吸变得有点困难；卡米特呢，整张脸罩在白白的烟雾里，看不清他脸上的表情。

安妮的声音越变越"狰狞"："男人做事应该大刀阔斧，但是，卡米特就是缺乏这种做事的气魄！他没有建树、没有作为，难怪这次总公司硬要把他调回去啦！"

这时，卡米特在烟灰缸里捻熄了还闪着亮光的烟头，他直直地站了起来，声音平平地说："安妮，我看，你又喝醉了。来，我送你回家。"

安妮完全意识不到这是卡米特刻意为她建造的一个台阶，她不肯下来。像一尊石像般，她坐着不动，冷冷地说："我没有醉，我比谁都清醒。我说的，句句都是事实。"

"那么，是我醉了。"卡米特朝大家点点头，说，"谢谢大家，晚安！"说完，迈着大步，离座而去。

安妮脸上那一份错愕而又难堪的表情，我毕生难忘。

11

回返澳大利亚不久，两人便离婚了。

安妮是个天生的拳击手,她把卡米特当作是一个全无反抗能力的沙包,毫不留情地出击、出击、出击。沙包忍、忍、忍。忍了又忍、忍了再忍、再忍了又忍。最后,实在、实在忍不下去了,一个好好的家,便在没有第三者入侵的情况下,裂了、破了、散了!

其实,这桩婚姻,一开始便有病了——基本的人生观与价值观背道而驰是主要的病源;卡米特的纵容和安妮的任性,使病情恶化了;最后,病入膏肓,分道扬镳,就是理所当然的结局了。

爱猫的男人

1

门铃"叮当叮当"地响起,来应门的,正是何昆达。

三年未见,他瘦削如故。记得第一次与他晤面时,觉得他像一根干巴巴的稻秆,好似营养不良;以后,在新加坡、在澳大利亚,见过他好几次,发现他越来越瘦,瘦成了一个没有重量的影子。

此刻,站在眼前的他,尖尖的下巴像个鞋拔子,可门牙却很大,白晃晃的,沾满了笑意。

"我这个地方,容易找吗?"他问我们。

"嘿嘿,难找极了,九曲十八弯,拐来拐去,找了老半天呢!"日胜一边把行李拎进屋里,一边埋怨,"这样荒僻的地方,最适合隐士闭门练功,亏你受得了这种与世隔绝的孤寂!"

"习惯了就好。"他淡淡地应道,伸手过来接我的行李。

大厅宽敞,收拾得有条不紊。咖啡色的沙发上,大模大样地坐着四只大肥猫,此刻,全都猫眼圆睁地盯着我们。

"昆达,你真是闲得发慌了,养这么多猫!"日胜笑道。

"啊,猫。"昆达牵牵嘴角,应道,"猫是良伴,对主人忠心耿耿呢!"

我瞅他一眼,他下意识地避开了我的目光。他话里的弦外之音,我当然明白。对于几年前的那一段"情",他恐怕依然难以忘怀吧?我不想在他愈合不了的伤口上撒盐,刻意转换了话题:"你的猫儿,有名字吗?"

"当然有哇!"昆达满脸娇宠地看着他的猫们,喊道,"阿一,过来!"

阿一温驯地从沙发上跳了下来,它有着一身淡褐色的毛,爪子又尖又长,身子落地无声,很是机警的样子。

"阿二!"昆达又喊。

阿二神情严肃,猫眼周围有一大圈黑色,乍看好似戴着一副黑框眼镜,像个满嘴"之乎者也"的老学究。

继阿二跳下来的,是阿三。阿三有一张五彩的大花脸,琥珀色的眸子下,是粉红色的鼻子,两颊却又散布着米黄色的斑点,前世,也许是马戏团里的小丑。

阿四最漂亮,雪白的毛发厚而柔软,好像穿着一袭名贵的皮裘,风情万种。它的瞳子是深绿色的,闪闪发亮,犹如两颗价值连城的宝石。

此刻,这四只猫儿神气活现地坐在地上,既有养尊处优的娇气,也有睥睨众生的傲气。

"你的猫,真是漂亮啊!"我由衷地赞叹。

昆达露出了胖胖的微笑,仿佛我称赞的是他亲生的孩子。

昆达这个瘦如饥民的主人,居然养出如此壮硕的猫儿,难道说,他把食物都让给了猫儿?

客房打扫得纤尘不染,花瓶里养着千娇百媚的黄玫瑰,床褥飘着洁净芳馥的气息。一个独身男子的家,居然收拾得如许干净整洁,真让人赞叹啊!

我叹了一口气,对日胜说道:"唉,我们的计划,恐怕行不通啦!"

日胜睃我一眼,应道:"计划都还没开展,你怎么就先打退堂鼓了!"

"我根本不知道他养了那么多猫啊!"

"他养猫,你想当红娘,根本就是风马牛不相及的两码事啊!"日胜没好气地应道。

"关系可大啰!"我冷静地分析道,"他一天到晚忙着照顾他的猫儿,哪有时间陪老婆!"

"嘿嘿,也许结婚以后,他的老婆比他更爱那几只猫呢!又或者,两人携手一起照顾猫儿,也是一种难得的生活情趣啊!"乐观的日胜,意兴勃勃地说道。

我没有再说话,可是,思维却一直缠绕着黄桂华打转,黄桂华到底是不是"爱猫一族"呢?这可是成败的关键啊!

窗外,鸟声啁啾。昨天晚上,从墨尔本乘搭渡轮到这个海岛塔斯马尼亚来,由于波涛汹涌,船舱颠簸得很厉害,我一夜难眠。抵达了首府霍巴特后,我们又忙着去租车,一路驾到这个与世隔绝的小城里士满来,疲累得四肢百骸都几乎散了开来。

现在,我什么都不要再想了,只要甜甜地睡个好觉!

倒在柔软的床褥上,眼皮一合,便沉沉地睡去了。醒来时,异乡的暮色像是一幅色彩浓烈的画卷在房间慵懒地铺陈开来,我坐起身来,恍惚间竟然不知置身何处。呆呆地发了一会儿愣,才猛然想起,啊,我在澳大利亚呢!

厅里,日胜在读报,昆达抱着他的白雪公主阿四,坐在落地长窗旁,用手温柔地摩挲着猫儿软滑如绸的厚毛。

看到迈入大厅的我,昆达问:"饿了吧?"

经他一问,我倒真的感到饥肠辘辘了。初抵这儿时,才下午两点多，现在，已是七点多了，我居然酣眠了五个多小时。

昆达站了起来，把阿四轻轻地放在地上，走向厨房，说："我已在乡村俱乐部订了位子，八点出去用餐。现在，我给你倒杯鲜奶。"

我随他走进厨房，一看到柜台上整整齐齐地叠放着的罐头，便忍不住"扑哧"一声笑了出来，哎哟，真是典型的王老五厨房啊！

"昆达，你天天吃罐头食品，难道不腻吗？"我问。

"罐头？唔，我最讨厌罐头食品了！"他飞快地应道，"这些罐头，全都是猫食呀！"

"猫罐头？"

我凑近去看，果然，每个罐头上面，都画着一张大大的猫脸。五花八门的罐头，种类多得叫人惊叹：火鸡啦，牛肝萝卜啦，马铃薯鸡丁啦，兔肉丸啦，鲭鱼啦，沙丁鱼啦，鲔鱼啦，等等等等。罐头旁边，还搁着猫饼干和猫麦片哪！

"猫和人一样，也是需要时时变换口味的。"昆达说，"有些养猫的人，随随便便地将残羹剩饭倒给猫儿吃，一点讲究也没有。他们忘了，蛋白质、维他命、矿物质和淀粉质，对于猫儿来说，都是很重要的！"

昆达一向拙于言辞，但是，一谈到猫，便滔滔不绝，变了一个截然不同的人。这些猫，好像在他身上施了魔法。

"你的猫，碰上像你这样的主人，真是几世修来的福啊！"我说。

"一旦决定了要养它们，便得负起全责。"他一脸严肃地应道，"它们不是任人戏耍的宠物，而是一条条宝贵的生命啊！"

像昆达这种高度负责任的人，一旦成家，肯定也会宠妻如宝吧？然而，为什么一般女子总看不到他内在的这个大优点呢？

他把鲜奶递给我，我敏感地瞪着那个杯子——不知道他屋里的那四个宝贝，平时是不是也使用同一个杯子来喝牛奶的？正迟疑着时，昆达好整以暇地说道："我的猫，都有专用的杯盘碗碟的，它们使用的器皿，我每周都消毒一次，确保它们能在绝对卫生的环境里健康地成长。"

　　心思被他洞悉了，我讪讪地举起了杯子，咕噜咕噜地把整杯牛奶喝光了。

　　八时整，来到乡村俱乐部。点了牛扒，大家都饿了，专心一意地吃，刀叉和盘子相碰所发出的声音单调地响着。一吃完，昆达便说："回家了，好吗？"他那种仓促离座的迫不及待，倒好像有人在家里亮着一盏灯等着他似的。

　　一进门，昆达的四个宝贝便"喵喵喵"地发出了亲昵的叫声，一只两只三只四只团团地包围了他，仿佛在争宠呢！昆达弯下腰，一只一只抱起来，轮流地吻它们；站在一边的我，忍不住想道：昆达是不是把自己当成了拥有三妻四妾的阿拉伯酋长呢？风流缱绻啊！嘿嘿！

　　坐在沙发上，日胜一头栽进报纸里，寡言少语的昆达搬出两本相簿，任我翻看。过去，在大学读书时，昆达和日胜是室友。他木讷内向，日胜健谈外向，两个性格南辕北辙的人，居然不可思议地成了莫逆之交。昆达生活单调，照片的内容也显得很贫乏，多数是在宿舍和校园里拍的，他拍照的表情和姿势也是千篇一律的，拘谨而腼腆，直直地站着，像一株忘了施肥的树，看一张就等于看了一百张。我翻着翻着，故意装作漫不经心地问道："上一回，淑英到悉尼来，你不是也和她拍了不少照片吗？"

　　他的脸倏地红了，哟，谁敢相信，这个害羞的男人，已经四十多岁了！

"我，我，全都寄给她了。"他结结巴巴地说，"我这里，没有，没有保存。"

嘿，他以为我是三岁小孩，想骗我。我也不去戳穿他，只装作若无其事地说："她已经结婚了，你晓得吧？"

他脸色僵硬地点了点头，说："知道。"

"终身伴侣，最重要的是性格相近。"我刻意说道，"淑英性子太活泼了。"

他没有出声。

"喂，昆达，你现在住在这样偏僻的地方，又不出去活动，难道打算当一辈子的光棍吗？"

他的脸，又再次红了，半晌，才说："婚姻，得靠缘分嘛！"

我打蛇随棍上，不动声色地问道："我有个朋友，目前在霍巴特的塔斯马尼亚大学图书馆工作，找个晚上，大家见个面，吃个饭，聚一聚，好吗？"

他揉了揉鼻子，顾左右而言他："霍巴特，距离这里很远耶！"

"远？你开玩笑！"我盯着他说，"离这儿才二三十公里而已！你忘了'千里姻缘一线牵'吗？"

"看看再说吧！"

"我们只在这里待四天而已，没时间拖延了呀！"我说，"就定明晚，如何？"

他不作声。这时，日胜插嘴助阵："昆达呀，大好机会来到你跟前，你还迟疑什么！像这样的机会，你自个儿打灯笼满天满地地找，都找不着的，还婆婆妈妈地犹豫什么！"

日胜一口气说出的这一番话，终于迫使他点头了。

我大喜过望，赶快拨电话到霍巴特去，找黄桂华。

2

也许是白天睡得太多,也许是心情太兴奋,这一夜,辗转反侧,老是睡不着。

这是我第二次为昆达做媒了。

五年前,昆达回来新加坡探亲时,我曾为他介绍过一个女子,不过,那一次,倒不是刻意想要做媒的。

淑英是我的好友,当服装设计师。那一阵子,她和交往了两年的男友分手,心情低落,刚好昆达来了,我们请昆达吃饭,顺便也请了她,希望能帮助她调剂苦闷的心情。

娇小玲珑而样子甜美的淑英,一下子便攫住了昆达的心。初次晤面,双方留下了不错的印象,一块儿出游了好几次,两周过后,昆达飞返澳大利亚,两人便热热烈烈地靠鱼雁往返了。

他俩性格截然不同,但是,看到他们相爱,我却好似看到倦鸟归巢一样,非常高兴。

他们两个,可说都是"倦鸟"。

昆达是情场败将,他的"致命伤"是性格木讷,笨嘴拙舌,加上嗜好不多,和他人总是欠缺沟通的话题。在悉尼工作时,默默地爱上了一个同事,采取了"守株待兔"的攻势,天天上这女子的家去,一坐便是整个晚上,呆呆地对着电视机,好像电视机便是他的意中人。那个女子,觉得烦极、闷极、苦极,又不好意思明明白白地下逐客令,可是,多次暗示要他离开,他却装聋作哑。最后,女子实在忍无可忍了,请她新结交的男友出面,疾言厉色地叫昆达不要再来她的家做这种"无声的骚扰"了,灰头土脸的昆达这才死了心。

从此，昆达变成了一潭死水，直至淑英出现为止。两人通信长达九个月后，昆达寄来了飞机票，请淑英去悉尼一游。然而，没有人想到，这一趟原本该很浪漫的旅游，却使两人的情缘断得一干二净！

淑英飞赴悉尼时，我到机场送行。她菱形的小嘴巴吐着一串又一串的话，圆圆黑黑的眸子，也不停地说着话，长长的眼睫毛闪呀闪的，像一只快活的小黄莺。

她上了飞机以后，日胜调侃地对我说："你这个大媒人，恐怕很快就能吃到猪脚了吧？"

我微笑地闭上眼睛，想象猪脚的美妙滋味。不得不承认，爱情有时真是盲目的，像淑英这样一个白天不停地说着话而晚上也任由梦话流满一床的女子，居然会喜欢上像昆达这种金口难开的男人。丘比特这个爱神，有时确实顽皮得紧啊！

两周后，淑英回来了。拨电话给我，约我见面；她的声音低沉，显得没情没绪的。

我们到文华酒店的"话匣子"咖啡座去。

她开门见山地说："我不想再和昆达发展下去了。"

"怎么啦，你们之间，发生了什么事？"我急切地问道，但是，纵使她不回答，我也知道答案的。

"我们像是油和水、冰和火，完全合不来。"

"合不来？你和他通信这么久，难道没有察觉这一点吗？"

"那时，我和男友刚分手，情绪不稳定，需要有一个坚实的肩膀来支撑。我一直以为惜语如金的昆达性格稳重，然而，这次到悉尼去，却让我有机会深入地了解他。他实在太木讷、太呆板，也太不懂生活情趣了。如果说他的谈话和他的生活好像白开水一样，那是侮辱了白开水；他呀，平淡单调得我找不到一个合适的形容词！"

"这样的男人，才可靠呀！"我为昆达辩护。

"可靠又有什么用呢？我又不是要找一张长期饭票！我有经济独立的能力，挣碗饭吃，还会难吗？两个人在一起，最重要的是快乐呀！"

"你和他见面的时间又不长，怎么知道他不能给你快乐！"

"才短短两个星期，我便差点闷死了。老实说吧，和他在一起，整个人就好像被套在一个麻包袋子里，漆黑一片，这样的人，如果和他结婚，恐怕要不了几天，便会活活地窒息而死！"

唉，原本以为即将到口的媒人猪脚，便这样硬生生地飞掉了。

经此一役，昆达确实心灰意冷了。隔不多久，他便从繁华的悉尼迁居到里士满这个简朴的小镇来，过着与世无争而又与世隔绝的宁静生活。

现在，我又要为这个寂寞的老实人再做一次媒了。

挚友黄桂华是在职员交换计划下，从新加坡到塔斯马尼亚大学的图书馆来工作一年的。她性子温婉，为人随和。在工作上没有飞跃高位的野心，对人生也没有过高的要求，是个随遇而安的人。迟迟未婚，不是准备抱独身主义，而是因为社交圈子狭窄，难以碰到符合心意的人。

初来塔斯马尼亚时，在写给我的信中，她从不隐瞒心境的寂寞。比方说，在最近的一封信里，她如此写道："我今年只有三十五岁，但是，我却觉得苍老一如五十三岁。在一个陌生的国度里，举目无亲，文化背景的不同却又使我和周遭的朋友格格不入，我常常觉得自己好像是一股失去方向的风，轻飘飘、虚晃晃的，找不到一个落脚的地方……"

现在，我要把这一股风吹去昆达那儿了，我衷心希望昆达能够成为她人生的一个"歇脚处"、一个避风的港湾、一个挡雨的屋檐。

成功率如何？老实说，我一点把握也没有。

3

次日一早，我被一股极端难闻的气息硬生生地熏醒了。我下意识地做了一个深呼吸，哎哟，实在太臭了，莫非附近有家肥料制造厂？

拉开房门，扑面而来的臭气，使我肚子翻江倒海。厨房有声响，也许是昆达在弄早餐。我信步走了进去，发现昆达的四只猫儿，一齐在大纸盒铺着的沙堆里大便。曾有人告诉我，猫的大便是所有动物当中最臭的，现在，我总算是领教了；然而，昆达却如入鲍鱼之肆，久而不闻其臭，只见他面无表情地开罐头、倒罐头，手脚麻利地为他的宝贝猫儿准备早餐。

看到我，他笑笑，说："早安！"

我这才注意到，他眼尾的皱纹，像两把张开着的扇子。平时，皱纹静静地睡着，还不十分显眼，一笑，便牵出了一大把。

"我待会儿再给你们弄早点，你稍稍等一会儿吧！"

在这种臭气冲天的环境下吃早点？我屏住呼吸，礼貌地说："不必了，我平时很少吃早餐的。"

昆达的面前放着十二个大大圆圆的盘子。其中四个，放满了罐头碎肉；另外四个，盛着鲜奶和麦片；还有四个呢，内搁猫饼干。

"哇！"我忍不住惊叹出声，"你的猫，食量实在惊人啊！"心里却想道：纵使家有金山银山，也经不起这样的挥霍啊！

"不是一餐吃完的。"昆达耐心地解释道，"牛奶麦片，是早餐；罐头肉类，是午餐；饼干呢，是下午点心。"

"如果它们一口气把东西全都吃完，不是会撑坏肚子吗？"

"猫儿最大的优点便是知道什么是适可而止,通常它们肚子一饱,便不会继续再吃、再喝。"

这时,那四只幸运儿大便完毕,从纸盒里一只一只地跳了出来,真是训练有素呀!

昆达把它们的早餐放在地上,然后,弯身收拾纸盒里的秽物。打开后门,将纸盒一个一个拿出去;不旋踵,又换上清洁的砂,拿回来,井然有序地放在贮藏室里。

我静静地看着,心里不是没有感动的,昆达真的把那几只猫儿当作是他的孩子了。他把猫儿周周全全地服侍好以后,才开始弄自个儿的早餐。鲜奶、鸡蛋、烘面包。我呢,只要了一杯鲜橙汁。

吃完早餐,他上班去了,把锁匙留给我们,我提醒他:"别忘记,我已经约了黄桂华,今晚八点载她用餐,你得早点回来呀!"

"知道啦!"

我们驾着租来的车子到处逛,里士满是个古老的村庄,地广人稀,房舍、树木、街道,都好像是历史遗迹;人呢,恍恍惚惚的,好似回到了几百年前的古老岁月里……

下午五时许,我们回去时,昆达已经比我们先到家了。他正在厨房忙着,一缕缕香味源源不绝地飘送出来。

"咦,不是说好了出去吃晚餐吗?"我狐疑地探头进去,问道。

"是呀,所以,我才提早回来煮点东西给猫儿吃呀!"

"你不是还有很多罐头吗?开几罐给它们吃,不就省事了吗?"

"嗳,不能老是让它们吃罐头食物,它们会吃腻的呀!"

"那你在煮什么呢?"

"奶油鱼。"

天呀!这几只猫,简直被宠坏了。

以后,这个爱猫的男人,会不会为黄桂华洗手做羹汤呢?一定会吧？这样一来，黄桂华肯定会被他宠得白白胖胖啦！想着想着，竟忍不住笑出声来，他看了我一眼，问："你笑什么？"我勉强忍住笑意，说道："猫吃奶油鱼，很滑稽耶！"他耸耸肩，说："奶油鱼，它们最喜欢了。我有一本猫的食谱，里面有千变万化的菜式呢！天天换着花样煮，一整年的菜肴都不会重复呢！"我心想：哎呀，黄桂华真幸福啊！

黄桂华颇瘦，但不是干巴巴的那种瘦，是骨肉均匀的瘦。她不会嗲声嗲气地向男人撒娇，但是，恬和的脸上老是挂着淡淡的微笑，很讨喜。每回有人需要帮忙，她总会真诚地伸出援手，大家一看到她，便知道让自己头痛的事儿必会消弭于无形，所以，大家送了她一个美丽的绰号："万金油。"

当晚，她没有化妆，只淡淡地涂了一圈桃红色的口红，清汤挂面式的头发，穿一袭杏黄色的连身衣裙，样子素净，也显得比实龄年轻。

我们去一家中餐馆用餐，我和她有好一阵子没有见面了，细水长流地叙新话旧，昆达无法置喙，但是，他很留心倾听，他的目光，也不时瞄向桂华。桂华呢，落落大方，不回避他的目光，有好几回还主动地提了些问题来问他。

桌上气氛，不算热烈，但是，颇为融洽。

餐毕，我怂恿："昆达，桂华，明天晚上，再出来聚聚呀！"

双方都高兴地颔首了。

送桂华回去以后，昆达脸上的微笑一直没有消失。

"昆达，明天晚上，我们准备去看看霍巴特的夜景，你自己带桂华出去逛逛吧！"

昆达自然知道我们的用意，颔首微笑。

次日，我和日胜到距离霍巴特五十余里的亚瑟港去，玩了一整天。亚瑟港是一个极富历史价值的地区，它曾于十九世纪被英国选为流刑殖民地，用以囚禁所有案情严重的犯人。虽然事隔多年，但是，整个亚瑟港还是冷冷地残留着一股阴森诡谲的气氛。

回返里士满小镇时，已近子夜。十分疲倦，倒头便睡。

次日起来，日上三竿，屋子静悄悄的，昆达已去上班了。鸡蛋、面包、牛油、果酱整整齐齐地放在桌上，盛放牛奶的杯子下面压着一张字条，是昆达写的："今晚请早点回来，希望和你们共进晚餐。"

啊，今天，是我们留在里士满的最后一天了！

我打电话给桂华。

"喂，桂华，"我开门见山，"昨天晚上，和昆达相处得愉快吧？"

"哦，还可以。"

"坦白说，你对他的印象如何？"

"很一般。"她淡淡地应道，语气里没有半点儿热度。

"桂华，他是个老实可靠的人，良机不可失呀！"

"良机？"桂华在电话的另一端轻轻地笑了起来，"我说呢，你是聪明一世，糊涂一时。"

"你这话，什么意思？"

"他已经有了妻子呀，你想为他做媒，居然没有查清楚！"

"妻子？你开玩笑！我们认识他好多年了，他绝对没有……"

电话另一端，突然传来了桂华吃吃的笑声。

"桂华，你搞什么鬼！"

"他真的娶妻了，一共娶了四个，名字就叫作'猫'！你知道吗，昨晚在我们见面的几个小时里，他的谈话内容，没有一时一刻、一分一秒不是在谈他那四只猫的！他的眼中、脑中、心中，就只有他的猫；旁的人、旁的事，都是不重要的！"

猫！搁下了电话，我狠狠地瞪着懒洋洋地蜷缩在地毯上的猫们，此刻，真想把这四只"破坏好事"的大肥猫拿去外面"放生"啊！

唉，我的媒人猪脚，又飞掉了。

当天下午，我们四点多便回去等昆达了。我们所要乘搭的渡轮，将于晚上十时许由霍巴特启航到墨尔本去，所以，我们至迟必须在傍晚七时离开里士满。

昆达五时便到家了，捎回了大包小包的熟食。

我们边吃边谈，多数是我们在说，昆达在听。我们什么都谈，就是绝口不谈桂华，他也没提。我们大家都心知肚明，这是一桩还没有开始便宣告死亡的"感情"。

和昆达握手道别时，是薄暮时分。

他站在屋外的台阶上，看我们把行李搬上车。

圆圆大大的夕阳，寂寞无声地立在山坳处。夕阳的余晖洒落在昆达脸上，把他眼尾细如溪流的皱纹照得一清二楚。

夕阳艳红一如女人脸上的胭脂。

夕阳不老，夕阳不老呵！

老的是昆达。

年年、月月、日日，时光流逝，昆达还会继续地老，孤独地老。此后，伴着他度过漫长岁月的，就只有不老的夕阳，还有，他脚下那四只不知人间忧愁为何物的大肥猫……

小巷里的冬天

1

发现离市中心不远的那条小巷有那么一家小店,是很偶然的。

那天傍晚,驾车归家时,经常走的那一条路由于进行修路工程而被封锁了,我们绕道而走,在那夹杂着风沙的浑浊暮色里,转进了一条无名小巷。

泥泥指着一家小店,兴奋地叫道:"妈妈,脚踏车,我要脚踏车!"

自从同事的孩子买了一辆脚踏车,泥泥也吵着要。日胜忙于工作,一天拖一天,我可怜的耐心早就被泥泥没日没夜的痴缠耗尽了。

店门口,站着一个男人,穿着及地长袍,像参天古木;微风轻拂,他长袍的下摆微微晃动着,给木然直立的身躯带来一丁点儿的"生命力"。他脸上最惹人注目的是那一双又黑又浓的眉毛,好像是用淋漓的墨汁画上去的。浓眉底下,是一双浸在暮色里依然蓝得出奇的眸子;此刻,这双眸子正忧郁着。

我们的脚步声惊动了他,他睃了我们一眼,一言不发,转身走进店里,坐在椅子上,愣愣地直视前方。

我给泥泥选了一辆红色的脚踏车,日胜把脚踏车推进店里,问那神情古怪的店东:"这脚踏车,多少钱?"他湖蓝的眸子像是一泓死水,好半晌,才魂不守舍地反问日胜:"呃,你说什么?"日胜重又问道:"这脚踏车,多少钱?"他这才把魂魄召回来,答道:"一百里亚尔。"(折合新币六十五元)

啊,比我预料的便宜,可是,喜欢削价的老习惯像是体内消灭不了的菌,我问:"九十里亚尔,可以吗?"他没有出声,脸上厚厚的霜如果刮下来,可以堆一个很大的雪人。我识趣地说道:"好吧,好吧!一百里亚尔,我们就买这一辆。"

他接过了钱,丢进抽屉,没有再说一句话,神情冷漠地看着我们把脚踏车推走。"真是个怪人!"我嘀咕地说。

2

脚踏车买回来还不及一个星期,就被粗鲁的泥泥弄坏了,两颗螺丝钉弄松丢失了,后轮也掉了下来。不得已,我们只好把脚踏车送回店里去修理。

店东正站在门口,手里提着一大串艳红的椰枣,满脸笑容地逗弄着几个小孩儿。他把椰枣递给孩子,当他们伸手去接的时候,他却又快速地把手举得高高的,小孩够不着,呱呱叫,而他呢,则哈哈大笑。这个快乐的汉子,和上回看到的那一个,判若两人。难道说,他有个性情古怪的孪生兄弟吗?抑或,他是个双面人?

看到我们,他自动与我们打招呼:"嗨,这脚踏车,怎么了?"低头睨了一眼,立刻知道问题的症结。他手脚麻利地从抽屉里选出两颗螺丝钉,以敏捷的手势用钳子弄紧。

"谢谢你啦!"我客气地问道,"该给你多少钱?"

"小事!"他摆摆手,微笑地问我们,"你们是韩国人吗?"

"不是啦，我们是新加坡人。"我说，"在沙特阿拉伯，我们经常被误认。"

"哦，新加坡。"他微笑，脸上有阳光在晃动，显得非常开朗。

"你在这儿开店多久了？"我问道。

"四年啦！"他说，"我是从开罗来的，做生意并不是我的本行。"

"那你原本是从事什么行业的呢？"我随口问道。

"我是作家。"谈性极浓的他侃侃说道，"在埃及，我已经出版了十多部书，坦白说，对于经营脚踏车店这种琐碎的小生意，我是没有什么兴趣的；但是，在这儿旅居，又不能靠写作为生，只好将就一点啰！"

知道他是作家，我立刻来了劲，意兴勃勃地问道："你写的是哪一方面的作品呢？"

"我写诗，也写小说。"他言简意赅地答，顿了顿，恍惚的目光突然落在一个遥不可及的地方。半晌，才又说道："我已经停笔很久了。有些植物，离开了故乡的泥土，是活不了的。就算苟延残喘地活，也是营养不良的。"

谈到这儿，有顾客进来买东西，我们便告辞了。

上回见他，他像冬天；这回见他，他是春天。究竟是什么因素造成他这种忽冷忽热、阴晴不定的性格的？还有，他既然是尼罗河里一尾悠游自在的鱼，为何又选择来此干旱大漠，让自己变成一条干巴巴的"咸鱼"呢？这店东，是个谜，心里藏着一个故事库。

由于他脚踏车的售价比别人便宜许多，我为他介绍了好些顾客，大家都很满意，又辗转地把朋友介绍给他，他的生意好像滚雪球一样，越做越好。

为了表达谢意，他经常给泥泥送点小礼物，有时是玩具，有时是书籍，有时是巧克力；我推辞不果，便投桃报李，常常给他捎些水果，有时是椰枣，有时是草莓，有时是樱桃。就这样一来一往的，我们和这个名字唤作"耶谷"的脚踏车店东主就慢慢地熟络了起来。

有一回，他送了一大盒模型小汽车给泥泥，总共有十二辆各种类型的车子，包括跑车、货车、救火车、卡车等等。啊，这可是价格昂贵的玩具呢！我却之不恭，想要回礼，又不知道要买什么，日胜建议："不如邀他到家里来用个便餐吧？"真是好主意啊！耶谷倒也爽快，一口便答应了。

到底该给他煮些什么菜肴呢？我和日胜反反复复地讨论，最后决定以海鲜作为主要的食材。

我到红海畔的康立基大渔场，买了各类新鲜的海产。忙了整整一天，终于弄出了满桌缤纷。

肥大饱满的生蚝，配上柠檬汁生食；八爪鱼蒸熟了，拌以鱼露和小辣椒；石斑鱼切片，炒姜葱；大虾呢，去壳，裹上薄薄的面粉，炸成喜气洋洋的虾球。

耶谷进门后一瞧，眸子立马变得水光潋滟。这晚，他兴致高、胃口佳、谈兴浓，桌上的气氛异常融洽。

我告诉他，中菜的烹煮方式包括了炒、烧、蒸、炸、爆、煎、烤、卤、熏、冻、拌、烩、溜、烫、炖、煮、焖、烘、煨、焗、酥、糟、涮等等等等好几十种，他听得双眼发直，简直就像在听《天方夜谭》里的故事。

我意犹未尽，又告诉他，单单是鸡肉，我们便能变出一百种截然不同的菜肴，我家里有部食谱，就叫作《煮鸡百味》。

他笑着说："我原本还自诩埃及菜肴变化多端，听你一说，真是小巫见大巫啊！"

"平常在家，谁给你做饭菜呢？"我问。

"我母亲已经六十多岁了,身体不好,但还是坚持每天给我做饭菜。"

"你应该赶快娶个妻子回来帮忙呀!"我半开玩笑地说道。

耶谷没有搭腔,望向他时,发现他脸上的笑容不知什么时候竟冻结了。

我自觉没有讲错话,对他的反应,自是难以理解,因而保持沉默,气氛变得有点僵。过了半晌,耶谷才缓缓地开口说道:"其实,我五年前就已经结了婚。"

这个突如其来的"消息"使我吓了一跳,赶快道歉:"哎呀,真对不起,我不知道你已婚了,今晚应该请你妻子一起来呀!"

"不不不,她没有到吉达来。现在,仍然留在开罗。"

说着,他从裤袋里掏出了皮夹,抽出一张彩色照片,递给我。

照片里,是一张使人炫目的脸——有些女人的美是内敛的,像恬静的湖泊,湖面上,满满的都是云色染成的温柔,不动声色地触人心弦;有些女人的美,却是外扬的,像澎湃的海洋,一出现便能摄人魂魄。很显然的,耶谷的妻子属于后者,然而,在她那种惊涛拍岸似的美丽当中,却有着一股难以掩饰的跋扈,和耶谷温文尔雅的气质很不相配。

把照片还给耶谷,触及他殷切的目光,我说:"很美呀,你太太。"

他把照片收起来,湖蓝色的眸子有笑意静静流淌。

记得他曾告诉过我,他来沙特阿拉伯开店已有四年了,难道说,这四年他们都是两地分隔的吗?

"唉,这就是我目前最大的苦恼了。"耶谷叹了一口气,"丽芙曾来过这儿,但不喜欢,只住了短短两个月,便回返开罗了。"顿了顿,又说:"从此,不肯再来。"

"那么,你常回去开罗探望她吗?"

"一年顶多一次,每次也只能逗留一两个星期。"他原本波光潋滟的眸子蒙上了雾气,"我的母亲多病,我是独子,离开太久,我不放心。再说,店铺也没有人看管呀!"

一年才聚首短短两个星期,和天各一方的牛郎织女又有什么差别呢?这样想着时,我忍不住说道:"你长期把妻子一个人留在开罗,她不是很寂寞吗?"

"寂寞?"他淡淡地笑了一下,"她是一个最怕寂寞的女人,所以,才不愿来。这里缺乏娱乐设施,她无法忍受。"

"长久两地分隔,也不是办法呀!"

"唉!"他叹了一口气,说,"你有所不知,我实在是孝义两难全啊!"

"怎么?"我不解地看着他。

"我的妻子和我的母亲合不来。"顿了顿,又补充道,"更明确地说,是水火不容!"

婆媳问题,是最为复杂,也是最为棘手的,然而,清官难断家务事,谁是谁非,难以明说。

耶谷见我不出声,便又开腔说道:"不瞒你说,我的妻子是肚皮舞娘,我母亲看不起她,认为她的职业很低贱……"

"啊,肚皮舞是一种表演艺术嘛,怎么可以说是低贱呢?"我插口说道。

"就是嘛,我也这么想,但我母亲的想法就不一样。对于我妻子的职业,她完全不能接受,她甚至认为,这是有伤风化的工作。"

"那她当初怎么会答应让你们结婚的呢?"我疑惑地问道。

"哦,我们原本是瞒着她的,她一直以为我的妻子是戏院夜间的售票员。结婚不久,她发现真相之后,便大吵大闹,要我妻子辞

325

去工作,但我妻子不肯妥协。实际上,让她婚后继续工作,也是她答应和我结婚的唯一条件。婚后,大家住在一起那种吵闹不休的日子,真是不堪回首啊!"

"那——为什么不分开来住呢?"

"我是家中独子,母亲年纪老迈,我又怎么忍心让她独居呢?"他说,眸子沉坠着悲哀,"每次回顾那段日子,都心有余悸。每回我的妻子出门表演,她便拒绝吃晚餐,不管我怎样哀求都没有用。就在这进退维谷的时候,我的舅舅从沙特阿拉伯寄来了一封信,改变了一切。信里,他表示想要放弃这家脚踏车店,到科威特去另谋发展。我母亲立刻回信,明确表示要移居到吉达来,由我接管他的店。当然,她的用意是很明显的,她知道我的妻子如果到这个风气闭塞的地方来住,是绝对难以继续当肚皮舞娘的。你想,我母亲都已经六十多岁了,我又怎么忍心拂逆她的意愿!我们决定搬来这里以后,我也不知道费了多少唇舌,才说服丽芙随我们一起来;但是,她前后只住了短短两个多月,便忍受不了生活的极端枯燥而回返开罗去了!"

"为了婚姻,丽芙难道不能做一点牺牲吗?"我问。

"我劝过她、也求过她,但是,丽芙是一匹难驯的野马,我不是一个很好的驯马师。"耶谷语调低沉地应道,"再说,我们婚前有过协议,婚后,我是绝对不干涉她工作的。"

耶谷既是孝子,又是贤夫;对母亲,他唯命是从,对妻子,他宠如珠宝;偏偏,这两个他深爱的女人,一个是水,一个是火。他呢,被水淹、被火炙;猪八戒照镜子,里外不是人。

"你以后有什么打算呢?"我关心地问道。

"我当然不会在这儿长住。"他露出了一个苦涩的笑容,说,"总有一天,我会回去开罗的。"

我清楚地知道,"总有一天",是指他的母亲"驾鹤西归"时。这样的等待,是多么的无奈、多么的辛酸、多么的悲哀,又是多么的沉重啊!

3

冬天近了,天气一天比一天冷,在空旷的沙漠里,那种寒冷,是深入骨髓的。

那天晚上,我们在一家意大利餐馆里吃比萨。日胜问我年尾想去哪里度假,我说,去埃及吧,这个文明古国,我向往已久。日胜同意了。

餐后,我们到水塔市场去。铺天盖地都是芒果,黄灿灿的,把漆黑的夜空都照亮了。芒果品种多如繁星,其中有一种硕大如木瓜的,最招人喜欢。摊主削了一片让我试,哎哟,那种清甜,如水般穿透五脏。日胜说:"给我们一箱。"我说:"两箱,要两箱。"日胜说:"哪里吃得完呀?"我说:"一箱是给耶谷的,现在就送过去给他吧,顺便跟他借一点埃及的资料来读读。"

耶谷就住在脚踏车店铺的楼上,我们"砰砰砰"的敲门声响在阒静的巷子里,显得有点刺耳。

耶谷拉开了门,看到我们,满脸诧异。

我笑嘻嘻地说:"突击呀,看看你有没有藏了私酒在屋里。"

进屋之后,我才发现有一个上了年纪的女人坐在一隅。"这是我母亲。"耶谷介绍。

耶谷的母亲性格保守,认为女性不该抛头露面,因此,每天耶谷在楼下做生意时,她都一个人待在楼上。

她穿着一袭长及脚踝的灰黑长裙,多褶的皮肤松松垮垮的,好像随手一扯便会整片掉落下来，样子看起来比实际年龄苍老。

"伯母，您好。"我趋前礼貌地问候她。

她冷淡地点了点头，微微地牵动了一下唇皮，便算是打过了招呼；吝于笑容的她，细小有神的眼睛却像装了雷达，在我脸上扫来扫去，我被她看得心里发毛，幸亏这时耶谷将她从椅子上扶起来，轻声叫她上楼歇息。她没有再看我们一眼，便佝偻着腰，慢慢地走上楼去了。

日胜把芒果放在桌上，耶谷一看，便双眸发亮，欢喜地说："哎呀，这种菲律宾芒果，我最喜欢了，每次一上市，我都是整箱地买回来吃的。有时，单单一粒芒果，便重达一公斤呢！"顿了顿，又狐疑地看着我们："你们这么迟到访，就是专程送芒果给我吗？"

"当然啰！有什么回报吗？"

"请你们喝阿拉伯咖啡。"

他眯着眼笑，一副不怀好意的样子。他清楚地知道我受不了阿拉伯咖啡那股辛辣的怪味，居然"以怨报德"，太过分了！

"嘿，你这不是以黄铜来换取黄金吗？"我说。

"哈哈！"心情极好的耶谷，幽默地说，"你们等等，我去里面拿点宝石出来与你交换。"

少顷，他捧来了一大盘紫晶石、一大盘绿翡翠。啊，是晶莹剔透的葡萄呢！

我们边吃边聊。

"耶谷！"我说，"告诉你一个重大的消息。"

"什么？"

"我们下个星期要到埃及去旅行。"

他停下了动作，正要送进嘴里的那颗葡萄就无家可归地悬在半空中。他问："你们要到埃及去？真的吗？"

"假的。"我说，笑出声来。

不知怎的，他在霎时间竟变得有点神经质，说出口的话，也碎不成形："啊，埃及！你们要去埃及！真的吗？"

半晌，他控制了自己的情绪，问道："什么时候动身？"

"下星期一。"我说，"你有什么东西要捎给你妻子吗？"

他放下了手中的葡萄，站起身来看墙上的日历，喃喃地说："啊，三天，还有三天你们就动身啦！怎么不早一点告诉我？"

"啊，你难道要送一卡车的东西给你妻子？"我笑道，"我可要论公斤收费的啊！"

他搓着手，坐了下来；才一忽儿，却又站了起来，神色恍惚地说："你们一定要去看看丽芙，一定要。"

"这还用说吗！"

"唔，我是说，你们一定要去看她表演，她是全开罗最棒的表演者。"

"她在什么地方表演呢？"

"撒哈拉城夜总会，那家夜总会远近驰名，你们到了开罗，一问便知道了。"

他重新坐了下来，拿了一小串葡萄，一颗接一颗地吃，心情显得很不安稳。把整串葡萄吃完了，他才又抬起头来，眸子不经意地流出了一抹痛楚，说道："不瞒你们说，最近这两三个月来，丽芙很少写信给我。我担心，真的很担心。"他有点语无伦次地说道，"你们要去看看她，记得！"

"没有问题，一定尽力！你有什么要托我们捎给她吗？"我又重复地问了一次。

"啊，有，有，当然有！"

"我们明晚来取吧！"我说，"如果你手上有关于埃及的资料，我想借阅。"

"哦，我去整理，明晚一起交给你。"

我们告辞出来时，天上的星星不知道躲到哪儿去了，黑夜的暗影像魑魅魍魉，空气僵冷。

次晚，耶谷将几部有关埃及的书籍递给我，又从怀里小心翼翼地取出了一个信封，说："这个，麻烦你代我捎给丽芙。"

信封很轻，但在感觉上很重，侧耳细听，有水声晃荡晃荡地响着，啊，里面盛了一个浩瀚的海洋，那是爱情的海洋。

把这个沉甸甸的信封慎重地放在皮包里，我们在两天后飞往开罗。

4

抵达开罗的第二天晚上，我们便意兴勃勃地乘搭计程车，到坐落于郊区的撒哈拉城夜总会去了。

所谓的"夜总会"，实际上是一个别开生面的大帐篷。这个圆圆大大的帐篷，就伫立于广袤的沙地上，绚烂的火红色，像是一颗自焚的太阳。帐篷以内，铺着厚厚的地毯，软垫座椅排成了马蹄形。舞台四周的柱子上，一盏一盏斑斓的灯，流光溢彩地吐放着妖娆的亮光。

一坐下，殷勤的侍者便送上了菜单，我开门见山地问道："安丝克（丽芙的艺名）小姐今晚有表演吗？"

他忙不迭地点头应道："有啊，当然有啊，安丝克是我们夜总会的台柱呀！"

"我是从沙特阿拉伯来的。"我说，"有人托我捎了一封重要的信给她，我可以见见她吗？"

他飞快地摇了摇头,说:"不行啊,她在化妆。"顿了顿,又说:"等表演结束了,我请她过来,好吗?"

"好的,麻烦你一定得转告她呀!"我说,从皮包掏出了一镑小费给他。

他接过了钱,高兴地说:"好好好,请您放心,我绝对不会忘记的!"

在点菜时,脑海里不由得浮起了和耶谷的一段对话:"去开罗,你们一定得尝尝骆驼肉,那味道啊,保证你们一吃难忘!"我说:"噫,骆驼看起来皮厚肉韧的样子,怎么咽得下啊!"耶谷露出了垂涎欲滴的样子,说:"恰好相反呢,骆驼肉比牛肉还要嫩哪!它含有高蛋白质,低胆固醇,是不折不扣的健康食品啊!"

我向侍者点了烤骆驼肉串、炖骆驼肉汤、烘骆驼馅饼。

烧烤肉串嫩软鲜美,炖骆驼肉绵软可口,骆驼馅饼中掺入了驼峰的油脂,味道之好,简直让人魂飞魄散哩!

食毕,啜饮薄荷茶;这时,灯光慢慢地暗了下来,暗暗暗、暗、暗、暗;最后,伸手不见五指。这时,紧张的感觉像是决堤的水一般,淹没了我。

随着一阵接一阵扣人心弦的锣鼓声,一柱圆圆的灯光像薄纱一样,轻俏地落在舞台上。

灯下,盈盈立着一个长发女郎。

我紧紧地盯着她看,她脸上笑意有若涟漪般一圈一圈地荡开,媚得让人心旌动荡。她穿着一袭撒满了金粉的黑色罩袍,当她随着乐声在舞台上飞快地旋转时,薄薄的罩袍也轻轻地飞扬开来,像一朵开放到极致的荷,一朵黑色的荷花。接着,她褪下黑袍,露出里面缀以五彩珠玉的比基尼装。

这时,乐声突然停止了,会场鸦雀无声。

观众全都把视线投注在她那光滑平坦的肚皮上，而她，就在众人的凝神屏息里，以白皙柔滑的肚皮"喁喁细语"，那么轻、那么柔，像潺潺溪水，缓缓地流过观众的心，我觉得仿佛有羽毛拂在心上，有微醺的感觉。慢慢地，肚皮的"声音"越来越大、越来越兴奋、越来越激昂，肚皮上的褶皱忽深忽浅，忽浅忽深，浅浅深深、深深浅浅，像是在狂风底下涌动的波浪；最后，当她以肚皮慷慨激昂地"引吭高歌"时，观众只见到一团光影在胡乱晃动，大家的情绪都像吹得过涨的气球，一捅便破。

一曲舞毕，掌声历久不息。

她退下以后，另一项节目是魔术表演。我没有心情观赏，以焦灼的目光搜寻方才那个侍者，但遍寻不获。

过了整整十分钟，才看到他朝我们这儿走过来。非常失望地，他对我说："安丝克小姐说她没有陪客人聊天的习惯，但是，我可代你把东西转交给她。"

我坚持地说："请你告诉她，沙特阿拉伯的耶谷有非常重要的东西要我亲自交给她。"

他点头退下，过了好一会儿，才回来说道："安丝克小姐请你到化妆间去。"

我随他来到了后台，有些舞娘正对着镜子细心化妆，妆化得很浓，像在画脸谱，浓浓的香水味弥漫全室；有些舞娘则在谈天，笑声咯咯咯、咯咯咯的，好像室内有一窝青蛙跳来跳去。

侍者推开另一道小门，朝内说道："安丝克小姐，夫人来了。"

她斜斜地靠在一张小沙发上，身上穿了一件翻领的橘红大衣，细细长长的手指夹着半截香烟，烟灰掉得满地都是。指了指沙发，她以富于磁性的声音说道："请坐。"

我坐了下来，由衷地说："刚才，你的表演精彩极了！"

她没有搭腔，只淡淡地扯了扯嘴角，牵出一个全无笑意的笑。大概同样的话听得太多，她已经麻木了。

我打开皮包，取出了信封，递给她。

她把香烟在烟灰缸上捺熄了，接过了信封，问我："你和耶谷认识很久了吗？"

"不算很久，但是，常有来往，很熟络。"我据实以告。

她手势利落地撕开了信封，从信封里抽出好几张写得密密麻麻的信笺和一张汇票。她展开信笺，读。浓黑的眉毛微微蹙着，完完全全没有我预期中的那种欢喜。室内单调地响着她翻信的声音，好不容易等她看完了，她抬起头来，竟然说道："请你代我把汇票退还给耶谷，可以吗？"

"怎么？"我愕然地看着她。

她从烟盒里取出另一根香烟，点燃了，噏起艳红色的唇，一吸一吐间，一缕缕青烟在半空中化成了一个个婀娜的圆圈；她看着烟圈聚拢、消失；又聚拢、再消失，半晌，才说："我的收入，足够养活自己。"

我猜忖她也许是嫌汇票银额太少，因而不揣冒昧地代耶谷解释："耶谷最近生意比较淡……"

"你误会我的意思了。"她语调冰冷地打断了我的话，"我并不是嫌少，实际上，我三个多月前就已经写信告诉他，请他不必再寄钱给我了。"

"可是，你这样把钱退还给他，他会很难过的！"我说。

她没有出声，连续抽了好几口烟，整个人都被烟雾淹没了。等烟雾徐徐散开后，她才问我："你大概还不知道我们之间的关系吧？"

"你们？你不就是他妻子吗？"我讶异地反问。

"是的，我们是夫妻，但是，我对他已经没有感情了。"

这几句话像一盆浓浓的糨糊，迎面向我泼来，我的心，我的嘴，霎时都变得黏糊糊的，不能思想，不能说话，迷糊中，只听得她说道："我曾经爱过他，不顾后果地爱、死心塌地地爱，但是，他太令我失望了。"

我努力使自己从那份震荡中挣扎着爬出来，好一会儿，才嗫嚅地说道："我想，嗯，他直到现在还是深爱着你的！"

"我并没有否定这一点，但是，一个人如果懦弱得连留在爱人身边的勇气都没有，那么，这种爱情又有什么用呢？你说！"

"我想，你是怪他移居到沙特阿拉伯吧？"我鼓起勇气为他辩白，"他是有苦衷的嘛……"

"他要做孝子，我可不能一辈子当活寡妇！"她斩钉截铁地说，"去年他来这里，我就曾告诉他，如果不打算搬回来住，就不必再来看我了。现在，你来得正好，请你回去告诉他，我已经有了心上人，请他不要再骚扰我了，我将会以分居为由而申请离婚的！"

说完，她站起身来，把耶谷的信、汇票连同信封一起交还给我，绝情地说："你把这些东西全部还给他吧，待会儿我还有一个表演，现在，我想休息了。"

我接过了她退还的东西，虚虚晃晃地走了出来，像个梦游的人。此刻，捧在我手里的，不是耶谷的信，而是一颗被撕得碎裂的心。

从今以后，我可以肯定的是，吉达那条小巷里，不再有春天。

沙漠的噩梦

1

穆罕地不能算是胖子，然而，不知怎的，他的肚子很大、很圆。不管怎么好的恤衫穿在他身上，都显得不对劲，尤其是靠近肚皮的那一颗纽扣，作势欲飞，使人面对面地和他说话时，老是提心吊胆，生怕他偶一咳嗽或发笑时，纽扣会"脱颖而出"，飞弹过来。

坦白地说，最初认识穆罕地时，对他的印象是不太好的。他来自沙特阿拉伯的邻国叙利亚，在吉达一家公司当法律顾问。

由于住在我家附近，他常常晚饭过后来找日胜聊天。每次来时，脚上总趿着一双过大的拖鞋，走起路来，拖拖拉拉、懒懒散散的。身上的恤衫，袖子半卷，卷得漫不经心，一边过高，另一边又过低。最叫我受不了的是，不论他穿哪一件衣服，领口总染着一圈污黑的汗渍；黑得那么惹目，使人不禁要怀疑，他是长年累月都不洗衣的。

外表邋遢的穆罕地，说起话来，像细水长流，砍不断，停不了；每一寸空间都回响着他的声音，非到长短两针交叠，不会走，不肯走。最初我以为他是来和日胜谈公事的，因此，每回他来，我便和泥泥躲进房内，看书、玩积木。到我们困极入睡时，他的声音，还是细水长流地响在大厅里。

有一次，我忍无可忍地问日胜："喂，你们这两个男人，有公事为什么不在办公室里谈？"

"谁说我们在谈公事？"日胜打个呵欠，带笑反问。

"不谈公事，难道是谈私事不成！"我没好气地应。

"给你猜对了，正是谈私事哩！"日胜一边说道，一边慢条斯理地换睡衣。换好了，才正色地对我说："其实，你以后也可以和我们一起摆龙门阵啊！穆罕地见闻很广，跟他谈天，十分有趣……"

2

和穆罕地开始聊天后，慢慢地改变了对他的印象。

严肃时，他针砭时弊，滔滔不绝，但不是人云亦云的那种空洞无趣，不管触及什么课题，他都有自己独特的见解。轻松时，他以幽默的口吻嘲讽寻常琐事，让人笑得前俯后仰，几乎岔气。

我注意到，每回聊天时，只要提及叙利亚，他的目光便穿越了我们，穿越了墙壁，落在一个很遥远的地方。这时，他的双眸，便有了些许雾气。

叙利亚，是他的家乡。他常以充满感情的语调说道："你们有机会一定要到叙利亚走走，它没有繁华的市容，但是，它有历史的厚度，它有美丽的灵魂。"

"你觉得什么季节去最恰当？"

"全年的每一天，都令人眷恋。"他扬扬自得地说。

"这话，像是当导游的人说的！"我说。

他哈哈大笑，说："我倒很希望能充当你们的导游哩！"

"你通常隔多久回去一次呢？"

"一年。"

"叙利亚距离这儿很近嘛,为什么不多回去几趟呢?"

"啊,我倒恨不得每个月都回去一趟!"他说,语调变得很无奈,"只是我弟弟有病在身,治疗费用高;此外,我还得供我妻子读大学,费用也不轻。少回家一次,便能多储蓄一点钱!"

供妻子读大学?我迷惑地看了看他。他头已半秃,脑后的头发,稀稀疏疏的,像是用糨糊硬生生地粘在脑勺子上的。虽然我不知道他的年龄,但是,这样的一副样子,早已显示他"青春不再"了,怎么妻子居然还在念大学呢?

聪明的他,一下子便看透了我的心思,淡淡地说:"我很晚结婚,本想一辈子打光棍的,无奈母亲不答应……"

"不结婚?"我说,"嘿,生活也未免太孤单、太寂寞了!"

"你看我现在的生活,又和单身汉有什么两样呢?有时想想,实在很对不起我的妻子!"他搔了搔稀稀疏疏的头发,苦笑着说,"我的婚姻,是由母亲一手包办的,也许你会觉得难以置信,我在婚前从来没有见过我妻子。"

"你——"我迟疑了一下,还是问了,"你对你的婚姻还满意吗?"

"啊,"他一听这话,瞳孔深处突然生出了另一个瞳孔,把屋子照得熠熠生辉,"拉伊丝是个好妻子,她漂亮、聪明、贤惠、能干,就是——呃——太年轻了。两年前,当我们结婚时,我四十岁,她才十八岁,整整比我年轻了二十二岁哩!"

"这样说来,你娶她时,她还在求学啰?"

"啊,她刚从高中毕业。婚后待在家里,我看她生活无聊,就建议供她读大学。目前,在大马士革大学修读文学。"

"等她大学一毕业,你们夫妻就可以团聚了呀!"我说。

他突然静了下来,挂钟那刻板的"嘀嗒、嘀嗒"变得很刺耳。半晌,他才说:"我想,我也许会在沙特阿拉伯待上一辈子!"

我的眸子挂满了问号。

"我的一个弟弟,患了肾病,这种病,非常麻烦,需要常常到医院洗肾,洗肾的费用很高。我想给他买一副洗肾机在家里使用,倘若我回去叙利亚工作,不要说买洗肾机,就连去医院洗肾的费用也付不起!"

他接着告诉我,在失业率蛮高的叙利亚,律师的月薪大概只有六百里亚尔(折合新币四百余元),有些律师,甚至连工作都找不到。穆罕地目前在吉达的月薪大约是五千里亚尔(折合新币四千余元),和叙利亚相比,实在有天渊之别!

每一个到沙特阿拉伯工作的人,为的都是改善自己的生活质量;然而,穆罕地却想用丰厚的薪金来维系和挽救另一个生命。了解了这一点,我对穆罕地肃然起敬。

3

表面上,穆罕地豁达开朗;实际上,他的内心却时刻被悲哀啃噬着。有的时候,当他负荷不了过于沉重的压力时,就会做出一些有悖常理的事来。

第一回失态,是在我家的烤肉会上。

那一天,有朋友从红海捕获了许多生蹦活跳的鱼,给我送来了满满一篓,肥肥大大的二十多尾。我乐开了怀,决定举行一个烤鱼会,邀请几个熟络的朋友来聚聚。考虑到穆罕地在吉达无亲无故,我想让他多认识一些朋友,因此,也刻意邀请了他。

整个早上,我为鱼们抠腮去鳞,以薄薄的盐花加以腌制。切了大量的番茄和黄瓜,又准备了橙汁、水果、蛋糕;然后,在屋后支起烤架,静待客人。

晚上八时许，我们邀请的七名客人当中，来了六名，独独不见穆罕地。

我把铁叉交给客人，让他们自己动手烤鱼。鲜活的鱼，有腥味，可是，在烤架上一烤，不旋踵便散发出强悍而难以抵挡的香味，客人们纷纷拿了盘子去取鱼。

就在这时，穆罕地来了。

他衣衫不整，脚步踉跄，酒气袭人，原本棕黑色的脸红得惊人。他一摇一摆地走到空地中央，伸出食指，态度轻浮地指着我们说："你们，你们都在这里，很好，很好哇！"说着，他走到一名女宾面前，摆了摆手，说："妈，我回来了！"伸手便想去环抱她，女宾惊慌地闪开了；他扑了个空，又转向另外一名女宾，说："拉伊丝，我唱支歌给你听！"说毕，就以喑哑的嗓子口齿不清地唱起阿拉伯歌来了，他的声音虽然是支离破碎的，可里面却含着一种糅合着乡愁的激情，我从中还听出了饱饱的眼泪。

在场的客人都被穆罕地这反常的举止吓呆了，气氛死般的静，那是一种足以震撼人的静。

日胜机警地放下了手里的烤鱼，三步并两步地窜到他身边去，伸手揽住了他的肩膀，半哄半逼地把他推进屋子里。

我尴尬地向面面相觑的客人们说道："来，鱼快要烤焦了，大家快吃吧，不要客气！"

这几名来自英国的客人都很识趣，没有追问，便安静地围到铁架边去取鱼了。我趁他们吃得热闹时，悄悄地溜进屋子里。

屋子里弥漫着一股恶臭的气息，敞开着的浴室传来了穆罕地呕吐的声音，我探头一看，满地都是红的白的绿的黑的秽物，穆罕地蹲在地上，兀自呕吐不已；日胜在一旁轻轻抚着他的背部。看到我进来，他立刻神情凝重地说道："穆罕地喝醉了！"

我双眸圆睁，头皮发麻。沙特阿拉伯有"严禁喝酒，违者入狱"的法律条规，身为律师的穆罕地，真是"知法犯法"啊！

日胜嘱咐我："你现在出去招呼客人，千万不要让他们进来，我会在这里照顾穆罕地的！"

我从冰箱里取出一大盘艳红的樱桃，装作若无其事地走到屋外去，心里暗自庆幸当天晚上没有邀请那个当警官的朋友阿里，否则，事情可真有得瞧了！

我不惯于掩饰，客人们见我心绪不宁，又见日胜和穆罕地待在屋内久久没有出来，知道事情不对劲，所以，吃完烤鱼不久，便告辞了。我们的烤鱼会，就这样被穆罕地破坏殆尽了。

日胜把醉酒的穆罕地安置在客房里，次日早上唤醒他，他翻身坐了起来，瞪着我们，一脸茫然。

"你昨晚来这里时，喝醉了。"日胜解释。

他用手揉了揉红丝满布的眼睛，呆呆地看着地上，没有出声，神情沮丧得好似刚刚输掉了几百万元。

我将加了柠檬片的热茶递给他，安慰他说："别担心啦，没有人看到你醉酒。"他接过了杯子，连续喝了好几口热茶，才赧然地说："给你们添麻烦，实在不好意思。"日胜拍拍他的肩膀，语调恳切地说："以后你喝了酒，千万不要再驾车外出了，太危险了呀！沙特阿拉伯禁酒的法令，你比谁都清楚！"穆罕地低头不语。

令人遗憾的是，穆罕地并没有从这件事当中汲取应有的教训，以致铸成了日后无可挽回的大错！

4

那晚过后，穆罕地依然是我们家里的常客；每回来时，依然带来成箩盈筐的新鲜话题。

有一回,聊起了沙特阿拉伯的法治问题,穆罕地突然问我:"你有去过公正广场吗?"

我点头应道:"去过,但是,什么都没有看到。"

公正广场是沙特阿拉伯执刑的地方,每个星期五中午十二点,犯人都会被押到那儿去公开行刑,罪轻者如偷盗、抢劫等,将会被砍手或断足;罪重者如强奸、杀人等,则一律斩首。

"你想看看执刑的实况吗?我得到很可靠的消息,明天中午将会有一个巴基斯坦人因强奸罪而被斩首。"

我的心猛烈地跳了起来,这是一个了解异国政教民情罕有的机会,但是,看这种刑罚的执行,是要付出代价的。这代价,也许是一个月的失眠,也许是一辈子的梦魇。

我心里七上八下的,犹豫了很久,最后,毅然说道:"好吧!你明天来接我们一起去,好吗?"

整整一夜,我辗转难眠。天蒙蒙亮时,日胜摇头叹息:"唉,你这不是自讨苦吃吗?"

我不睬他,径自到厨房,吃了一大碗热腾腾的麦片来壮胆。

早上十点多,穆罕地来到,告诉我,至迟十一点二十分就得出门了。我们坐在大厅里,有一句没一句地聊着时,门铃响了。

站在门外的,是日胜公司里的两名职员,只见他们神色仓皇地说:"工地宿舍有人打架!闹得很厉害,要不要报警?"

"我去看看!"

日胜匆匆外出,临走时交代我说:"如果我不能及时赶回来,你就和穆罕地一起去好了。"

我自然是不肯的,他不去,我等于是少了一粒胆。时间在焦灼的等待中一分一秒地溜走了,等他满脸疲倦地赶回来时,已是十二点五十分了!

"工人怎么啦?"我和穆罕地异口同声地问道。

"还不是老问题!"日胜怏怏地说,"每逢星期五休息日,他们总聚在一起赌博,赢的一方意气盛,输的一方脾气坏,一言不合,便打起来了!"

"你怎么处理?"穆罕地关心地问,"没有开除他们吧?"

"没有。今天打架的几个都是初犯,所以,警告一番了事!"

"没开除就好。"穆罕地宽慰地说,"我曾失业,深切了解没有工作的痛苦。说句公道话,这儿的生活也实在太闷了,休息日不赌博,你叫他们怎么打发时间?我工作的那个地方,赌风也很盛,但是,我总劝我的东主,只要他们不惹是生非,就睁只眼闭只眼算了!"

谈到这儿,日胜抬头望望壁上的钟,抱歉地喊道:"哎呀,已经那么迟了,快点走吧!"

我们驱车赶到公正广场时,已是下午一点三十分了,犯人已被正法,偌大的广场,只剩下疏疏落落的几个人。两个工人,正拿着拖把和水桶在清洗地上的血迹。毒花花的阳光从头顶直直泻下来,虽是酷热的晌午,但是,我身上却不停地冒着鸡皮疙瘩。

我们决定找个地方歇歇谈谈,我们惯去的那家饮冰店,位于游人如织的百麦加大街,低矮的阿拉伯店铺挤挤迫迫地排在一起,喧嚣的车声、鼎沸的人声,织成了一张蜘蛛网,密密地罩在这个人影幢幢的地方。旁边有一条瘦瘦的巷子,出租水烟壶,烟气如雾,酿造了一种梦幻的色彩。

刚坐下不久,街头便传来了一阵骚动的声音,抬眼望去,正好看到四名阿拉伯人以肩托着一张竹编的床,吃力地走着,后面跟着几个成人,脸色凝重;还有一群蹦蹦跳跳的孩子,以无知的兴奋去诠释眼前的悲伤。

穆罕地压低嗓子对我说道:"瞧,竹床上的尸体,就是刚才被斩首的那个犯人。"

竹床上的尸身,被一张又大又厚的被子紧紧地覆盖着,被子是深青色的,中央绣着色彩鲜丽的图案。我下意识地取出了相机,正想拍下这诡谲的一幕时,冷不防穆罕地以粗暴的手势抢去了我的相机,眼珠骨碌碌地朝四周飞快地转了一圈,发现没有人注意,严峻的脸色才稍稍松懈了。

待他们走远了,穆罕地才把相机还给我,说道:"刚才抢你相机,让你受惊,对不起!在沙特阿拉伯,有许多地方都是禁止摄影的,尤其是涉及宗教和政治的场景,绝对、绝对不可以拍。一旦被逮,便得入狱;但是,有时,连入狱的机会也没有!"

"怎么说呢?"我狐疑地问道。

"两年前,有一个韩国人在公正广场偷偷拍摄行刑的过程,半途被人发现了,结果,被人打得遍体鳞伤,几天后,死在医院里!"

我汗毛直竖,冷汗涔涔而下。

"唉,"穆罕地慨叹,"在这里,触犯法律的后果太严重了,实在不能不多加小心啊!"

汗颜于自己的无知,我问他:"是不是中东所有的国家都禁止摄影?"

"哦,当然不是的。你如果到叙利亚去,要拍什么、要在哪里拍,随你!"说到这儿,他不由自主地提高了声调,"你们知道吗,大马士革是全世界最美丽的国都哩,它肯定会让你们乐不思蜀!"

我知道,穆罕地的思乡病又发作了,因此,投其所好地问道:"你上次告诉我,你妻子正在准备考试,现在,成绩揭晓了吗?"

果然,他眉开眼笑了:"她好几门科目都考到优等成绩哩!"

"什么时候带她来这里小住一阵子呀?"

他习惯性地抓了抓脑后那一绺头发,心情极好地说:"这——要等她毕业后才谈啰!"

那天回家以后,不知怎的,居然病倒了。夜不成眠,睁着红丝满布的双眸撑到天明。有时,勉强睡着了,却又噩梦连连,梦里总有一个无头的尸体掀开青色的被子向我扑过来,我惊骇欲绝,待要闪避时,尸体却又化为地上一摊血。每每在惊叫中醒来,全身都被冷汗浸透。

这样被折腾了整整一个多星期,才摆脱了那魑魅魍魉般的噩梦,但是,人却已瘦了一大圈。

日胜的同事来探望我时,余悸犹存地说:"你看到尸体而病了一个多星期,比起我来,可好得多了!我啊,才真的惨,看了斩首,回来以后,足足一个多月,不能吃、不能睡,好像一个半死的人,瘦了十多公斤。唉,想起来就不寒而栗!"

好奇心,的确得付出代价。

病好以后,很想到外地去透透气、散散心,在和日胜讨论旅行的目的地时,我不假思索地冲口而出:"叙利亚,去叙利亚吧!"日胜欣然同意。

5

终于,来到了穆罕地魂牵梦萦的叙利亚。

大马士革的南部和北部,已发展成现代化的新城了,唯东部的旧城还保持着过去古色古香的传统风味。我们入住旧城的一所小旅舍,我向柜台职员出示了穆罕地写给我的地址,问:"雇车到这里去,大约要付多少钱?"

他戴上老花眼镜，才看了看，便微笑地说："夫人，不必花钱。"

"什么？"

"不必花钱。"他把字条折起来，递还给我，和气地说，"这个地方，就在附近。你从大门出去以后，向右转，走不多远，便会看到一个热闹的旧市场。你穿越这个市场，弯进左边一条小路，便到了！"

怕我不清楚，他还画了一张简单的路线图给我。看看手表，现在是下午两点多。我们决定先去旧市场逛逛，傍晚才去拜访穆罕地的家人。

一跨进旧市场，我的心便被一种狂烈的喜悦紧紧攫住了，时光好像在飞快地倒流，我堕进了童话里那个古老诡谲而又美丽无比的世界内，意识在刹那间变得混沌朦胧……

眼前的街道，瘦瘦、长长，地上铺着光滑的鹅卵石。街道两旁的老店铺，出售能引发顾客思古幽情的东西，包括亮锃锃的古雅铜灯、轻若云絮的丝绸、五彩的手工地毯、精细的皮革品、璀璨的水晶器皿，等等等等。店东穿着落地长袍，神情悠闲地坐在披着羊皮的椅子上，手里拿着水烟管，在吞吸吐纳着悠长的岁月。长长的街道上，这里那里站着吹笛的卖水人，他们身上挂着葫芦形的水壶，一面吹奏出幽柔的曲子，一面用眼睛快活地笑着；偶尔有一辆马车挤进来，"滴滴答答"的马蹄声荡起一街盎然的古意……

欢喜地在这个天方夜谭似的世界里逛了三四个小时，我意犹未尽，一直到日胜提醒我，天黑路难寻，我才依依不舍地离开了。由旧市场尽头处向左弯，果然便看到一整排古旧朴实的房屋沐浴在夕阳金黄色的余晖里，路边的白杨树在暮色将来而未来之际，显得惨绿一片。

穆罕地的屋子，靠近大街末端。单层、平顶。墙壁是土黄色的，配上深褐色有着镂花的拱形大门，显得古里古气的。

轻轻叩了叩门，门"咿呀"一声地被拉开了。门内的那张脸，细眉小眼尖下巴，脂粉不施，肤色白得透亮，好似一股浮动的气韵。

"嗨，我们从沙特阿拉伯来，是穆罕地的好朋友。"日胜自我介绍，"请问拉伊丝在家吗？"

"我就是拉伊丝。"她微笑，"穆罕地早已通知我了，欢迎你们，请进来。"

屋子里暗暗沉沉的，我揉了揉眼睛，好不容易适应了屋内的光线之后，才发现大厅里有三张脸正对着我们。拉伊丝一一地为我们介绍。那个把忧愁镶嵌在笑容里的，是穆罕地的母亲；那个干干瘦瘦而精神萎靡的，是穆罕地的弟弟；那个双眼翻白而表情诡异的，是穆罕地的妹妹。

"穆罕地另一个在大学念书的弟弟还没有回来。"拉伊丝解释道。

一家人团团地围着我们坐了下来。我取出了穆罕地托我捎来的家书和礼物，摆在桌上。给拉伊丝的是一枚雕工精美的金戒指，给他母亲的是一只银手镯，给他妹妹的是一把白铜制成的小梳子，给他两个弟弟的则是名牌原子笔。

拉伊丝把戒指套在无名指上，不大不小，刚刚好。她眼睑低垂，看不清她的眼神，但是，从染在她双颊的红晕和浮荡在唇边的笑意，我知道，她的心，早已飞到穆罕地那儿去了。

这时，突然有个奇怪的声音传了过来，只见穆罕地的妹妹一边无意识地嚷叫着，一边将那把精巧的梳子放进口里，像啃骨头一样，使劲地咬着、咬着，唾液大把大把地沿着嘴角淌下来。我霎时愣住了。老妇人转脸看到，飞快地站了起来，劈手夺下梳子，她大声尖叫,老妇人满脸懊恼,看着我们,有点不知所措的样子。拉伊丝平静地走了过去,搂她、亲她,温柔地说着一串一串阿拉伯话,她受到了安抚,慢慢地安静了下来。

拉伊丝牵着她进房去,之后,出来向我们道歉:"对不起,她是天生的智障者,有失礼的地方,请包涵。"

接着,她到厨房去为我们张罗茶水,穆罕地的母亲则亲切地握着我的手,重复地说着同样的几句话,穆罕地的弟弟充当翻译:"妈妈说谢谢你们……"我赶快插口说道:"我们和穆罕地是好朋友,请不必客气。"顿了顿,我看着他说:"穆罕地时常提起你,他很关心你的健康,你最近身子好一点吗?"

他垂下头,在昏暗的灯光下,蜡黄的脸色看起来有点吓人。过了一会儿,他才一个字一个字慢吞吞地说道:"这种病,一辈子也不会好的,我根本不存什么希望,等死而已!"

"哎呀,医学昌明,肾脏病也不是什么绝症啊,你别这么悲观……"

"老实告诉你吧,这样半死不活地拖着,我老早已经感受不到任何人生乐趣了。"他说,整个人像是一条晒蔫了的瓜。

对于眼前这个放弃了自己的人,我一时竟无法想出任何适当的话来抚慰他,愈努力搜寻,脑子愈空白,幸好这时拉伊丝捧着茶水出来了。

把萦绕着薄荷香气的茶递给我,拉伊丝细声细气地问道:"穆罕地在那边生活怎样?一切都还好吗?"

我本想坦白告诉她沙漠生活是寂寞难熬的,但是,看到她家里的情形,知道她是无法飞去陪伴穆罕地的,只好硬生生地把话咽回肚子里,言不由衷地说:"他很好哇,就是爱吃,所以,很胖,需要减肥!"

拉伊丝抿着嘴,轻轻地笑了起来:"是呀,他胃口很好,在家里的时候,一个人可以吃下一整只烤鸡呢!烤鸡里,还塞满了米饭哪!"

"他可以一口气吃下二三十串羊肉呢!"我也笑着说,"话说回来,只要健康没问题,胖一点也没关系啦!"

这时,老妇人扯了扯她的手肘,说了几句话,拉伊丝说:"我的妈妈请你们明天来吃晚饭。"

"我们这次行程很紧,恐怕没有时间了。这样吧,下次如果有机会再来,一定到府上叨扰。"

热诚的老妇人还是不肯罢休,再三坚持,我只得坦白地把行程告诉她们了:"我们明天去新城玩,不知道几点才能够回来。后天一早,我们就离开大马士革,到北部大城阿勒颇去了,真对不起,实在抽不出时间。"

老妇人满脸都是失望,拉伊丝起身走入房内,好一会儿,取出了一件套头毛衣,神情略带羞涩地说:"麻烦你代我交给穆罕地,冬天快要来了。"

厚厚的毛衣,触手一团温暖,藏青色的毛线,透着柔和的光,像拉伊丝温柔的眼波。穆罕地穿上了这件拉伊丝亲手织的毛衣,由顶至踵,都会暖呼呼的吧?这种暖意,应该也会像涟漪一样,一直、一直荡漾到他内心深处吧?

拉伊丝送我们到门外,要给我们雇车子,我们连忙说道:"我们住在叙京旅舍,可以徒步回去!"

"叙京旅舍!"拉伊丝笑道,"就在附近啊!"

房屋外面的街道暗沉沉的,街旁的路灯,无力地投下一圈又一圈的凄凉,整座古老的城市看起来灰蒙蒙的。我和日胜慢慢地在年久失修的路面上走着、走着,两个人都没有说话,但是,心里却都在想着穆罕地,想着那思乡已极而归期无着的穆罕地,想着那爱妻已极而团聚无望的穆罕地,想着想着,双脚忽然像是上了脚镣一样变得很沉重⋯⋯

次日到新城去玩了一整天,回返叙京旅舍时,已是晚上九点多了。一踏入旅店,便有一个瘦长的身影自柜台旁边的沙发站了起来。我定睛一看,啊,是拉伊丝呢!她穿一袭白色麻纱及地长裙,淡柔的色泽将她泛白的肌肤衬得透亮,瘦削的双肩上,搭了一条水红方格子的披巾,那艳艳的红色使她整个人"哗"的一下亮了起来。

"这名女士,傍晚七点便来了。"柜台的职员说道,"她足足等了你们两个多小时哩!"

拉伊丝腼腆地微笑着说:"我闲着没事嘛,就过来看看你们啰!"说着,把手里的保温罐子交到我手上:"妈妈叫我送来给你们尝尝,是她亲手烹制的,希望你们喜欢。"

哎哟,穆罕地一家子的热诚,真叫人感动啊!

我们到叙京旅舍附设的小餐室去,用餐时间已过,餐室里没有什么人。我们坐在角落头的位子,点了三杯咖啡。征得餐室东主的同意,我们打开了保温罐子,准备大快朵颐。

"这种食物,阿拉伯语称作'米塞夫'。"拉伊丝双手托腮,双目含笑地解释着说,"是用米、羊肉和羊乳混合煮成的,是我们的特色菜,大家都很喜欢。"

我看着那乳白色的"米塞夫",心里暗暗叫苦。腥膻的羊肉,我一向避之则吉,现在还加上了羊乳,更让我退避三舍了!然而,拉伊丝一家人的美意又不能拂逆,只好勉为其难了。

我用汤匙舀了一口,味蕾才一触及,我的五官全都失礼地碰撞在一起了,又腥又腻,赶快借助咖啡把它冲下喉头。我放下了汤匙，拭了拭嘴，佯称刚才吃得太饱，再也无法下咽了，让日胜一人孤军作战。

我与拉伊丝闲聊："你大学的课程还有多久才念完？"

"两年多。"

"穆罕地告诉我们，你读的是文学，毕业后，有什么打算吗？"

"嗯，我喜欢教书。"

"教书？穆罕地赞成你到外头工作吗？"

"他——"她的脸突然没来由地红了，"他是个很好的人，他常常对我说，我可以做任何我喜欢的事。他知道我喜欢读书，就供我读大学。其实，我倒不坚持一定要工作，不过，我想，如果我工作，多少可以减轻穆罕地的经济负担！"

"这倒是真的！"

我点头，绝口不提他们夫妻团圆的事，怕提了会触及她的伤心处。没想到，她自己反倒说了："穆罕地家里的情况比较特殊，他的弟弟和妹妹都需要我帮忙照顾，我想，我暂时是没有机会到吉达去的，他在短期内也不可能回来。"她娓娓地说着，虽然双颊绯红，神情却是落落大方的："万一——他在那一头有什么病痛，拜托你们照顾他。他在饮食上较为任性，有时，会犯胃痛。"说着，从皮包里取出了两盒药："这是医治胃痛的特效药，麻烦你代我捎给他。"

远在大马士革的拉伊丝，把她千丝万缕的爱和无微不至的关心，远远远远地送到大漠去，把穆罕地团团包裹着。穆罕地虽然孑然一人在异乡，但是，内心盈盈满满的都是层层叠叠的幸福啊！

6

回返吉达的次晚，我们便驱车上门找穆罕地了。

他住在山麓一所平顶的屋子里，几点疏疏落落的灯光，寂寞而倔强地亮着。

时近隆冬，我们的车子在浓重的寒意里驶到山脚下。屋子里亮着灯，奇怪的是，我们的拍门声持续了好一阵子，却没有人应门。正想离去时，大门却被拉开了一条小缝，里面射出了两道如猎犬般锐利的亮光。

一看到是我们，大门立马便敞开了。穆罕地高兴得像乍得糖果的孩子一样，他声音洪亮地喊道：

"嗨，几时回来的？进来，快进来。哎呀，早知道是你们，我就不必东躲西藏了。"

"什么？东躲西藏？"我嚷道，"你金屋藏娇吗？"

"哈哈！"他豪迈地笑了起来，"进来吧，进来再说。"

穆罕地的屋子，和他"邋遢"的外表是一致的。读过的报纸弃置一地，喝过的杯子到处乱放；水迹和污垢，处处都是；然而，最叫我忍受不了的，倒不是这份肮脏与凌乱，而是氤氲在屋子里那一股浑浊的气味。

厅里的大桌上，一串一串葡萄堆积如山，小面盆里剥了皮的紫色葡萄，一颗颗软绵绵地依偎在一起；葡萄皮呢，则撒得满桌满地都是。

我莫名所以地看着眼前这一切，一个个疑问好似气泡般冒了出来："穆罕地，你以葡萄当饭吃吗？"

他露出了一个诡谲的笑容，说：

"这些葡萄，是别有用途的。"

说着，他做了一个"随我来"的手势，朝浴室走去。我们尾随于后，他推开虚掩的门，一股浓烈的怪味飞窜出来，我忍不住用手掩住了鼻子。穆罕地将浴缸里的一大把脏衣服抓起来，丢在地上。

351

脏衣服覆盖着一个很大的塑料桶，他掀起盖子，招呼我们进去看。

我一看，便忍不住恶心地叫了起来：

"呕——呕——"

大桶里，满满地盛着深紫色的液体，液体上面，浮着一块一块白里带黑的东西，好像是呕吐出来的秽物，还泛着起灭不定的泡沫哪，乍看好像是一只只不断蠕动的小蛆虫。那一股令人呕吐的气味，就是从这只大桶里传出来的。

穆罕地压上了盖子，神色诡谲地问我："你知道这是什么吗？"

我蹙眉摇头。

"酒，是我自酿的葡萄酒。"

天呀，他居然自酿葡萄酒！真是罔顾法纪啊！

我直言不讳："这么脏，喝了难道不会中毒吗？"

"脏？"他呵呵大笑起来，"有哪一种酒没有经过发酵这个程序的？你说！"

我好奇地蹲下来，掀开桶盖，仔细再看。

"那些白色的东西，是因为发酵而衍生的吗？"

"是的。"他点头，"我把酵母加进榨好的葡萄汁里，注入清水和白糖，放在密封的坛子内，等大约五十到六十天，倒出来，便是这个样子了。"

"过滤了，就可以喝吗？"

"不。过滤装瓶后，还要放大约三十天，等杂质完全沉淀后，再把澄清的部分倒出来，就可以喝了。来，我冰箱里有几瓶，让你们尝尝。"

葡萄酒的瓶盖一打开，浓烈馥郁的香气便流了出来，穆罕地先给自己倒一杯，细眯着眼，轻啜一口，满脸的痛快淋漓。之后，分别给我和日胜各倒一杯，葡萄酒色泽晶亮，有着阳光的璀璨和月光的温柔。温润柔和的酒味，宛若一道清泉，流转于喉舌间，确是佳酿。然而，才浅尝几口，我便搁下了杯子。

"怎么啦？不好喝吗？"穆罕地问。

"不是的。"我坦白地说，"我怕醉！"

"醉？嘿，葡萄酒哪会醉人！你在说笑！"

他拿起酒瓶想给我添，我赶快用手挡开了，问他："如果葡萄酒不会醉人，为什么上次到我家来，你会那么失态呢？"我挖苦他。

"哦，那回我喝的是威士忌，不是葡萄酒呀！"

"威士忌也可以自己酿造吗？"我讶异地问道。

"不，我是从黑市买回来的。"他实话实说。

"买黑市酒，被警察逮着，后果堪虞啊！"

"老实说，自从上回在你家醉过那一次后，我已经很久不敢再买烈酒来喝了。但是，要戒除酒瘾，我又做不到；再说，我常常失眠，酒能帮助我入睡。所以，我才学会自酿葡萄酒啊！"

"万一被人发现，怎么办？"我忧心忡忡地问道。

"警察是不会找上门来的，除非有人举报。"他说，眼睛突然闪出了一抹促狭的笑意，"你，不会去告密吧？"

"如果不是为了你可爱的妻子拉伊丝，我真想把你关在牢狱里，让你彻底戒除酒瘾！"我笑着说。

"拉伊丝！"他的声音突然变得亢奋起来，"啊，你们见到了拉伊丝吗？"

他拉着我们坐了下来，我们把在大马士革和他家人会晤的情况一五一十地说了。末了，再把拉伊丝的毛衣和胃药拿出来，对他说："穿上这件毛衣，你就算不喝酒，也可以呼噜大睡了；胃痛呢，也不碍事，反正有特效药。"

他把毛衣纳进怀里，温柔地摩挲着，朦胧的眼神，穿越了我们,穿越了墙壁,飞到那个遥远的地方去了。

与他告辞时,我和日胜都善意地劝他:"酒,能少喝,就少喝;能不酿,就不酿!"

他心不在焉地点头,在给我们开门时,手里还紧紧地攥着那件毛衣。

世事无常,我们绝对没有想到,这次分别以后,不幸的事会接二连三地发生在穆罕地身上,他像是掉进了一个无底的噩梦里,兀自痛苦地做无望的挣扎……

7

在沙漠里生活,最令我感觉不方便的是,饮用和烹饪都不能使用自来水,因为那是杂质含量极高的硬水,喝多了对健康不好。因此,到超级市场去买矿泉水,便成了我的日常琐务。这天早上,发现矿泉水又用完了,只好到市中心的超级市场去买了。

超级市场有来自西欧各国不同商标的矿泉水,上回买德国生产的那种,略带咸味,我不喜欢;这一回,我打算买法国商标的。正当我把选好的矿泉水一瓶一瓶地往推车里放时,突然听到有人喊我,转过头去,是玛莉安。

玛莉安的丈夫史密斯是律师,和穆罕地是很熟络的朋友。日胜初到沙特阿拉伯时,就是通过他而认识穆罕地的。玛莉安精于烹饪,我就从她那儿学到了许多烹制西餐的方法。

"嗨,玛莉安,近来好吗?"我高兴地和她打招呼。

"还是老样子啦!"她摸摸泥泥的头,亲昵地说,"小宝贝,什么时候再来阿姨的家吃牛排,嗯?"

泥泥害羞地躲到我身后去。看到她推车里满满的食物,我问:

"啊，你又请客啦？这一回，哪一家人有口福？"

"史密斯的几个同事今晚要到家里来吃便饭，不算是正式的宴客啦！"

"最近你在烹饪班里又学到了什么新菜式？"

"多得很！其中一道茄汁鱼排，味道真棒！"她神采飞扬地说道，"前些日子，我曾想邀你来尝尝，但史密斯联络老林时，公司里的人却说你们请假出国了。是不是回新加坡去了？"

"不是的，我们到叙利亚度假。"我说，"在大马士革，我们还特地拜访了穆罕地的家人呢！他们……"

话未说完，玛莉安突然打断了我的话，呼吸略为急促地问我："你们有见到穆罕地的弟弟吗？"

"有的，他身子很瘦弱，听说患着肾病。"

"唉，真可怜，那么年轻，就被病魔硬生生地折磨死了！"她喟叹。

"什么？"我睁大双眼，以为自己听错了，"你说什么？"

"你不知道吗？"她瞥了我一眼，语调低沉地说，"穆罕地已在三天前飞返大马士革奔丧了！"

我感到很震惊，年纪轻轻，就这样一声不响地走上了黄泉路。手足情深的穆罕地，真不知会悲痛成什么样子！

一周过后，奔丧回来的穆罕地，几乎叫人认不出来了。他整张脸都被愁苦浸透了，额上、颊上，浮现了许多细细的皱纹，乍看之下，好像满脸都是苦涩的泪痕。脑后那一绺头发，掉落得七七八八，仅剩的几根，也都转成了恹恹的灰白色。

屋里有酒气，桌上有酒杯，他眼里有酒意。一时大家都不知道怎样开口打破凝成一团的冷寂。好一会儿，我才笨嘴拙舌地说道："穆罕地，你要节哀顺变呀！肾病很难有治愈的希望，迟早都会离

355

开的……"

"谁说的!"他粗暴地拍了一下桌子,喊着说,"如果他不自杀,谁说他没有希望痊愈!"

说着,他脸上五官突然全都变形了,他尝试用手去把五官揉回原位,但是,不成功,最后,他终于忍不住了,撕心裂肺地号哭起来,哭声很粗、泪水很凶,那是一种野兽的哭嚎,可以把天哭塌,可以把地哭翻,可以把旁人的心都哭碎。

就在这时,他弟弟那张呆滞蜡黄的脸,突然窜了出来,恍惚间,我仿佛听到他在反复地、喃喃地说:我根本不存什么希望,等死而已,等死而已……现在,他居然连"等"的耐心也失去了!

穆罕地用手掩着脸,一边哭,一边说:"他留下遗书,说不想再拖累我,才选择自杀的!我害了他!是我害了他!我不应该送拉伊丝上大学,我应该把钱存下来,让他早日买洗肾机!我是个不负责任的哥哥,我该死……"

知道他喝了不少酒,也知道他现在的情绪很激动,我们决定让他尽情发泄,然而,他说了那些话以后,竟然再也没有开腔了,只是抱着头,不停地哭。

此刻,寒冷的冬风,也正绕屋哀号,哭声和风声,凄凄切切地交缠在一起。

万万没有想到,一周过后,竟又传来一个令我们震惊莫名的消息:穆罕地被逮捕入狱了!

史密斯夫妇告诉我,穆罕地是在一个秘密的场所买了两瓶威士忌烈酒,在走向停车场时被逮捕的。

穆罕地的好友们为他四处奔波,想方设法打通人脉,可是,由于被捕时证据确凿,释放无望。至于被关的期限,有人说半年,有人说八个月,也有人说一年。后来,多方探查,总算问出了结果:

刑期六个月。

日胜到牢狱去探望过他几次，回来告诉我，他患着严重的精神抑郁症，每天服食抗郁素，凄凄惶惶，度日如年。身陷囹圄最令他担心的是薪水无着，无法照顾远在叙利亚的家人。他曾要求任职公司预支六个月薪金给他，但公司方面碍于没有先例而不曾批准。

好友们商议后，大家决定每个月轮流借他一笔款项，好让他寄回叙利亚去养家。

家用的问题虽然暂时解决了，但是，六个月以后释放出狱，却又有一笔新的债务等着他去偿还了。

酷寒的冬天过尽，又是酷热的夏季了。

在冬夏交替期间，泥泥的支气管炎发作了，非常严重，屡医无效，我每周三次往返于医院，心烦意乱。后来，终于决定带他回国，另寻名医。

飞机于晚上八点起飞，日胜下午六时许送我和泥泥到飞机场去，途经一个气氛森严的地方，日胜指了指那堵高高的围墙，悄声对我说："喏，穆罕地就关在里面！"

我屈指算了算，还有三个月，穆罕地才能摆脱铁窗生涯。他出狱时，我们已天各一方，再也无法相晤了。人生的无常，令人唏嘘。

天边，圆圆大大的夕阳在一寸一寸地死去，悲伤的血，把广袤的沙漠静静地染成了一片触目惊心的猩红色。这时，我的耳边，突然清晰地响起了穆罕地豪迈的笑声；一切的一切，恍若在梦中。

车子直直奔向落日，我回眸看着穆罕地被禁锢着的那所监狱，突然觉得喉咙发紧，哽咽间，眼泪汹涌而下；眼泪爬过的地方，被灼出了一道道伤痕……

啊，穆罕地，祝福你！